SV

Robert Menasse
Don Juan de la Mancha
oder
Die Erziehung der Lust

Roman

Suhrkamp

Erste Auflage 2007
© Suhrkamp Verlag Frankfurt am Main 2007
Alle Rechte vorbehalten, insbesondere das der Übersetzung,
des öffentlichen Vortrags sowie der Übertragung
durch Rundfunk und Fernsehen, auch einzelner Teile.
Kein Teil des Werkes darf in irgendeiner Form
(durch Fotografie, Mikrofilm oder andere Verfahren)
ohne schriftliche Genehmigung des Verlages reproduziert
oder unter Verwendung elektronischer Systeme
verarbeitet, vervielfältigt oder verbreitet werden.
Druck und Bindung: Ebner & Spiegel, Ulm:
Printed in Germany
ISBN 978-3-518-41910-6

2 3 4 5 6 – 12 11 10 09 08 07

Don Juan de la Mancha
oder
Die Erziehung der Lust

I.

Die Schönheit und Weisheit des Zölibats verstand ich zum ersten Mal, als Christa Chili-Schoten zwischen den Händen zerrieb, mich danach masturbierte und schließlich wünschte, dass ich sie – um es mit ihren Worten zu sagen – in den Arsch ficke. Es gebe dafür, also für die Kombination von Chili und Analverkehr, im Altgriechischen ein eigenes Verbum, sagte sie. In Wahrheit nicht für Analverkehr mit Chili, sondern mit Meerrettich, sie sagte: »Recte Meerrettich«, jedenfalls im Grunde für diese Technik. Sie sagte das altgriechische Verbum, sie schrie es, ich schrie auch, und wenn das, was ich schrie, ein Wort war, dann war es älter als Altgriechisch. Ich hatte Wasser in den Augen. Ich glaube nicht, dass ich in einem brennenden Haus größere Panik empfunden hätte.

Der Zölibat, das war leider wirklich mein Gedanke in diesem Moment, und ich sprach ihn dann auch aus, erspart zwei Arten von Erfahrung, die mit dem anderen Geschlecht unumgänglich sind: die Langeweile und den Schmerz, also das gleichsam auf das baldige Jenseits hoffende Keuchen in den Armen einer biederen oder aber, schlimmer noch, einer nicht biederen Frau. Ich sagte: Entweder hohe Minne oder gute Minne zum bösen Spiel.

»Du mit deinen Kalauern!«, sagte Christa, als ich ein Sitzbad mit einem Sud aus Salbei und Kamille vorbereitete.

Sie ging, ohne sich zu duschen. Sie war in Eile, musste zu ihrer Vorlesung. Sie war Dozentin für alte Sprachen.

Ich saß in der Badewanne, fror und brannte. Nie wieder wollte ich mich in ihre Hände begeben, in die Hände einer Frau. Andererseits: Ich wusste nicht, was ich, abgesehen von dem, was ich tun musste, sonst tun sollte.

2.

Es ist ein Irrtum zu glauben, dass man kaum noch Sex hat, nur weil man keine Lust mehr auf Sex hat. Im Gegenteil: ich hatte nie ein so exzessives Sexualleben wie jetzt, wo Sex mich langweilt.

Das hat zwei Gründe: Erstens bin ich nicht mehr nervös. Warum sollte ich in einer Situation nervös sein, die mich langweilt? Die Nervosität beeinträchtigt die Virilität viel mehr, als die Langeweile es könnte. Die Nervosität im Bett ist menschlich, das gedankenlose Reagieren auf Reize aber ist tierisch. Der Zynismus wiederum ist menschlich. Deshalb steigt das Tier am Ende doch wieder als Mensch aus dem Bett. Zweitens aber ist die Lustlosigkeit zu wenig Grund, um an Sex desinteressiert zu werden. Im Gegenteil. Es gibt wahrscheinlich keinen Antrieb, der so gewaltig ist wie der, der in einem Mann zu glühen beginnt, wenn er die Lust verloren hat in einer Gesellschaft, die nicht einmal einen Liter Mineralwasser verkaufen kann, ohne diese Ware erotisch zu besetzen. Man kann zwar die Lust verlieren, aber man kann sie nicht vergessen. Lust ist überhaupt das Einzige, das man nicht vergessen kann. Wir

8

wissen von Alzheimerpatienten, dass sie, völlig im Nebel ihrer Biographie versunken, spontane Erektionen bekommen. Der Trieb, die Lust zu spüren, ist bereits stärker geworden als der Trieb, sie zu befriedigen. Vielleicht liegt die Befriedigung nur darin: sie spüren zu können. Ich will sie endlich einmal so heftig, so gewaltig spüren, dass ich die Bedeutung, die sie für alle anderen hat, zumindest plausibel finden kann.

Hier ist ein Exkurs nötig. Es sind immer Exkurse nötig, daher also zunächst ein Exkurs über Exkurse: Liebessüchtige Menschen wissen, dass die absolute Mehrheit aller Tagesverrichtungen nichts mit Liebe zu tun hat, ihr nicht einmal in die Nähe kommt. Alltag, Leben überhaupt, stellt sich daher als eine unendliche Abfolge von Exkursen dar, die von der Liebe wegführen, von denen man aber hofft, dass sie sich letztlich als die einzig gangbaren Umwege herausstellen, die zur Liebe hinführen. Deshalb sind Liebessüchtige Spezialisten für Exkurse, für sie ist der Exkurs Form und Haltung des Lebens. Karrieristen sind auf Kurs, Liebende auf Exkurs.

Nun also der erste Exkurs: Als ich jung war, war das Glück alt. In der Werbung gab es nur Alte. Alle möglichen Formen des Glücks wurden von graumelierten oder weißhaarigen Männern in der Reife ihrer Jahre beglaubigt, saubere Wäsche, aromatische Kaffees, heiterer Alkoholismus – »Das ist einen Asbach Uralt wert!«, sagte im Fernsehen der Schnaps trinkende Opa, der so vorbildlich glücklich war. Wie weit entfernt mir als Kind damals das Glück erscheinen musste! Mir fehlten sehr viele Jahre, um Zutritt zum Glück zu bekommen. Als ich endlich vorrückte zur Möglichkeit, Teilhaber des Glücks zu sein, waren alle Glücklichen, die das Glücklichsein in der Werbung ausstellten, dreißig Jahre jünger. An der sauberen Wäsche erfreuten sich plötzlich Zwanzigjährige, die ihre Shirts in Fitness-Studios durchgeschwitzt hatten, selbst der Alkohol gehörte jetzt den Jungen, Studenten oder Friseurlehrlingen, die nach einem Schluck Bacardi-Rum sofort ausgelassen auf einem Palmenstrand tanzten. Wie weit zurückliegend und versäumt mir heute das Glück erscheinen muss! Es ist übertrieben, von Menschen meines Alters als von einer lost generation zu sprechen. Aber lost in commercials, das lässt sich objektiv nachweisen.

Es gab in unserer Lebenszeit keine andere Glücksversprechungsmaschine mehr, die so wirksam war wie die Werbung. Das Versprechen, Konsumverzicht zu üben, war seinerzeit keine Revanche dafür, dass wir in ihr nicht vorkamen, sondern nur der moralische Baldachin über der kargen Welt der Stipendien.

3.

Körperlich fühle ich mich älter, als ich bin. Seelisch aber bin ich unreifer, als ich in meinem Alter sein sollte. Dieser Satz ist Unsinn. Sagt Hannah. Ich müsste schon öfter so alt gewesen sein, wie ich heute bin, also Vergleichsmöglichkeiten haben, um meinen körperlichen und seelischen Zustand beurteilen zu können. Wahr an dem Satz ist nur, dass man sein Alter nie wie einen Maßanzug empfindet. Nie.

4.

Christa ist verheiratet. Eine Frau wie sie könnte nie von einem Mann wie mir verführt werden, wenn sie allein wäre und auf der Suche nach der großen Liebe. Aber ihr Bett ist gemacht – und daher offen für Quereinsteiger und Defizitberater. Sie liebt ihren Mann Georg. Es ist glaubwürdig, wenn sie das sagt. Und es geht ihnen bestens: keine Kinder, zwei gute Einkommen. Georg arbeitet in der Industriellenvereinigung. Ich glaube, er kann nicht einmal scheißen, ohne befriedigt festzustellen, dass seine Scheiße größer ist als die größte chinesische Scheiße. Wettbewerbsfähig. Er redet immerzu über den Wettbewerb. Vor allem mit China. Das sei die große Herausforderung des neuen Jahrtausends. Georg hat eine statistische Lebenserwartung von noch siebenundzwanzig Jahren, beruflich noch maximal dreizehn Jahre bis zur Alteisendeponie. Keine Kinder. Aber er redet über ein Jahrtausend. Ich misstraue sogenannten Entscheidungsträgern, die in Jahrtausenden denken. Es ist unerträglich. Es wäre unerheblich. Wir gehen essen – eine Gruppe von Freunden. Christa geht aufs Klo, eine Minute später gehe ich aufs Klo. Damen. Die Tür ist angelehnt. Christa sitzt auf der Klomuschel, ich stelle mich vor sie, sie nimmt meinen Schwanz in den Mund. Wie das klingt. Es gibt keine Worte, um diesen Irrsinn mit Würde zu beschreiben. Nur ganz kurz. Es ist kein Akt. Nur eine Szene. Sie macht drei Mal schlupp, und schon muss ich wieder einpacken. Es ging nicht um das Vergnügen, es zu tun, sondern um das Vergnügen, dann bei Tisch zu wissen, dass wir es getan haben. Christa grinst. Inzwischen reden Georg und die anderen über Wettbewerb. Christa geht zurück, eine Minute später ich. Sie würde Georg nie verlassen.

5.

Für das Glück, das man nicht hat, gibt es viele Metaphern. Zum Beispiel Trauben. Wir hatten heute keinen Aufmacher. Natürlich haben wir immer genug geschobene Artikel, die jederzeit als Aufmacher herhalten können, aber Franz fand keine der Möglichkeiten geil. Er blies daher eine kurze Agenturmeldung auf, die davon berichtete, dass Traubenkerne besonders potente »Radikalenfänger« seien. Das habe eine neue amerikanische Studie herausgefunden. Sogenannte Freie Radikale – Franz googelte und erklärte, was das ist: »Moleküle, denen ein Elektron fehlt und die sich dieses Teil gewaltsam von einem anderen Molekül holen, das es aber selbst noch gebraucht hätte« – führen zu vorzeitigem Altern und verkürzen daher die Lebenserwartung. Da das Zigarettenrauchen eine regelrechte Explosion Freier Radikaler im Organismus auslöse, sollten vor allem starke Raucher viel Trauben essen, deren Kerne sich als die besten Antioxidantien herausgestellt hätten. Die Kerne! Man solle sie daher nicht ausspucken, sondern schlucken. Diesen Artikel illustrierte Franz mit dem Archivfoto einer Trauben essenden Bikinischönheit. Anders als Franz nehme ich das Zeitungmachen nicht mehr ernst. Auch wenn ich manchmal sogar glaube, was wir schreiben. Ich schickte Traude, meine Sekretärin, in den nächsten Supermarkt um Trauben, rauchte und beantwortete einige E-Mails. Die Trauben, die Traude schließlich brachte und gewaschen in einer Schüssel auf meinen Tisch stellte, waren kernlos.

Das Ressort der Zeitung, für das ich verantwortlich bin, heißt »Leben«.

6.

Ich schreibe kaum noch. Ich gebe im Ressort die Richtung vor. Aber die wäre auch vorgegeben, wenn ich nicht einmal mehr nickte. Manchmal redigiere ich Artikel. Dabei muss ich allerdings äußerst vorsichtig sein. Denn jeder Versuch, aus schlechtem Deutsch etwas weniger schlechtes Deutsch zu machen, oder gar aus einer Phrase einen Satz, löst bei den Mitarbeitern Aggressionen aus: Sie halten gutes Deutsch für schlechten Journalismus. Franz zum Beispiel liebt diese blöden »gibt-sich-Sätze«. Er hält sie für Stil. Auf jedes wörtliche Zitat folgt nicht ein »sagte er« oder »sagte sie«, sondern ein »gibt sich« plus Name plus Adverb. »»Die neue Anti-Aging-Gesichtscreme von Revlon ist die erste mit wissenschaftlich nachweisbarem Effekt‹, gibt sich Revlon-Presse-Lady Agnes Schönborn überzeugt.« Oder »Die Therme Obertuschl setzt neue Maßstäbe im Wellness-Tourismus‹, gibt sich Kurdirektor Unterpointner euphorisch.« Ich lese das und gebe mich zufrieden. Zumal ich jetzt doch wieder selbst zu schreiben begonnen habe.

Schreiben Sie, Nathan!, hat Hannah, also Frau Dr. Singer, meine Therapeutin, gesagt, schreiben Sie alles auf! Eine Reportage über die Reise, die Sie zu diesem Punkt gebracht hat, dass Sie keine Lust empfinden. Damit können wir dann arbeiten!

Eine Autobiographie?

Nein. Eine Reportage. Das können Sie. Stellen Sie sich vor, Sie müssen eine Reportage über die Schengen-Grenze schreiben, ein Leben an der Grenze. Tote Hose. Leben hart am Niemandsland. Wohlgeordnet, aber doch irgendwie bedroht. Weil das andere so nahe ist. Soldaten mit Nachtsichtgeräten patrouillieren mit scharfen Hunden, die darauf trainiert sind, Fremde zu wittern, die da eindringen wollen. Und jetzt ersetzen Sie Schengen durch Lust. Diese Reportage will ich von Ihnen lesen, Nathan!

Das hat alles sehr früh begonnen – aber ich möchte jetzt wirklich nicht meine Kindheit durcharbeiten. Ich will mein Alter in den Griff bekommen!

Nathan, wir arbeiten nicht klassisch nach Freud. Aber jede Geschichte hat einen Anfang, Mittelteil und Schluss.

Habe ich Kindheit gesagt? Nein! Und nach dem Schluss kommt der Ausweg.

Ich muss also einen Schluss finden?

Die Grenze, vor der Sie stehen. Wie sind Sie dahin gekommen? Wie ist das Leben an der Grenze?

Eigentümlicherweise vertraute ich Frau Dr. Singer. Ich dachte, sie passte zu mir. Weil ich sie für eine Scharlatanin hielt. Weil die psychoanalytischen Begriffe, die sie verwendete, mich an New Yorker Cocktailpartys erinnerten. Und weil sie dick und herrisch war. Sie war wie meine Mutter. Mehr noch: Sie war der Inbegriff einer jüdischen Mamme. Hannah sah aus wie eine Mamme, redete wie eine Mamme, aber im radikalen Gegensatz zu einer Mamme versuchte sie nicht, mir Schuldgefühle einzuimpfen, sondern im Gegenteil, sie mir zu nehmen. Ich erzählte ihr von meinen Affären wie ein kleiner Junge, der seiner Mutter beichtet, dass er etwas angestellt habe.

Ich fühle mich schlecht, Hannah. Ich bin ein verheirateter Mann. Glücklich verheiratet! Warum bin ich so unglücklich, wo ich doch glücklich verheiratet bin? Warum tue ich das?

Unsere Aufgabe ist es nicht, Ihre Ehe zu retten, sondern Ihre Lust zu rekonstruieren. Was Sie an Ihrer Frau haben, wissen Sie. Aber was Sie nicht haben, können Sie nur bei anderen suchen. Das ist eine Frage der Logik und nicht der Moral!

Natürlich hatte ich auch Zweifel an ihrer Kompetenz. So wie sie aussah, gab es keine Chance auf Übertragung – in dem Sinn, dass ich mich in sie verliebte.

7.

Ich würde nie einem Verein beitreten, sagte ich zu Hannah. Mit einer Ausnahme: wenn es einen Verein gäbe für Freie Radikale!

Bitte, Nathan, hören Sie auf mit Ihren Kalauern!

8.

Warum kann ich nicht genießen? Mein Vater hat es sich immer vorbildlich gutgehen lassen. Wenn er die Wahl hatte zwischen Vergnügen oder Korrektheit, hat er nie Entscheidungsschwäche gezeigt. Nicht dass er bestechlich war, es war lediglich so, dass er gerne nahm. Was das Leben zu bieten hatte. Er sah das nicht so eng, weil er Enge verabscheute. Er genoss die Gesellschaft, über die er als Gesellschaftsreporter berichten musste, so sehr, dass er, wie die Prominenten, kein Privatleben mehr hatte, sondern nur noch den privaten Genuss all der Möglichkeiten, die das Leben für jene bereithielt, die in der Öffentlichkeit standen. Er nahm ehrlich Anteil an den Privilegien der glücklichen wenigen, das heißt, er nahm seinen Anteil von den besten Champagnern, dem exquisiten Essen und karrieregeilen Starlets. Er lud seine Familie, soweit sie ihm überhaupt noch namentlich bekannt war, also mich, in der Ferienzeit zu Gratisurlauben in Luxushotels ein, die einem ehemaligen Schiweltmeister oder einem alternden Supermodel gehörten, ließ sich hofieren von jenen, die nach einem Werbeeffekt gierten, und sonnte sich in deren Ruhm. Ich war als Schüler in all meinen Ferien nicht ein einziges Mal in Jesolo gewesen, so wie meine Mitschüler, aber ich kannte das Hotel de Paris in Monte Carlo.

Werden wir Geld ausgeben in einer nebbichen Pensione in Jesolo, wenn wir gratis das Fürstenzimmer im Hotel de Paris haben können?, sagte Vater. Was heißt, das macht hier keinen Spaß? Manchmal glaube ich, du bist gemütskrank!

Er konnte genießen. Und ich musste inzwischen »brav sein«, das heißt ruhig irgendwo sitzen, bis er »mit der Arbeit fertig war«, also mit dem Mitfeiern. Und wenn er einmal nicht darüber schrieb, über das Hotel und die illustren Gäste, dann war es für die Gastgeber eben eine Investition in die Zukunft. Und damit hatten sie recht. Vater war treu. In diesem Sinn. Wenn die Gesellschaft etwas von ihm brauchte, dann konnte sie sich auf ihn verlassen, schließlich brauchte er sie auch. Der Inbegriff von Menschlichkeit war für ihn ein Millionär, dessen Selbstsucht sich in Großzügigkeit gegenüber Vater erwies. So ein sympathischer Herr, ein Gentleman, sagte Vater, seltsam, dass er jetzt gerade von den Schmierblättern so angegriffen wird, als wäre er ein Monster! Das hatte für Vater nur mit Neid zu tun und natürlich mit Politik. Politik verabscheute er. Das war, wie alles, für ihn bloße Repräsentation, nur weniger lustig. Er las nicht einmal den Politikteil der Zeitung, für die er schrieb. Er wählte die Partei, deren Politik-Darsteller versprachen, die Steuern nicht zu erhöhen, überhaupt alles so zu lassen, wie es war. Und er bemühte sich ehrlich und redlich, das Image seiner Gentlemen zu verbessern. Außer, ein Gentleman wurde Objekt der Gerichtsseiten, da schwieg er und war »menschlich enttäuscht«.

Das erste Mal. Ist es das Alter, Hannah, dass ich in letzter Zeit immer wieder an erste Male denke? Es geschah in den Osterferien. Ich war zwölf. Vater hatte mich für drei Tage nach Kitzbühel mitgenommen, weil er zu einer Prominentenhochzeit eingeladen war. Es war der dritte Abend, der letzte, den ich für einige Zeit mit meinem Vater haben sollte. Wir residierten so wie die Festgesellschaft im Hotel Tennerhof. Fünf Sterne!, sagte Vater.

Der Himmel hat mehr. Ich wollte mich nur noch auflösen und in der Atmosphäre zerstäuben. Aber ich war so bleischwer. Ich hatte mein Lieblingsessen bekommen, ein Wiener Schnitzel, allerdings durfte ich nicht im Speisesaal am Tisch meines Vaters sitzen, sondern bekam mein Fünf-Sterne-Schnitzel im »Stüberl«. Dann saß ich im Kaminzimmer und las den Roman, den Vater mir für die Ferien geschenkt hatte: »Oliver Twist«, in einer illustrierten und gekürzten »Jugendausgabe«. Wie alles in meiner Kindheit waren auch die Romane, die ich bekam, zurechtgestutzt. Ich sah immer wieder auf, fühlte mich überfordert von der Souveränität, mit der sich Gentlemen und Ladies bewegten, Lebenslust demonstrierten und manchmal neugierige Blicke auf mich warfen, wer wohl das Kind sein mochte, das um zehn Uhr abends im Kaminzimmer saß und las. Ich hatte Angst, mich zu bewegen. Keine falsche

Bewegung! Ich wollte zu meinem Vater, nein, ich wollte meinen Vater. Wenigstens einen dieser drei Abende, den letzten, ich wollte von ihm wahrgenommen werden, mit ihm reden, so »erwachsen«, wie er es mir abverlangte zu sein, wenn ich allein im »Stüberl« oder im Kaminzimmer sitzen sollte. Ich begab mich auf die Suche, das Buch vor meiner Brust. Ich fand Vater in der überfüllten und vom Festlärm vibrierenden Hotelbar. Er stand an der Theke, mit einem Glas in der Hand, sprach mit einer Frau. Er sagte etwas, die Frau lachte auf. Er war ein sehr gut aussehender Mann, attraktiver als die berühmten Männer, über die er schrieb. Ich nahm all meinen Mut zusammen und ging zu ihm hin. Papa!

Er war irritiert.

Ich habe noch zu tun!, sagte er. Siehst du nicht?

Die Frau sah lächelnd auf mich hinunter. Sie hatte unglaublich lange Wimpern. Ich war beeindruckt. Ich wusste damals nicht, dass man Wimpern aufkleben konnte. Eine Frau mit solchen Wimpern, dachte ich, ist etwas Besonderes. Ich schämte mich bereits dafür, dass ich Vater gestört hatte.

Du bist schon so groß, sagte er, du kannst, wenn du müde bist, doch allein schlafen gehen!

Das Beispiel, das er mir gab, war aber ein anderes. Er war groß und wollte nie alleine schlafen gehen.

Die Frau lächelte mich an. Nicht mütterlich. Warum auch. Sie war ja nicht meine Mutter. Ich war schon so groß. Ich lief weg, wusste, dass mein Vater sich jetzt für mich genierte. Weil ich nicht so selbstsicher und gewandt war wie er. Weil ich rot geworden war. Und schwitzte. Ich lief in mein Zimmer. Ging ins Bett.

Ich haderte mit meinem Vater. Noch mehr bewunderte ich ihn. Das schaffe ich nie, dachte ich. Es war in dieser Nacht das erste Mal, dass ich im Gedanken an eine Frau an mir herumdrückte und rieb. Ich dachte an eine bestimmte, eine leibhaftige Frau: an sie, die Frau an der Seite meines Vaters. Ihre kleinen festen Brüste, wie die Bäuche von Vögeln, die aus dem Nest gefallen waren. Ihre langen Wimpern, wie schwarze Schmetterlinge. Ein trauriges Paradies. Und ich würgte die Schlange.

9.

Sie sind heute so heiter, Nathan!, sagte Hannah. Verliebt?

Nein, sagte ich. Wir haben am Samstag den Aufmacher »Liebe über Internet«. Ich habe das Kontakt-Portal eHarmony getestet und 436 Fragen zu meiner Persönlichkeit beantwortet – um dann zu erfahren, dass es unter den neun Millionen Mitgliedern niemand gibt, der zu mir passt. Und zwar nicht nur in meiner Stadt oder meinem Land, sondern in der ganzen Welt.

Mein Vater war ein ungeduldiger Mann. Er ertrug es nicht zu warten. Er drängte sich vor und sagte, wenn einer protestierte: sich so aufzuregen sei nicht »die feine englische Art«.

Ich bekam nicht viel Zuwendung von meinem Vater, nicht mehr als ein chronisch Kranker von seinem Arzt: Die meiste Zeit verbringt man im Wartezimmer, geduldig wartend auf einen Mann, der keine Zeit hat.

Ein Mensch kann vom Verhalten seines Vorbilds geprägt werden oder von den Situationen, in die ihn sein Vorbild bringt. Mein Vater hat vorbildlich genossen, und ich musste so lange warten. So habe ich, ausgerechnet von ihm, das Warten gelernt.

Irgendwann − dachte ich, oder hoffte ich, oder glaube ich, dass ich damals dachte −, irgendwann werde ich der Nächste sein. Die Tür wird aufgehen, und ich bin dran.

»Da setz dich her und warte auf mich. Du darfst in der ersten Reihe sitzen. Ich bin bald zurück! Es dauert nicht lange!«

Ja, Papa.

»Bleib da sitzen, bis ich zurück bin. Erste Reihe! Toll, oder? Du gehst nicht weg, bis ich zurück bin, ja? Du wirst sehen, es ist lustig! Sie proben hier ein Kabarett!«

Ja. Was ist Kaba- ?

Ein Keller. Es war ein heißer Nachmitag in grellem Gegenlicht. Ich war, meinem Vater nachlaufend, ins

Schwitzen gekommen. Hier im Keller war es dunkel, und der Schweiß wurde kalt. Im Licht der Bühne stand ein Mann, der Witze machte, die ich nicht verstand, aber da waren einige Menschen, die immer wieder lachten. Dann redeten andere, dann wurde gesungen. Manchmal war der Mann unzufrieden, und die anderen mussten noch einmal dasselbe sagen. Sie waren alle so unheimlich lustig. Aber ich verstand nicht, was so lustig war. Ich verstand nur den Mann, der immer so unzufrieden war und wollte, dass die anderen ihr Lustig-Sein wiederholten. Er schrie. Er tobte. Dann sprach er mit einem dicken Mann auf der Bühne, der offenbar ziemlich dumm war. Aber damit war er zufrieden. Plötzlich standen drei Frauen unmittelbar vor mir, zwischen der ersten Reihe und der Bühne. Sie beachteten das Kind nicht, das da saß und das jetzt nicht mehr die Bühne sah, sondern ihre Pobacken. In Augenhöhe. Ihre Beine. Die Frauen hatten enge schwarze Trikots an und Netzstrumpf-hosen. Sie standen vor mir und warteten. Der Mann sagte etwas, alle lachten. Vater hatte ja gesagt, dass das lustig sei. Aber ich verstand den Witz nicht. Die Frauen standen vor mir und warteten, flüsterten miteinander. Ich starrte auf ihre Pobacken, ihre Beine im Netz. Ich dachte – nichts. Ich war noch zu jung, um Erregung mit einem Gedanken zu verbinden. Da war erst der Samen eines Gedankens, der später zu keimen begann und schließlich wucherte.

Vater kam zurück. Und jetzt waren es vier Frauen in Netzstrümpfen.

Komm, wir gehen, sagte er. Er fragte mich nicht, ob ich es lustig gefunden habe.

Na endlich! Wo warst du so lange?, sagte ich zu Christa. Ich hatte über eine Stunde auf sie gewartet, in der Bar des Hotels »Zur Spinne«, in dem wir uns verabredet hatten.

Ich habe noch schnell Netzstrümpfe gekauft, sagte sie. Hast du dir doch gewünscht. Schau mal!

Ich nickte. Ich hatte viel zu viel getrunken, während des Wartens.

II.

Mein Vater hatte einen Freund namens Silber – von Vater genannt Die Mine. Moritz Silber war in jungen Jahren österreichischer Meister im Tennis gewesen. Weiter hatte ihn sein Talent nicht getragen. Aber immerhin. Danach verdiente er ein Vermögen als Generalimporteur von Dunlop-Tennisbällen. Er war der Erste in Österreich, der die gelben Tennisbälle hatte. Bis dahin hatte es nur die weißen gegeben, von Slazenger, die schwerer waren und deshalb von ehrgeizigen Hobbyspielern, die fürchteten, einen Tennisarm zu bekommen, nun abgelehnt wurden. Waren sie wirklich schwerer? Es hatte in der Zeitung gestanden. Vater?

Auf jeden Fall waren die gelben Bälle schicker. Da kam ich wieder einmal in Konflikt mit den Weltenläuften. Ich fand, Tennisbälle mussten weiß sein, genauso wie die Trikots der Spieler. So ist es immer gewesen. Der weiße Sport. Aber die gelben Bälle traten einen unaufhaltsamen Siegeszug an, und es waren die Alten, die sie vorzogen. Die viel Jüngeren nahmen hin, was sie bekamen. Für sie waren die gelben Bälle von Anfang an einfach da und normal. Dazwischen ich. Allein in Opposition. Ich wollte, dass die Welt noch eine Zeit lang so blieb, wie ich sie kennengelernt hatte. Nur die Väter sollten irgendwann, bald, abtreten. Aber sonst sollte die Welt bleiben, wie ich sie kannte. Wie sollte ich sonst in ihr die Herrschaft übernehmen, wenn ständig alles anders wurde?

Exkurs: Abertausende Menschen beschäftigen sich weltweit mit allen Aspekten der Kindheit. Sie schreiben Bücher, sie analysieren und therapieren. Aber noch hat kein Einziger das grundlegende Problem erkannt: dass Kindheit eine Sackgasse ist. Das Kind lernt nichts anderes, als ein Kind zu sein. Es lernt konservativ, ein braves Kind zu sein, oder es lernt progressiv, ein freies Kind zu sein, ein entfesseltes Kind. Aber ein Kind. Plötzlich ist es erwachsen. Biologisch. Aber im Kopf? Ein Kind. Seelisch? Ein Zwitter. Die ganze Kindheit ist eine Ausbildung zum perfekten Kindsein, am Ende der Kindheit wird man aus dieser Ausbildung entlassen und soll, als ausgebildetes Kind, kein Kind mehr sein. Das ist, als würde man nach Jahren des Fußballtrainings die Lizenz zum Bobfahren bekommen. Und runter den Eiskanal. Ich habe Angst! Warum? Du bist doch erwachsen?

Ich misstraue allen Menschen, bei denen man sich nicht mehr vorstellen kann, dass sie einst Kinder gewesen sind. Ich misstraue also fast allen. Am allermeisten Männern mit Bart. Bärte sind Affenmasken auf Kindergesichtern.

Silber. Er redete ununterbrochen. Er heißt ja nicht

Gold, sagte Vater. Man konnte Silber nichts vormachen. Er scheffelte ein Vermögen und damit beglaubigte er, dass er die Welt verstand und beherrschte. Er hatte einen Sohn in meinem Alter. Ich durfte an den Samstagen, an denen ich bei Vater war, mit Silber junior spielen. Heute darfst du wieder mit Gregor spielen, sagte mein Vater, wenn er mich abholte. Aber es spielten nur die Väter. Karten. Die Silbers hatten ein englisches Kindermädchen, da waren die Kinder unter Aufsicht. Das Kindermädchen beaufsichtigte einen privaten Tennislehrer, der dem verwöhnten, x-beinigen Unternehmersohn auf dem privaten Tennisplatz mechanisch gelbe Bälle zuspielte, die ich einsammeln durfte. Dann duschen. Ich war völlig verschwitzt, Gregor nicht im Mindesten. Wie angewurzelt stehend, hatte er die Bälle, die der Lehrer ihm zugeworfen hatte, in alle Richtungen weggeschlagen. Ich war hin und her gelaufen, um sie einzusammeln.

Als er schon Schamhaare bekam und ich noch nicht, nannte er mich verächtlich »Bubi«. Er fand es völlig normal, dass er aufgrund all seiner Privilegien auch das Privileg der Frühreife hatte.

Nach dem Duschen wurden wir von Miss Summerled wieder zu den Vätern gebracht. Sie spielten ihre Kartenpartie zu Ende.

Ich fühlte mich gedemütigt, wegen der Schamhaare und überhaupt, aber zugleich begann ich Mitleid mit den Silbers zu empfinden. Mitleid, so stark wie Todesangst. Es hatte auch mit Tod zu tun. Das Kartenspielen am Samstag war das einzige regelmäßige Vergnügen, das sich Silber leistete. Sonst tat er nichts als Geld scheffeln, Geld vermehren. Dabei wurde er älter, krank, moribund, irgendwann würde er tot sein. Dann wird alles auf Gregor kommen, und dieser wird es weiter vermehren oder verlieren. Aber was wird bleiben vom Leben dieser Menschen? Nicht einmal ein nach ihnen benannter Tennisball. Die Tennisbälle hießen bereits Slazenger oder Dunlop. Mich erfasste eine ungeheure Beklommenheit. Das Leben, dachte ich, ist erst vollständig und erfüllt, wenn es auch ein Nachleben produziert. Das hatten selbst hochvermögende Welterklärer und -beherrscher wie Silber nicht bedacht. Sie lebten wie in einer Gelddruckerei, das Geld war ihres – aber auf den Scheinen waren andere abgebildet. Ich wollte lieber der sein, der auf einem Geldschein abgebildet ist, als der, dem die Taschen vom Geld überquellen.

Mein Vater lachte auf. Er hatte gewonnen. Er gewann immer. Er konnte sich die Karten, die gefallen waren, merken wie Partygäste, die gegangen waren. Er hatte immer den Überblick, wer noch da war. Er wusste, wer in kürzester Zeit sehr wichtig sein würde. Es machte ihm Spaß, die Mine auszubeuten. Silber schrieb einen Scheck. Plötzlich liebte ich meinen Vater. Für ihn war das Kartenspiel am Samstag nicht das einzige Vergnügen, sondern bloß ein Vergnügen am Samstag. Er wollte immer nur sein Vergnügen. Und er schien es auch genießen zu können. Er war ja immer vergnügt. Außer er war mit mir allein. Plötzlich verstand ich, dass das kein Vergnügen sein konnte für einen Mann wie ihn. Mit mir, das war kein Honiglecken, mit meinen Ängsten, mit meiner Schwermut. Aber: in der

Schule hatte ich damals gerade von den alten Griechen gelernt. Nun empfand ich Vaters Vergnügungssucht mit all ihrem Desinteresse an den Beschwernissen des Lebens als moderne Variante des Stoizismus: So konnte man das Leben zum Tod gelassen ertragen. Und: Er hatte mich gezeugt, der, anders als die Silbers, wusste, dass es am Ende darum ging, etwas zu hinterlassen, das blieb. Nicht in der Familie. Welche Familie? Sondern in der Welt. Ich hatte an diesem Nachmittag die Verantwortung für das Nachleben übernommen. Die Todesangst verschwebte. Aber leichtlebiger machte mich das nicht.

12.

Wissen Sie, was seltsam ist, Hannah? Manchmal frage ich mich, ob das, was ich Ihnen erzähle oder was ich für Sie aufschreibe, jemanden interessiert. Ich meine, Sie bezahle ich ja dafür, aber würde das irgendjemand anderen interessieren? Warum wünsche ich mir, dass es interessant ist? Ist das nicht ein Kleinbürgersyndrom, zu glauben, dass alles irgendwie exemplarisch ist, was man ist und wie man ist und warum man so ist? Dass es sich »so gehört«, also selbst im Scheitern ganz typisch ist?

Was mich interessiert, sagte Hannah, ist, ob Sie auch eine Mutter haben. Oder hat Ihr Vater ganz allein Sie als Bube auf den Kartentisch gewixt?

Mein Vater ist völlig unwichtig. In dem Sinn, dass er sich in meinem Leben nie wichtig gemacht hat. Er war höchstens durch seine Abwesenheit wichtig. Mit achtzehn, zwölf Jahre nachdem Vater von zu Hause ausgezogen war, trennte ich mich von meiner Mutter, zog in eine eigene kleine Wohnung, die so billig war, dass mein Vater bereit war, die Miete zu bezahlen. Es war eine Souterrainwohnung in der Marxergasse im dritten Bezirk, von Familie und Freunden bald nur noch »Marxer Keller« genannt. Als Vater diese Wohnung sah – er begleitete mich zur Unterzeichnung des Mietvertrags –, sagte er: »Ja, die ist bestens.« Das hieß: Er stimmte zu, dass man wohl keine bessere Wohnung für den Betrag bekommen würde, den er bereit war zu zahlen. Dann saßen wir allein an einem Küchentisch mit Resopalplatte, über dem Kopf meines Vaters ein kleines Fenster, durch das ich ab und zu die Waden oder Hosenbeine von Passantinnen und Passanten sah, und Vater holte eine Flasche Billig-Sekt (»Söhnlein«) aus seiner Aktentasche, die er entkorkte, um mit mir von Mann zu Mann meine Unabhängigkeit zu feiern. Wir tranken den lauwarmen Sekt aus zwei Kaffeehäferln mit den Aufschriften »Ich« und »Du«, die der Vormieter zurückgelassen hatte. Vater war »Ich«. Er sagte: Er wünsche mir, dass ich glücklich werde, aber glücklich werden könne jeder nur nach seiner eigenen Fasson. Deshalb werde er sich nie in mein Leben einmischen. Drei Regeln allerdings, die in Hinblick auf ein glückliches Leben vielleicht universal seien, wolle er mir nun aber auf den Weg mitgeben. Ich könne sie beherzigen, ich könne sie in den Wind schlagen, aber einmal, ein einziges Mal wolle er sie gesagt haben.

Er sah auf die Uhr. Ich hatte den Eindruck, dass er es schon bereute, gleich drei Regeln angekündigt zu haben, weil er es schon wieder eilig hatte. Ich brauchte seine Regeln nicht, und ich wollte auch sein Geld nicht mehr. Es war so lächerlich. Sollte er doch gehen, wenn er ein besseres Programm hatte, als mit seinem Sohn warmen Schaum zu gurgeln, an diesem Tag, der für den Sohn historisch war. Er muss gespürt haben, was ich dachte, denn er zog blitzschnell die Manschette über seine Uhr, wischte mit zwei, drei schnellen Handbewegungen unsichtbare Staubfussel vom Ärmel seines Sakkos und sagte: Also, das ist klar, ich werde dich nie mit Ratschlägen oder Vorschriften bedrängen!

Während des weiteren Gesprächs sah er nie wieder auf die Uhr. Allerdings schaute er immer wieder so seltsam an mir vorbei.

Die erste Regel: Man kann nur mit der ersten Frau oder mit der letzten glücklich werden. Verstehst du?

Nein, sagte ich.

Irgendwann wirst du das verstehen. Zweite Regel – (eindeutig: er hatte es eilig) Wenn du ein Mädchen mit nach Hause nimmst – er blickte sich skeptisch um – und die Nacht mit ihr verbringst, dann mache ihr nie das Frühstück. Sonst machst du es, wenn du mit ihr zusammenbleibst, dein ganzes Leben lang. Verstanden?

Ja, sagte ich und dachte: Ich werde immer das Frühstück machen. Ganz liebevoll. Für jede, die mich liebt.

Dritte Regel: Wenn zwei sich lieben, dann lieben sie sich auch in einer Steinzeithöhle. Verstanden?

Ja, sagte ich. Das war wirklich leicht zu verstehen: Wenn ein Mädchen es hier nicht aushält, dann hält sie es mit dir nicht aus – komme also nie und verlange mehr Geld für eine bessere Wohnung. Das hatte er gemeint.

Er sah wieder an mir vorbei, dann stand er auf.

Sind die Wände feucht?, fragte er, drückte eine Handfläche an die Wand, von der sofort ein Stück Anstrich, wenn nicht gar Verputz herunterfiel. Nein, sagte er, man muss nur einmal ordentlich heizen, klar! Dann ist es bestens!

Erst nachdem Vater gegangen war, fiel mir auf, dass an der Wand, die ich während unseres Gesprächs im Rücken gehabt hatte, eine Küchenuhr hing.

Diese Wohnung ist feucht, sagte meine Mutter, die zwei Stunden später Nachschau halten kam. Wie konntest du dieses feuchte Loch mieten? Wie konnte dein Vater das zulassen?

Nein, sagte ich trotzig, man muss nur einmal ordentlich heizen.

Mutter brachte Geschirr und Besteck, Bettwäsche, sogar den Schaukelstuhl, um den wir zu Hause immer gekämpft hatten – was heißt »zu Hause«? Der Marxer Keller war nun mein Zuhause! Um den wir jedenfalls immer gekämpft hatten, solange ich noch bei Mutter wohnte.

Den hast du doch so gern, sagte sie.

Sie wischte die Küchenschränke aus, räumte das Geschirr ein, überzog das Bett, kaufte im nächsten Supermarkt Grundnahrungsmittel, schwatzte ununterbrochen: Alles wird immer teurer, wie wirst du dir das allein leisten können? Oder: So ein feuchtes Loch! Du wirst noch Rheuma bekommen!

Vater wollte, dass ich glücklich werde. Aber Mutter musste mir immer alles madig machen.

Die nächsten Tage verbrachte ich hauptsächlich mit Heizen und Schaukeln.

Dann lernte ich Helga kennen.

14.

Helga war ein altmodisches Mädchen. Das gefiel mir. Es sollte erst später ein Problem werden. Zunächst war es ein Vorteil. Ich musste nicht lässig und erfahren tun, und ich musste nicht unausgesetzt irgendwie witzig sein, nur damit kein peinliches Schweigen aufkam. Sicherheit gab uns, dass wir beide so unsicher waren, und Schweigen ging jederzeit als romantische Gestimmtheit durch. Junge Liebespaare und alte Ehepaare schweigen. Es hatte alles seine Richtigkeit. Wir torkelten vor Liebessehnsucht wie Bambi, lebten in animiertem Pathos wie Susi und Strolch.

Ich hatte sie nach einer Vorlesung angesprochen. Sie hatte rote Haare und wie viele Rothaarige eine sehr weiße Haut. Das gefiel mir nicht unbedingt, sie würde nie in die Sonne gehen können. Sie hatte traurige Augen, einen geradezu starren Blick. Das mochte ich auch nicht, ich wollte doch lernen, leichtlebig zu sein. Aber mein Gedanke war: Sie wird mich nicht demütigen.

Exkurs: Ich hatte damals, nach einem demütigenden Erlebnis, bereits über ein Jahr lang kein Mädchen mehr angesprochen. Es war in meinem letzten Schuljahr, als meine Mutter sich Sorgen zu machen begann, weil ich jeden Abend zu Hause im Schaukelstuhl saß, und nicht, wie andere in meinem Alter, ausgehen wollte. Hast du ein Mädchen?, fragte sie mich. Nein, sagte ich. Wie auch?, sagte sie. Hör zu! Heute abend gehört der Schaukelstuhl mir, ich schau mir im Fernsehen das neue Kabarettprogramm von Farkas an, und du gehst in eine Diskothek. Ein Junge in deinem Alter, der dauernd zu Hause herumsitzt, das ist doch nicht normal.

Max (ein Schulfreund von mir) darf nie in eine Disko gehen, sagte ich, er hat einen Riesenstreit mit seinen Eltern, weil sie ihn nicht weglassen.

Er will wenigstens. Und du darfst! Bis Mitternacht. Dann bist du verlässlich wieder zu Hause.

Sie steckte mir einen Geldschein zu.

Aber, sagte ich, wohin soll ich gehen? Ich kenne doch keine Disco!

Alle jungen Leute rennen jetzt in dieses Voom Voom, sagte sie, nahm ein Telefonbuch, suchte die Adresse heraus, erklärte mir, wie ich hinkomme.

Ja, sagte ich, Max hat vom Voom Voom erzählt.

Ich dachte, er darf nicht.

Er geht heimlich. Er sagt zu Hause, dass er bei einem Freund Mathe lernt und gleich dort übernachtet.

Mich musst du nicht anlügen. Du gehst jetzt ins Voom Voom. Und wehe, du belügst mich!

Auf dem Weg in die Disco dachte ich, dass Mutter wahrscheinlich recht hatte. Ich sollte wirklich endlich lernen – was? Erfahrungen mit dem anderen Geschlecht. Ich dachte das tatsächlich so bürokratisch. Man könnte auch sagen: professionell. Als müsste ich, wie Vater, einen Artikel schreiben über das am meisten angesagte Tanzlokal der Stadt. Und dabei ein bisschen erotischen oder sexuellen Genuss mitnehmen.

Ich fand mich im Voom Voom nicht zurecht. Eine dunkle, fremde Welt mit Lichtblitzen. Die Zähne der Lachenden schienen blau. Aber die wenigsten lachten. Es herrschte eine Atmosphäre wie in einem Bergwerk. Hier musste eine sehr anstrengende Arbeit geleistet werden. Ich dachte immerzu nur: Was mache ich hier? Dann fiel es mir wieder ein. Das andere Geschlecht. Da sah ich ein Mädchen, das meine Aufmerksamkeit erregte. Ich fand schön, was als schön galt: schulterlanges Haar mit Mittelscheitel, Minirock. Immer wieder blitzte die große Schnalle ihres Gürtels im Disco-Licht. Sie wirkte gelangweilt. Geradezu verächtlich gegenüber dem Treiben rundum. Sie signalisierte, dass sie tiefer empfand und mehr wusste als all die anderen, die da herumsprangen und sich verrenkten. Ich begriff erst später, dass es damals dazugehörte, verächtlich zu wirken, gelangweilt, erhaben. Ständig musste man sich an Orte begeben, um dort zu demonstrieren, dass man es nicht nötig hatte, hierherzukommen. Es war eine Scheiß-zeit. Was waren das für Ängste, die sich hinter dieser demonstrativen kalten Gelangweiltheit versteckten? Ich sah die Ängste der anderen nicht, ich spürte nur meine eigenen.

Jetzt aber sah ich nur sie, das Mädchen mit der blitzenden Gürtelschnalle. Ich ging zu ihr hin, um sie anzusprechen. Als ich vor ihr stand, sie mich überrascht anschaute, fiel mir ein, dass ich mir nicht überlegt hatte, was ich sagen sollte. Die Musik war sehr laut. Also konnte ich zunächst gestikulierend so tun, als wäre es bei diesem Lärm unmöglich, etwas zu sagen. Aber es half nichts. Ich musste etwas sagen. Die laute Musik. Tanzlokal. Klar. Ich sagte: Willst du mit mir tanzen? Ich schrie es.

Sie sah mich an, von oben nach unten und wieder nach oben, nur ihre Augäpfel bewegten sich, dann sagte sie: Nein.

Seither weiß ich, dass die Seele keinen Sitz hat. Sie ist eine Flipperkugel. Sie schlägt an im Knie, klickt gegen die Hoden, stößt ans Zwerchfell, trifft das Herz, schlingert durch den Hals, prallt an das Hirn, fällt in ein Loch.

Ich hatte, vom Eintritt abgesehen, noch gar nichts ausgegeben. Ich hatte genug Geld für ein Taxi.

Jedenfalls, Helga war Jungfrau. Sie sagte, sie brauche noch etwas Zeit. Sie blickte dabei so traurig, als hinge die Entscheidung, mit mir ins Bett zu gehen, leider nicht von ihr, sondern von einer übergeordneten Macht ab. Das stimmte wahrscheinlich auch. Man hört oder liest ja oft, dass die Entscheidung, mit jemandem ins Bett zu gehen, nicht unbedingt vom eigenen Willen gesteuert ist. Mir war das jedenfalls recht. Ich hatte ja selbst keine Erfahrung. Ich hatte vor, in der Zeit, die Helga noch brauchte, eine Art Schnellkurs zu buchen, um nicht gleich beim ersten Mal bei meiner ersten Freundin völlig ahnungslos zu sein und womöglich zu versagen. Ich hielt mich bereit. Das führte zu gar nichts. Ich überlegte, in den Vorlesungen und Proseminaren die Mädchen anzusprechen, die mir gefielen. Aber ich wollte bloß eine erste Erfahrung, und keine zweite Helga. Ich plante, in ein Bordell zu gehen. Aber ich war zu feig. Ich hatte einen Freund, der sich von seiner Freundin trennte, um die ich ihn beneidet hatte. Listig tröstete ich sie. Sie weinte an meiner Schulter. Wir kamen uns rasch näher, aber nie in die Nähe des Bettes. Sie wollte erst ihre gescheiterte Beziehung verarbeiten. Ich bekomme heute noch Hautausschläge, wenn ich das nur höre: »Beziehung« und »verarbeiten«.

Und dann passierte es. Ich sollte für die Studentenzeitung eine Reportage über »Die neue Jugendkultur« schreiben. Ich war zu feig, um zu recherchieren. Ich schrieb aus der Erinnerung über das Voom Voom. Diese Reportage wurde ein fulminanter Erfolg – bei der Sekretärin meines Professors im Institut für Publizistik. Sie sprach mich darauf an. Der Satz »Nur wenn ich ein Tier wäre, würde ich den Vorwurf meiner Artgenossen, ich sei zu menschlich, verstehen« habe sie tief berührt. Sie erzählte mir, dass sie vor zwei Wochen im Voom Voom gewesen und dort als »Oma« verspottet worden sei. Ich fand das ungerecht. Sie hatte nichts von einer Oma. Sie hatte etwas

Mütterliches. Sie war um die Dreißig. In meiner Erinnerung wird sie es immer bleiben. Sie könnte heute meine
Tochter sein. »Ist in den letzten Jahren nicht unausgesetzt
von Befreiung die Rede gewesen, bis hin zur freien Liebe?
Was immer befreit wurde, die Liebe ist es nicht!« Berührt
habe sie das, sagte sie. Sie hieß Frau Hader. Barbara. Und sie
war offenbar gern berührt. Es genügte ein entsprechender
Kalauer, kombiniert mit einem Blick der Unschuld, die ich
ja wirklich noch hatte, und ich lag in dieser Nacht bei ihr
im Bett. Ich war ahnungslos. Natürlich wusste ich grundsätzlich, worum es ging. Aber sonst wusste ich nichts. Ich
dachte, dass der Begriff »Liebesnacht« bedeutete, dass man
die ganze Nacht liebte. Ich war fassungslos, wie schnell das
Grundsätzliche vorbei war. Das konnte ich nicht akzeptieren, dieses Versagen: Die Nacht war noch so lang. Ich war
jung, zugleich sehr spät dran. Ich hatte also die Kraft der
Jugend und den Druck eines Stausees. Heute noch wun-
dere ich mich darüber, wie es mir damals möglich war, nur
mit psychischer Anstrengung immer wieder aufs Neue einen physischen Muskel anzuspannen. Barbaras Keuchen
erleichterte mir die Erregung. Aber bald wurde alles eins:
Gelingen, Angst, Schmerz und Hass. Das Leiden unter
Tag. Ich war auf eine Mine gestoßen, aber es war noch so
lange hin bis zum Ende der Schicht. Unvorbereitet in einer Mathestunde. Bis jetzt bin ich gut davongekommen,
aber noch so lange bis zum erlösenden Läuten. Marathon.
Ich schüttete laufend Glückshormone aus, aber die Mus-
keln brannten schon, nie würde ich es ins Ziel schaffen.
Hundert Liegestütze waren die Höchststrafe in der Schu-

le gewesen, noch jeder ist unter dieser Anforderung zu-sammengebrochen. Hatte diese Strafe ein Training für die Liebe sein sollen? Für das Leben lernen wir? Ich weinte. Ich biss die Zähne zusammen. Ich wollte es schaffen. Ich bin immer brav gewesen. Hör auf, sagte Barbara, ich kann nicht mehr.

Aber noch immer nicht die Dämmerung, das Morgen-grauen.

Das habe ich noch nie erlebt, sagte Barbara.

Ich schon. Nur noch nicht im Bett. Mich ekelte vor ih-rem Schweiß. Sie drückte mein Gesicht gegen ihren nas-sen Busen, sagte »Lieber!«.

Was?, fragte ich.

Sie schlief schon. Was, dachte ich, wäre ihr lieber?

Es war finster zwischen ihren Brüsten. Ich hörte Vogel-gezwitscher. Und sagte: Es ist die Nachtigall und nicht –

Sie schlief doch nicht. Du bist eine Kindsbestie, sagte sie.

Eine Woche später war Helga so weit. Ganz plötzlich. Allerdings ist es immer plötzlich, wenn eine Frau ja sagt. Wir sind im Kino gewesen. Fellinis Casanova. Ich hatte bei der Entscheidung, welchen Film wir uns ansehen, kei-ne taktischen Hintergedanken gehabt. Uns interessierte Fellini, allenfalls noch Donald Sutherland, nicht Casano-va. Und während des Films kam ich erst recht nicht auf die Idee, dass dieser Film Helga anregen und ihre Ent-scheidung, endlich mit mir ins Bett zu gehen, befördern könnte. Für mich war dieser Film eine historische Studie über die wachsende Potenz bürgerlicher Verkehrsformen im Schoß des Feudalismus. Wie viel erregender der bürgerliche Leistungsgedanke war, im Vergleich zu dem feudalen Anspruch auf Lust, der sich nur von einer privilegierten Geburt ableitete und in Langeweile münden musste. In Casanovas Sexualverhalten kündigte sich bereits die Fabrikdisziplin an, letztlich der Taylorismus, und damit der definitive ökonomische Sieg des Bürgertums über die alten Produktionsweisen. Ich war bereit, Helga sofort in einem Café einen Vortrag darüber zu halten, als ich sie nach dem Verlassen des Kinos fragte, wohin wir jetzt gehen könnten. Wir können gerne zu dir gehen, sagte sie.

Mir wurde mulmig. Ich hatte das nicht erwartet und daher die Heizung im Marxer Keller aus Sparsamkeitsgründen nur auf das Minimum eingestellt. Wir mussten sehr lange in voller Bekleidung schmusen, bis es endlich so warm war, dass Helga bereit war, sich auszuziehen. Eigentümlicherweise empfand ich oder wollte empfinden, dass Helgas Entjungferung auch mein erstes Mal sei. Barbara ist nur die Einschulung gewesen, sozusagen das Einführungsproseminar, aber Helga sollte meine wirklich erste, meine echte erste Erfahrung sein.

Diese Aufspaltung meiner ersten Erfahrung war der Grund, dass ich schon beim ersten Mal im Grunde nicht wusste, mit wem ich eigentlich zusammen war.

Es war unendlich kompliziert mit Helga. Ich war entnervt, verlor die Lust. Das duldete ich aber nicht. Lust musste herrschen, es musste funktionieren. Es funktionierte, weil ich dauernd an den Exzess mit Barbara dachte. Der Exzess mit Barbara ist mühsam gewesen, schmerzhaft

anstrengend, aber in der Erinnerung war er ein vorbild-
licher Exzess. Wie sie mir ihre Brüste ins Gesicht gedrückt
hatte – so unangenehm, diese erstickenden feuchten Euter,
Panik hatte ich empfunden, die Luft angehalten, nur noch
gestrampelt wie einer, der ins Wasser gestürzt ist, »Tiefer!
Tiefer!«, aber ich hatte nur auftauchen wollen. Jetzt aber,
in der Erinnerung, erschien mir das als vorbildlich geil,
verglichen mit der sperrig scheuen Art, wie Helga immer
wieder mit gekreuzten Armen ihre Warzen-Knospen be-
deckte. Es gibt kein Eindringen ohne Erinnern, es wurde
alles eins.

Ja, haben Sie denn keine Zärtlichkeit empfunden, fragte
Hannah.

Ja, schon, natürlich, aber das ist wahrscheinlich das Problem: dass ich schon damals irgendetwas erwartet oder er-
sehnt habe, das weit darüber hinausgeht.

Liebe, Nathan?

Nein. Was immer es ist, es ist das, was ich Lust nenne.
Das größte Rätsel, das höchste Ziel: Lust.

Kein Blut. Es machte mich rasend. Helga hatte doch gesagt, dass sie Jungfrau sei. Es hatte sich auch entsprechend
vernagelt angefühlt. Wieso kein Blut? Ich suchte das ganze
Bett ab. Nichts. Was hast du?, fragte Helga. Komm, drück
dich an mich.

Ich fand die Naivität, mit der sie Zärtlichkeit forderte
und dabei wegdösen wollte, skandalös. In einer Kultur,
in der der Mann nun das blutbefleckte Laken vorweisen
müsste, wäre ich jetzt verloren gewesen. Das interessierte
Helga überhaupt nicht.

Am nächsten Tag in der Früh standen plötzlich meine Mutter und meine Großmutter neben meinem Bett. »Die Putzbrigade ist da!«, sagte Oma fröhlich. »Ich wette«, sagte Mutter, während sie und Oma sich auszogen und Schürzenkleider anzogen, »dass du noch kein einziges Mal sauber gemacht hast, seit du hier eingezogen bist. Du erstickst im Dreck!«

Helgas große Augen. Langsam zog sie die Decke hoch, über das Gesicht.

»Wer ist das?«, fragte Mutter.

Helga, sagte ich.

»Kommen Sie, Helga, ich zeige Ihnen, wo Nathan den Staubsauger hat!«

Ich schrie und tobte und randalierte nicht.

Irgendwann war der Spuk vorbei, und die Wohnung roch nach Desinfektionsmittel wie ein Spital. Und Helga lebte. Sie kroch aus dem Bett, machte Kaffee, verschüttete Kaffeepulver, ließ die Milch überkochen, rauchte, die Asche fiel auf den Boden. Sie hielt mit beiden Händen das Kaffeehäferl wie eine, die zu erfrieren droht. Sie war »Du«.

Mein größter Erfolg in der Zeit, in der ich für die Studentenzeitung schrieb, war der Artikel »Das Hymen – eine bürgerliche Erfindung?«.

15.

Einige Tage später Anne. Mensa. Dann Marxer Keller. Wie abgebrüht sie war. Kühl und selbstsicher nahm sie sich, was sie wollte. Sie kannte keine Scheu, kein Tabu. Sie tat nichts nur deswegen, um mir etwas Gutes zu tun – und tat mir dadurch unausgesetzt Gutes. Es war, gemessen an herkömmlichen Sexualphantasien, so vorbildlich, dass es schon wieder einzigartig war. Es sollte mich heftig erregen – jedes Mal wenn ich später in den Armen anderer Frauen daran dachte. In Annes Armen aber dachte ich erregt an die scheue Zärtlichkeit Helgas, an Helgas große romantische Augen und die so sinnlich gekreuzten Arme über ihrem Busen. Wenige Tage später zog Helga im Marxer Keller ein.

16.

Ein Trennungsgrund ist so gut wie der andere. Zum Beispiel Kirschen im April. Ich war mit Helga nicht glücklich. Aber das war kein ausreichender Grund, wenn man noch gar nicht wusste, was Glück überhaupt ist. Und wir taten alles, um es zu entdecken. So wie wir Ikea-Bücherregale unter steter Überprüfung der Montageanleitung zusammenschraubten – uns dennoch irrten und alles wieder auseinandernehmen und neu beginnen mussten –, so versuchten wir mit Wilhelm Reich in der Hand den richtigen Orgasmus zu basteln. Vielleicht war es gut. Aber wir wussten es nicht, weil wir nur wussten, dass es war, wie es war. Das war immerhin ein Projekt. Was wir lernten, lernten wir gemeinsam. Ich liebte damals Peter Handke, die Texte, in denen er »erste Male« besang, diese poetische Rührung, die das Allerbanalste auflädt, wenn es nur dies ist: eine neue Erfahrung, ein Anfang. Seltsam, dass ich sagen konnte: Ich liebe Peter Handke, aber mich schwertat zu sagen: Ich liebe Helga. Das allerdings hätte auch von Handke sein können: »Ich möchte dich hassen, aber ich hasse Kunstleder.«

Ich hatte auf dem Heimweg von der Uni auf dem Markt Kirschen gesehen und sofort ein Kilo gekauft. Nichts schmeckt so gut wie die ersten Kirschen. Schon auf die zweiten konnte ich verzichten. Aber die ersten! Ich wusch sie, trug die Schüssel ins Zimmer, Kirschenpaare an die Ohren gehängt, ich war dekoriert für den Genuss.

Wie kannst du Kirschen kaufen im April, sagte Helga. Man kauft keine Kirschen im April. Die sind viel zu teuer. Es ist noch nicht die Saison. Was hast du dafür bezahlt?

Ich wusste es nicht. Ich wusste nicht, was Kirschen vernünftigerweise kosten durften. Es war ein Geldschein. Ich habe Retourgeld bekommen. Ich wusste es nicht. Der Streit hätte auch aus einem ganz anderen Anlass entstehen können. Es war so kleinlich. Ich war ja selbst kleinlich, das war es ja nicht, dass sie kleinlich war und ich so ein Weltmann. Aber ich hatte schlicht nicht gewusst, dass es

Kirschen gab, wenn es eigentlich noch keine gab. Das hatte nichts mit Charakter zu tun, sondern mit Wissen, mit Erfahrung. Kleine Verhältnisse. Wir hatten nichts anderes. Ich hatte mich gefreut. Ein Genuss. Er war zerstört. Trotzig aß ich meine Kirschen. Ich hätte krachend Diamanten zerbeißen können. Das war kein Genuss mehr.

Versöhnung im Bett. Ihre Pobacken waren eiskalt. Keine Kirschen im April. Ende April zog sie aus dem Marxer Keller aus.

17.

Annes Vater war Arzt. Spross einer legendären Ärztedynastie. In den Arkaden der Universität befanden sich drei Bronzebüsten von seinen Vorfahren, die auf dem Gebiet der medizinischen Forschung Großes geleistet hatten. Streng blickende Männer mit Backen-, Zwirbel- oder Knebelbart. Annes Vater, er hatte keinen Bart, war nicht nur ein hohes Tier in der Standesvertretung der Ärzte, er war vor allem bekannt als Spezialist für gekrönte Häupter aus aller Welt. Das Fernsehen zeigte, wie sie in Wien ankamen, und übertrug dann die Pressekonferenzen, in denen er über ihren Gesundheitszustand Auskunft gab. Ich lernte ihn kennen, als ich Anne einmal von zu Hause abholte.

Ihr Vater bot mir einen Aperitif an, während seine Tochter »sich frisch machte«. Sie hatte, wie sich herausstellte, bis zwanzig Minuten vor unserem Rendezvous geschlafen. Der Vater bot Sherry an (»mein erster Sherry«), schenkte ein, die »Frau Doktor« servierte Salzgebäck. Die riesige Wohnung. So viele Türen. Offenstehende Flügeltüren, die den Blick freigaben in Zimmerfluchten, ein Biedermeiermuseum. Dazu noch einfache Türen und Tapetentüren. Bei dieser Familie war immer noch etwas dahinter. Über dem Sofa, auf dem der Vater Platz nahm, hing ein Ölgemälde, das einen bärtigen Mann an einem Schreibtisch zeigte und dahinter eine Polstertür.

Jetzt glaubte ich Anne zu lieben. Ich war verrückt nach ihr. Sie würde Türen öffnen, Zimmerfluchten, neue Räume in meinem Leben erschließen. Sie befand sich in Opposition zu ihren Eltern. Sie ging in eine Schauspielschule, wollte ihr Medizinstudium aufgeben. Sie las Trotzki. Sie liebte Dostojewski und arbeitete an einer dramatisierten Fassung der »Dämonen«. Sie erzählte mir die ganze Nacht davon. Wir tranken Wodka. »Mein erster Wodka«, mein zweiter und mein dritter. Ich hatte nicht genug Geld. Sie bezahlte. Dann fuhr sie ihren VW-Golf gegen eine Laterne. Wir waren zum Glück angeschnallt. Ich glaube, ich hatte ein leichtes Peitschenschlagsyndrom. Ich lallte: »Ich liebe dich!«

Endlich war ich jung. Ich meine damit, endlich war ich kein Kind mehr und zugleich enthoben der irren Anforderung, erwachsen zu sein. Die kleinen Verhältnisse waren zertrümmert. Wir starrten durch die Windschutzscheibe, die zu Spinnenmuster geborsten war, auf eine Hauswand, die beleuchtet wurde von den schielenden Scheinwerfern ihres Golf. Ich liebe dich, sagte ich, und jedes Mal, wenn ich dich sehe, und was immer passiert, liebe ich dich noch mehr!

Die Liebe ist eine Produktivkraft wie die Gesundheit, sagte Anne, es ist absurd, seine Gesundheit nur dafür zu verwenden, immer noch gesünder zu werden. Man muss sie in etwas anderes investieren. Und genauso die Liebe. Immer mehr lieben zu wollen, ist so unsinnig wie als Gesunder immer gesünder werden zu wollen. Trotzki! Schriften Band sechs.

Sie war eben die Tochter eines Arztes. Am nächsten Tag hatte sie ein neues Auto.

18.

Anne hatte immer schon etwas anderes vor, wenn ich sie anrief und mich mit ihr verabreden wollte. Dann wieder rief sie an. Es ist eine sehr schwierige Entscheidung, ob man dann Stolz zeigt, kühl bleibt und zumindest ab und zu aus taktischen Gründen selbst gerade keine Zeit hat, oder ob man froh ist und sofort bereit.

Ich hatte kein Problem damit, auf Abruf Zeit zu haben. Ich hatte ja Zeit. Stolz? Wozu? Ich war froh, wenn ich sie treffen konnte. Sie war die stärkere. Der Sex mit ihr war so, dass ich absolut sicher war: Eines Tages, wenn meine Körperpanzer brachen, würde ich eine Lust empfinden, so groß, dass es mich gleichsam ins All zerstäubte. Technisch war schon alles perfekt. Es musste nur noch − was?

Ich weiß es nicht. Geschehen. Inzwischen bemühte ich mich nach Leibeskräften, sie nicht zu enttäuschen. Wenn sie überhaupt Zeit hatte. Mit anderen Worten: ich wurde immer apathischer, wenn ich allein war. Ich musste mich zwingen, etwas zu tun. Monatelang war ich schon nicht mehr auf der Uni gewesen, ich wollte nicht Frau Hader begegnen. Lesen. Wie mich die Literatur langweilte. Bei jedem Buch, das ich aufschlug, hatte ich schon nach dem ersten Satz genug. Ich schaukelte. Ich lernte alle ersten Sätze der Bücher auswendig, die im Marxer Keller in den Ikea-Regalen standen. Mein Favorit war der Anfang von Robert Walsers Räuberroman: »Edith liebt ihn. Hievon nachher mehr.«

Das Kuba-Solidaritätsfest. Ich rief Anne an, sie hatte etwas anderes vor. Überhaupt: Sie gehe nicht zu den Stalinisten. Hör zu, sagte ich, es ist ein Fest und ich dachte –

Was sollte ich sonst tun? Nichts. Dann doch das Fest. Allein. Was sonst? Das Duschen und Einseifen, das unausgesetzte glitschige Gleiten der Hände über den Körper, das mollige Geschlecht im Schaum, der harte Duschstrahl. So schwermütig mein Wunsch, glücklich zu sein. Dann rasieren.

Exkurs: Ich rasiere mich nass.

Ich war sechzehn, vielleicht auch schon siebzehn, als ich mir von meinem Vater einen Rasierapparat gewünscht hatte. Geburtstag? Oder Weihnachten? Jedenfalls ein Anlass. Was wünschst du dir? Einen Rasierapparat. Ich strich über den Flaum auf meiner Wange. Es war so weit.

Ich sehe noch immer vor mir, wie Vater ihn mir überreichte. Wie ich ihn auspackte. Die Erklärungen meines Vaters. Mit diesem kleinen Pinsel mußt du ab und zu den Scherkopf reinigen, sagte er. Hier kannst du ihn öffnen, siehst du –

Der Rasierapparat klappte auf und Bartstoppeln rieselten heraus. Siehst du, so! Sagte Vater und wedelte hektisch mit dem kleinen Pinsel über die Innenseite der Apparatur.

Der Blick meiner Mutter. Meine sprachlose Wut. Die unausgesetzten Erklärungen meines Vaters. Ich glaube, er hat verstanden, sagte Mutter schließlich, das Gerät hier ist ein Rasierer und kein Flugzeug.

Ja, sein erster, und darum –

Er hat verstanden, sagte Mutter.

Ich stellte mir vor, wie Vater in ein Geschäft gegangen ist, um seinem Sohn einen Rasierapparat zu kaufen. Er war verblüfft, wie viel schöner und besser die Rasierer geworden sind, seit er sich zum letzten Mal selbst einen gekauft hatte. Er erstand so ein modernes Gerät. Ich sehe Vater vor mir, wie er dann zu Hause abklärte: Braucht Nathan für sein bisschen ersten Bart wirklich so einen tollen modernen Rasierer? Reichte da nicht der alte, der ihm bei seinem starken Bartwuchs doch immer gute Dienste geleistet hatte? Er konnte nicht anders, er wollte selbst den neuen behalten, wickelte seinen alten Apparat in Geschenkpapier und vergaß noch, ihn zu reinigen.

Es sind solche Erinnerungen, die weiterschwelen. Andererseits: Was ist solch eine Demütigung und Enttäuschung im Vergleich zu wirklichem Unglück? Nichts. Aber eben deshalb schmerzt es so. Nichts, das notwendig gewesen wäre. Ich wollte Ich sagen lernen und mich rasieren. Ich wollte kein gebrauchtes Ich.

Ich glaube, ich hätte einen Vater akzeptieren können, der mir erklärt hätte, dass er zu wenig Geld habe, um mir einen elektrischen Rasierapparat zu kaufen. Der mir mit seinem Rasiermesser gezeigt hätte, wie man sich rasiert. Wie man es am Leder abzieht, wie man die Wangen einschäumt, mit zwei Fingern die Haut spannt, damit man sich nicht schneidet. Ich hatte Schulfreunde, die solche Väter hatten. Die mit ihren Vätern Fußball spielten in den Ferien auf dem Strand von Jesolo, und nicht scheu, mit gepresstem Atem »Jugendliteratur« lasen im Kaminzimmer eines Luxushotels. Sie bekamen von zu Hause Energie mit. Wurden Männer. Kämpften sich nach oben. Als die Stipendienpolitik der Sozialdemokraten auf die Energie dieser Söhne traf, entstanden Karrieren. Ich traf diese Söhne später in den politischen Zirkeln der Universität nicht mehr wieder. Weil sie nie dazu angehalten worden waren, ihr Unglück, im Vergleich zum Elend anderer Kontinente, als relatives Glück anzusehen, kamen sie gar nicht auf den Gedanken, ihr Elend mit der globalen Misere kurzzuschließen und im nächsten Schritt ihr künftiges wirkliches Glück vom Glücken der Weltrevolution abhängig zu machen. Sie machten ihr Glück, während wir in den Zirkeln den Kampf des Weltproletariats diskutierten.

Ich saß in Marx- und Reich-Arbeitskreisen, und wissen Sie, was das Entsetzlichste ist, Hannah? Ich fürchte, dass ich damals die Weltrevolution sogar als Voraussetzung für einen Orgasmus sah: Erst wenn alles Unglück der Welt beseitigt ist, wird mein Glück nicht relativ, sondern absolut sein können. Wenn ich im Marxer Keller ein Fenster öffnete, um zu lüften – Fenster! Es waren Luken, Oberlichter, durch die ich zum Straßenniveau aufblicken konnte! –, kamen nur der Dreck und die Abgase einer stolzen Stadt herein. Mein Anteil! Ich sollte zufrieden sein und studieren. Ich hatte keine Energie. Nur ein bisschen Trotz: Ich ließ mir den Bart wachsen. Er sah lächerlich aus. Irgendwie zusammengespart. Ich schabte ihn bald ab. Seither rasiere ich mich nass.

Das Kuba-Solidaritätsfest. Geduscht, gekämmt und rasiert zahlte ich Eintritt, erwartete nichts als billige Cuba-libre-Drinks, bekam zum Zeichen dafür, dass ich gezahlt hatte, einen Stern auf den Handrücken gestempelt und betrat einen Raum, in dem links auf einem Tisch ein Berg Mäntel und Jacken lagen. Ein Vorraum. Das Fest war irgendwo dahinter. Ich drang mit meinem Stempel, der mich zum Eintritt berechtigte, nicht bis zum Fest vor. Denn im Vorraum hing ein großes Che-Guevara-Poster, *das* Che-Guevara-Poster, darunter saß eine blonde Frau im Schneidersitz auf dem Boden und rauchte einen Joint. Ganz alleine saß sie da. Jeder, der hereinkam, ging an ihr vorbei und hinein in den glühenden Kern des Festgeschehens. Ich blieb stehen, sah sie an, sie sah nicht auf, sie saß einfach da und rauchte, ich sah sie an, ich sah das Poster, dieser schöne Mann, der Held, darunter diese Frau, diese –, diese schöne Frau, wie das klingt: schöne Frau! Sie hatte die selbstverständliche Schönheit der Jugend, in einem Kontext, der sie zur Ikone machte. Ich setzte mich sofort neben sie, so selbstverständlich, wie ein Automat auf Knopfdruck reagiert. Ebenso selbstverständlich reichte sie mir ihren Joint. Blasiert. Nein, sie blies Rauch aus und hielt mir den Joint hin. (»Mein erster Joint«.)

Irgendwann kicherten wir. Irgendwann sank sie an meine Schulter. Irgendwann lag sie in meinem Bett im Marxer Keller. Wir hatten uns nur wenig mehr gesagt als unsere Namen. Sie hieß Martina. Sie blieb nach dieser Nacht noch zwei Tage, ohne den Keller zu verlassen. Es ist völlig rätselhaft, Hannah, ich weiß nicht, was wir in diesen Tagen taten, ich kann mich nicht mehr erinnern. Wir haben sicher nicht zwei Tage lang durchgevögelt. Unmöglich. Geschlafen? Ja, und dann? Lesen? Essen? Fernsehen? Rauchen. Ich weiß es nicht mehr. Ich weiß nur, dass ich immer wieder im Freundeskreis erzählte: Und dann blieb sie zwei Tage, ohne dass wir das Haus verließen. Also muss es so gewesen sein.

Ein Wochenende. Sie war ja berufstätig. Freitagnacht Samstag Sonntag. Am Montagmorgen sagte sie: Ich muss zur Arbeit! Soll ich danach wieder herkommen? Ja! Sagte ich. Wirst du auf mich warten? Ja! Ich komme gegen fünf. Wirst du da sein? Ja!

Wie leicht mir an diesem Tag alles fiel. Ich las Marx, das Kapitel über Entfremdung in den »Pariser Manuskripten«. Da war kein Widerstand zwischen den Sätzen und meinem Hirn. Keine Müdigkeit. Kein drückendes Zeitgefühl, die Zeit verging nicht zu langsam oder zu schnell, es war einfach immer Jetzt! Ich dachte: Ich verstehe! Ich meinte damit natürlich nicht bloß den Text, den ich las, ich meinte das umfassend: Ich verstehe! Anne hatte recht, die Liebe ist kein Ziel, sondern eine Voraussetzung wie die Gesundheit. Eine Produktivkraft. Ich dachte, wenn es gelänge, so zu leben, diesen Tag zu einem Leben zu machen, dann würde ich keinen Krebs bekommen. Krebs, das hatte ich bei Wilhelm Reich gelernt, war die Krankheit der buchstäblich Glücklosen, der ewig Unbefriedigten. Eine Hungerrevolte der Zellen gegen den Mangel an Lust. Meine Großmutter hatte damals Gebärmutterkrebs diagnostiziert bekommen, sie war seit fünfzehn Jahren Witwe. Es war alles so klar. Und alles rührte mich. Der Lichtkegel meiner Schreibtischlampe. Man musste im Marxer Keller auch tagsüber Licht einschalten. Das hatte mich immer trübsinnig gemacht. Jetzt rührte es mich. Der Lichtkegel schien aus meinen Augen zu strahlen. Mir fiel der Karpfen ein, den Großmutter so unvergleichlich kochte, wenn ich sie besuchte. »Heute lassen wir es uns gutgehen, Nathan!« Ich liebte sie. Ich nahm mir vor, sie am nächsten Tag zu besuchen. Ich machte mir ein Honigbrot und rief meine Mutter an. Oma ging es gut, sagte sie, und: Isst du den Honig, den ich dir geschenkt habe? Der war teuer. Da ist Propolis drinnen, der macht dich stark!

Ja, Mutter. Ich wunderte mich, dass ich nicht ungeduldig mit ihr wurde. Ja, Mutter. Ja, Mutter. Ich war gerührt: Sie liebte mich. Dann las ich Robert Walser. Das Buch, das mich noch vor kurzem nach wenigen Seiten gelangweilt hatte, jetzt las ich es in einem Zug durch. Jetzt. »Edith liebt ihn. Hievon nachher mehr.« Ich lachte, ich musste minutenlang lachen, als ich begriff, dass diese Edith im Roman dann nie wieder vorkam. Das musste ich Anne erzählen. Nein Martina, wenn sie dann kam. Beiden. Ich schrieb eine Glosse für die Studentenzeitung über verbotene Bücher in der Uni-Bibliothek. Ich hatte Wochen zuvor durch Zufall festgestellt, dass Literatur, die von den Nazis verboten worden war, noch immer nicht entlehnt werden durfte, bloß weil nach 1945 vergessen wurde, dieses Verbot wieder aufzuheben. Wie oft hatte ich mir seither vorgenommen, darüber zu schreiben und diesen Skandal publik zu machen, wie oft hatte ich im Kaffeehaus oder im Arbeitskreis angekündigt, dass ich diesen Artikel schreiben werde. Und an diesem Tag schrieb ich ihn. Dann ging ich einkaufen. Ich wollte für Martina Spaghetti kochen. Ich kaufte alle Zutaten und Blutorangen. Warum Blutorangen? Ich konnte nicht anders. Es war die Blut-, die Orangen-Saison. Wieder zu Hause, legte ich Beethoven auf, die Neunte. Es war kurz nach vier.

Da läutete es. Martina kommt früh, dachte ich. Vor der Tür stand Anne. Ich war verblüfft. Verunsichert. Wie oft hatte ich mir gewünscht, dass sie irgendwann einfach so, ohne von mir bedrängt zu werden, zu mir kommt. Jetzt war sie da. Und gleich würde Martina kommen.

Bist du allein? Ja? Ich muss mit dir reden. Es ist sehr wichtig. Hast du einen Schluck Wein für mich?

Sie ging an mir vorbei in das Zimmer, blickte sich um, als hätte sie so ein Wohnloch noch nie gesehen. Als wäre sie noch nie da gewesen. Die Ode an die Freude. Ich hatte Wein. Für das Abendessen mit Martina. Jetzt erst fiel mir auf, dass ich noch immer keine Weingläser hatte. Ich hätte Wassergläser nehmen können, ich weiß nicht, warum ich die Kaffeehäferln nahm. Ich schenkte ein, ganz wenig. Ich hatte nur diese eine Flasche gekauft und – nein, ich schämte mich meiner Kleinlichkeit und schenkte großzügig nach.

»Ich« und »Du«. Ich war »Ich« – und sah auf die Uhr.

Ich halte dich nicht lange auf, sagte Anne. Auf dem Herd köchelte das Sugo. Riecht gut, sagte Anne. Ich wusste gar nicht, dass du kochen kannst. Das verbessert ja die Aussichten. Kannst du die Musik etwas leiser machen? Danke. Also. Folgendes.

Ihr Vater habe sie unter Druck gesetzt. Er akzeptiere nicht, dass sie in die Schauspielschule gehe. Er sei nicht mehr bereit, ihr Leben zu finanzieren. Wenn sie allerdings vernünftig werde, dann würde er sich noch viel mehr als bisher großzügig zeigen. Dieses Leben als Schauspielelevin führe zu nichts. Jetzt sei es lustig, auf seine Kosten. Aber er wolle, wenn er schon die Kosten habe, sichergehen, dass sie später, wenn diese Kindereien vorbei seien, nicht mit leeren Händen dastehe. Alt und krank. Ohne Medizin. Studium. Also Schluss mit der Schauspielerei. Was sei es denn schon? Saufen mit anderen Schauspielschülern, ab und zu eine Statistenrolle. Die Pferde sind gesattelt. Oder: Still, das Fräulein kommt! Wie lange wird dir das Spaß machen. Und den halben Tag zu schlafen. Und in ein paar Jahren? Was ist dann? Habe er gesagt. Nein, nein, Schluss damit. Nachweislicher Fortschritt beim Studium. Ein normales Leben. Sie werde ihm eines Tages dankbar sein. Nicht erst eines Tages, sondern gleich. Denn.

Ich sah an Anne vorbei zur Küchenuhr. Kurz nach halb fünf.

Eine Heirat würde ihr guttun, so Annes Vater, mit einem normalen, intelligenten Mann, das würde ihrem Leben Form und Halt geben. Er wisse, wovon er spreche. Sie habe den falschen Umgang. Lauter Irre und Wilde. Hysteriker. Im Grunde Patienten. Man saufe und schlafe nicht mit Patienten. Man lebe von ihnen, nicht mit ihnen. Er wisse, wovon er rede. Also Schluss. Dankbar.

Jetzt kommt's, sagte Anne. Weißt du, was er dann gesagt hat? Wer dieser nette Student gewesen sei, der mich einmal abgeholt habe? Er meinte dich. So intelligent hast du gewirkt. Und so höflich warst du. Was mit dir sei, hat er gefragt, ob wir uns getrennt hätten? Nein, habe ich gesagt. Stimmt doch. Wir haben uns ja nie getrennt. Wir waren ja nie –

Ja, sagte ich. Nie.

Kurz und gut. Wenn wir heiraten, dann kauft uns mein Vater eine Eigentumswohnung und gibt uns eine Million Schilling Starthilfe. Beste Voraussetzung für Studiumabschluss, Spitalsjahr, Facharztausbildung, also alles ganz klassisch. Wenn ich mir aber weiter die Schauspielerei einbilde, dann zahlt er nichts mehr, nicht einen einzigen Schilling. Dann kann ich als Kellnerin oder sonstwie jobben, bis ich krumm und bucklig bin. Das waren seine Worte, krumm und bucklig. Was sagst du? Was ist besser, eine Million oder gar nichts? Willst du mich heiraten?

Ich sah an ihr vorbei. Viertel vor fünf.

Hör zu, sagte ich, du musst jetzt – ich wollte sagen: gehen. Sagte aber: dir überlegen, ob du wirklich die Schauspielschule aufgeben willst.

Natürlich nicht. Aber bis der Alte das merkt, habe ich doch schon längst die Wohnung und die Million. Wir bekommen sicher eine schöne Wohnung. Groß genug, dass wir uns nicht auf die Nerven gehen. Jeder macht, was er will. Mach dir keine Sorgen. Du kämst vom Keller in die Beletage. Und nach einem Jahr sagen wir, leider, wir haben uns auseinandergelebt, es hat nicht funktioniert, und lassen uns scheiden. Ehen können scheitern. Was kann er dann sagen?

Und ich kann dann zurück in den Keller.

Nein. Du bekommst zweihunderttausend.

Zweihundertfünfzig!

Meinetwegen. Aber dann keinen Anteil mehr von den monatlichen Zuwendungen. Es war doch immer locker zwischen uns. Unkompliziert. Lustig. Du wirst sehen, das kriegen wir hin ohne Streit und Krise. Was wir zusammen machen wollen, machen wir. Und sonst – die Wohnung wird groß genug sein.

Was ist? Willst du mich heiraten?

Ich sah an ihr vorbei. Ich merkte, dass ich schwitzte. Die Heizung war auf Maximum. Der Keller sollte mollig warm sein, wenn Martina kam. Ich hatte davon geträumt. Anne zu erobern. Mit ihr zusammen zu sein. Zu leben. Der Sex mit ihr. Und die vielen Türen. Notausgänge. Ausgangstüren aus den kleinen Verhältnissen. Aber so? Hatte ich Stolz? Nein. Ich hatte keinen Stolz. Ich fragte mich, ob ich etwas ganz anderes hatte. Die erforderliche Abgebrühtheit. Die Wohnung wird groß genug sein, dass wir uns nicht auf die Nerven gehen. Dies hier ist dein Trakt. Auf deinem Bett, siehst du, dort am Ende der Zimmerflucht, die Geldbündel, das ist dein Anteil. Ich ficke heute mit einem Irren. Im anderen Trakt. Stört dich doch nicht. Nein, kein Patient, ein Kollege vom Schauspielseminar. Es war fünf vor fünf.

Anne stand auf. Du denkst nach, sagte sie, na gut. Gib mir morgen Bescheid. Sie gab mir zum Abschied einen Kuss. Ich hatte keinen Stolz. Ich griff ihr auf den Hintern. Drei vor fünf. Als sie fort war, leerte ich den Weinrest aus den Bechern zurück in die Flasche – hielt inne. Ich hasste, woher ich kam und wohin ich ging. Da läutete es.

Martina. Sie kam nicht direkt von der Arbeit. Das war deutlich. Sie musste noch schnell in ihrer Wohnung gewesen sein, um sich schön zu machen. Wie das klingt: sich schön machen. Sie hatte es gemacht. Die Haare frisch gewaschen, die Augen sorgfältig geschminkt, die Lippen, eine frische Bluse, Parfum. Komm rein. Sie bewegte sich wie ein edles Pferd vor dem Rennen. Tänzelnd und voller Anspannung. Du hast etwas anbrennen lassen, sagte sie.

Das Sugo. Verkohlt. Unrettbar verloren. Ich wollte Spaghetti Bolognese für dich machen, sagte ich, aber –

Wir machen uns Nudeln mit Olivenöl, sagte sie.

Ich habe kein Olivenöl.

Hast du Butter? Ja? Gut. Und Salbei?

Salbei? Tee. Ich habe Salbeitee.

Das funktioniert. Wir machen die Spaghetti mit Butter und Salbei.

Sollte mein Vater recht haben? Wenn zwei sich lieben, dann lieben sie sich auch in einer Steinzeithöhle. Sie stellte einen Topf Wasser für die Nudeln auf. Wie flach ihr Po war. Stell dir vor, sagte ich, was mir eben passiert ist.

Ich erzählte ihr von Annes Besuch und ihrem Angebot.

Du wirst doch nicht wegen des Geldes heiraten, sagte Martina.

Gibt es einen anderen vernünftigen Grund, um zu heiraten?

Ja, sagte Martina.

Ich war auf eine so verblödete Weise gerührt, dass ich die Strafe, zu der ich mich jetzt verurteilte, wirklich verdiente. Ich soll aus Liebe heiraten? Dich?

Ja.

Wir umarmten uns, gingen ins Bett. Ich weiß nicht, warum sie so trocken war. Es tat weh. Aber es war ein kleiner Schmerz in einem dicken Verband aus Pathos. Ich hatte an den Fingerkuppen noch die Erinnerung an Annes Hintern. Ich war glücklich, ich würde nie wieder darauf warten müssen, dass Anne Zeit für mich hat. Dann machte Martina einen Joint, und wir rauchten.

Wo hast du den Stoff her? Sie grinste: Von der Arbeit.

Sie war Kindergärtnerin in einem alternativen Hort namens »Die roten Spatzen«. Gegründet von Achtundsechziger-Veteranen, die durch Fortpflanzung ihre Massenbasis verbreitert hatten.

Aber du rauchst doch nicht vor den Kindern!

Spinnst du! Ich bekomme es von einem Vater, aber ich rauche nur nach der Arbeit. Manchmal.

Das Wasser für die Nudeln war verdampft, der Boden des Topfs verkohlt.

19.

Lass uns etwas Verrücktes tun, sagte sie.

Ja, sagte ich. Aber was? Wir haben schon das Allerverrückteste getan! Was könnte so verrückt sein wie deine Idee, zu heiraten?

Nicht meine Idee, unser Entschluss!

Ja, unser Entschluss! Und was könnte jetzt also angemessen verrückt sein?

Wir gehen ins Kasino. Glück und Glücksspiel. Warst du schon einmal im Kasino?

Nein.

Komm, Nathan, bitte lass uns ins Kasino gehen. Wir haben heute Glück. Ich weiß es. Hast du eine Krawatte?

Sie war so ausgelassen. Sie kicherte und schlug die Hände zusammen wie ein Kind. Bitte, Nathan!

Dann, im Zuge der aufwändigen Herstellung eines kasinokompatiblen Äußeren, wurde sie ernst, sachlich, vernünftig. Hör zu, Nathan, sagte sie, jeder nimmt zweihundert Schilling mit. Keine Karte, keine Schecks. Wenn es schiefgeht, hält sich der Schaden in Grenzen. Einverstanden?

Ja.

Wo sind deine Schecks, deine Karte? Zeig sie mir. Leg sie da in diese Lade. Ich will nicht, dass du heimlich –

Ja.

Wir werden Glück haben. Aber sicher ist sicher.

Ja. Glück ist – sicher ist sicher.

Wir fuhren zum Kasino. Zahlten Eintritt, betraten den Saal mit den Roulette-Tischen – und schon war Martina verschwunden. Einige Minuten später fand ich sie an einem Tisch sitzend, geschäftig Einsätze machend. Tolle Frau, dachte ich, so sicher und selbstbewusst. Ich war das nicht. Ich streunte zwischen den Tischen herum, konnte und konnte mich nicht entscheiden, einen Einsatz zu wagen. Probeweise stellte ich mir vor: Jetzt setze ich auf Rot. Ich setzte nicht, ich stellte es mir nur vor. Es kam Schwarz. Ich ging zum nächsten Tisch.

Wissen Sie was, Hannah? Da haben Sie schon ein Bild für mein Sexualverhalten: Praxis theoretisch, Enttäuschung dann wirklich. Und wenn ich Glück habe, ist es auch ein Unglück, und das kam so:

Plötzlich sah ich einen Tisch, an dem ein Scheich saß. Der Scheich war ein Scheich, weil er aussah wie ein Scheich. Das ist ja so eine Eigentümlichkeit im Bereich der Weltfolklore: Ein Mann im Steireranzug muss kein Steirer sein, aber ein Mann im Scheich-Outfit ist ein Scheich. Zumal wenn er am Roulette-Tisch sitzt, vor sich einen riesigen Berg Spielgeld und hinter sich ein paar Männer mit dunklen Anzügen und Sonnenbrillen.

Nathan, Sie phantasieren!

Nein, niemand leidet mehr unter der Klischeehaftigkeit der Welt als ich. Und da brachte sie mir Glück. Beziehungsweise Pech. Aber das begriff ich erst später. Dieser Scheich setzte andauernd Stapel von diesen großen viereckigen Tausender-Jetons und bekam dann regelmäßig größere Stapel zugeschoben. Ich sah mir das an und wurde mutig. Der Scheich setzte ein paar Tausender auf vier Zahlen, ich setzte daraufhin einen Zwanziger auf das Drittel, in dem sich die vier Zahlen befanden. Wir beide gewannen. Ich nahm immer die kleine Chance der großen, die der Scheich sich leisten konnte. Ich wurde stur. Ich bekam einen Tunnelblick. Neben dem Scheich saß eine ältere Dame. Irgendwann stand sie auf und ging. Ich nahm den Platz, saß da wie ein Profi, also wie ein Irrer. Ich spielte immer dem Scheich nach, immer die kleine Chance. Einmal fiel dem Scheich ein Tausender vom Tisch, ohne dass er es merkte. Ich hob den Jeton auf, reichte ihn dem Scheich, sagte, dass ihm der runtergefallen sei. Er sah mich zunächst erschrocken, dann verwundert an. Ich wiederholte auf Englisch, dass ihm dieser Jeton runtergefallen sei. Er lachte. Behalten Sie ihn, junger Mann, er soll Ihnen Glück bringen. Tausend Schilling! Glück. Wo ist das Glück?, sagte ich. Wer weiß?, sagte er und legte je fünf Tausender auf die Zahlen Sechs und Sechsundzwanzig. Mein Geburtstag, sagte er. Juni sechsundzwanzig. Jetzt musste ich schnell sein mit meinem geschenkten Jeton. Erstes oder drittes Drittel? Mein Geburtstag war am 26. 11. – also Sechsundzwanzig? Das traute ich mich nicht. Und bei Elf gab es keine Schnittmenge mit den Zahlen des Scheichs. Also drittes Drittel. Ich setzte den Tausender. Dann geschah etwas Unerklärliches. Ich hörte hinter mir Martinas Stimme: Da bist du ja! Und in meinem

Kopf die Stimme: Tu's nicht! Und ich schob, während der Croupier »Nichts geht mehr« sagte, alles, was ich inzwischen gewonnen hatte, auf dieses Feld: letztes Drittel. Es kam Einunddreißig. Ich hatte gewonnen. Aus zweihundert Schilling waren mehr als sechstausend geworden. Das reicht, sagte Martina, als sie meinen Jeton-Haufen sah. Das reicht! Komm!

Alles noch einmal auf Rot, sagte ich, dann ist es doppelt so viel, nur ein Mal. Ich wollte die Jetons auf Rot schieben, Martina fuhr dazwischen, wischte die Jetons vom Tisch in ihre geöffnete Handtasche. Komm, sagte sie, das reicht. Ich stand auf, sah kurz zurück, es kam Rot. Good bye, sagte ich zu dem Scheich. Good luck, sagte er.

Wie ging's dir, deinen zweihundert Schilling?

Ich hatte Glück, sagte Martina, aber plötzlich war alles weg.

Da schwirrten Sätze, die mein Leben, zumindest mein Leben mit Martina erklärten, und ich begriff sie nicht. Glück, alles weg. Ich fragte sie, was wir jetzt mit dem Geld machen sollten. Italien. Martina liebte Italien. Wir leisteten uns ein Wochenende in Florenz. Ich schrieb pathetische Kunstpostkarten, die ich in den Uffizien gekauft hatte, an meine Freunde und begleitete Martina in Schuhgeschäfte.

Zwei Wochen später heirateten wir. Ich hatte noch immer hartnäckige Reste des Sterns vom Kuba-Fest auf dem Handrücken. Die Hochzeit war ein Kulturschock. Unsere Familien lernten sich erst im Standesamt kennen. Martinas katholische Familie, in der offenbar jedes Mitglied die Gebote »Begehre nie eines anderen Weib« und

»Vermehret euch!« als beinharte Verpflichtung ansah. Martinas Mutter hatte vier Geschwister, Martinas Vater ebenfalls. Sie alle hatten Ehepartner und mit diesen jeweils wieder fünf bis sieben Kinder. Einige von diesen waren bereits selbst verheiratet und hatten wiederum zumindest drei Kinder, aber vierte und fünfte waren in Arbeit. Da tummelten sich Onkel und Tanten, Cousins und Cousinen, Schwägerinnen und Schwager, Nichten und Neffen, genug, um drei Autobusse zu füllen. Die vielen Namen waren verwirrend, aber die Familie grundsätzlich so klar wie die Kinderzeichnung einer Tanne. Ihnen gegenüber meine Familie: Da waren mein Vater mit seiner aktuellen Freundin, meine Mutter mit ihrem zweiten Mann. Mein Onkel, der Bruder meines Vaters, mit seiner dritten Frau, seine erste Frau mit ihrem zweiten Mann und deren Tochter, seine zweite Frau allein. Der Sohn meines Onkels aus erster Ehe mit seiner zweiten Frau, seine erste Frau mit ihrem zweiten Mann. Mein Onkel mütterlicherseits mit seinem Sohn aus erster Ehe, meinem Cousin, und einem vietnamesischen Adoptivkind aus zweiter Ehe. Der Cousin selbst mit zweiter Frau und Sohn aus erster Ehe. Die Schwester meiner Großmutter lebte in einer Hausgemeinschaft mit zwei Freundinnen, mit denen sie seinerzeit aus der englischen Emigration nach Wien zurückgekommen war, und zu denen ich »Tante« sagte. Diese Tanten hatten jeweils einen Sohn, zu denen ich »Onkel« sagte, was verwirrend war, weil sie die Söhne der Tanten waren – mit denen ich nicht einmal verwandt war. Diese Onkel hatten jeweils zwei Kinder aus jeweils zwei Ehen, also vier Söhne, die für mich Brüder waren, weil wir die Sommer immer zusammen im Ferienlager der »Roten Falken« verbracht hatten. Einer der vier hatte bereits zwei Kinder aus zwei Ehen. Der Cousin meines Vaters, kein »echter« Cousin, sondern ein angenommenes Kind der Schwester meiner Großmutter, kam mit seiner zweiten Frau und dem Sohn aus erster Ehe, der wiederum verlobt war mit der Tochter des zweiten Manns der ersten Frau meines Onkels, auch eine Rote-Falken-Bekanntschaft, aber kein Problem, weil nicht blutsverwandt.

Das alles war kompliziert genug, dramatisch aber wurde es durch den Auftritt von Tante Lia, die es sich nicht nehmen ließ, extra von Tel Aviv anzureisen. Ich war ihr Lieblingsneffe. »Du bist sensibel. Du bist gefährdet. Du bist mein Liebstes!«, sagte sie zu mir. Dann flüsterte sie mir konspirativ zu, wie eine Burgtheaterschauspielerin der alten Schule, also so, dass man es noch im dritten Rang verstehen konnte: »Ich hab überprüft diese Familie: schwer katholisch, schwer meschigge!«

20.

Die Zeremonie im Standesamt. Martina sagte Ja. So emphatisch. Laut und deutlich. Absolut sicher. Ich sah sie an. Plötzlich sah ich − nichts. Nichts, das mir vertraut war. Ich kannte diese Frau nicht. Ich erkannte sie nur. Der Standesbeamte sprach nun die Formel für mich (Wollen

Sie ... aus freiem Willen ... in guten wie in schlechten Zeiten ...), und ich sah Martina an, ihr Profil, das mir völlig fremd war, ihr Haar, das jetzt nicht ihr Haar war, sondern eine Frisur, die sie in der Früh vom Friseur abgeholt hatte, ihren Mund, sie hatte weiche, volle Lippen, aber dennoch wirkte ihr Mund hart, wieso ist mir das nie aufgefallen, dieser eigentümliche, mir jetzt fast unerträgliche Widerspruch: ein harter Mund mit weichen Lippen, vollmundig streng, so rätselhaft, ich kannte diese Frau nicht. Ich wusste, dass ich diesen Mund geküsst hatte, zugleich aber hatte ich diesen Mund noch nie geküsst. Das war doch verrückt, dachte ich, ich heirate eine Wildfremde. Ich drehte mich um, sah die Familien, die, weil ich zu ihnen hinschaute, sofort lächelten, meine Mutter tupfte sich mit einem Taschentuch die Augen ab, mein Vater lächelte mit schiefem Mund, die vielen fremden Menschen, und einen fremden Menschen sollte ich jetzt heiraten, ich sah wieder Martina an, sie sah mir in die Augen, lächelte, so lieb und zugleich so streng. Wie eine Lehrerin, die lieb ist, solang man nichts falsch macht. Hatte sie mich schon einmal so angeschaut? So? Mir war dieser Blick nicht vertraut, das war nicht der Blick einer Vertrauten. Trauung. Mit einer Unvertrauten. Nein, dachte ich, ich muss Nein sagen. Ich atmete tief durch. Ich muss bei Sinnen bleiben, ich muss mich jetzt konzentrieren, ich muss die Kraft aufbringen, ich muss Nein sagen. Wenn ich ein Mann bin, dann sage ich jetzt Nein.

... So antworten Sie mit Ja.

Ich muss, dachte ich, ich muss jetzt Nein sagen. Ich sah

auf den Standesbeamten. Er sah mich an, er nickte aufmunternd, ich wandte mich noch einmal um zu den Familien, sah Martina an, dann wieder den Standesbeamten. Eine Kopfdrehung wie ein viel zu schneller Kameraschwenk, sodass nichts mehr zu erkennen war, alles verwischt und konturlos, was ist da zu sehen, ich weiß nicht, wer ist das, ich weiß nicht. Das war doch verrückt, warum so schnell? Warum haben wir nicht einfach beschlossen, zusammen zu leben, bis es sich von selbst zeigt, ob wir zusammenbleiben oder nicht. Warum so schnell die Ewigkeit? Der Standesbeamte sah mich an. Ich schwieg. Sah den Standesbeamten an. Er sah mich an. Wie lang war das? Sekunden? Die erste Sekunde der Ewigkeit. Ich musste Zeit gewinnen.

Können Sie die Frage bitte wiederholen?, sagte ich.

Das Raunen im Publikum. Der erschrockene Schrei meiner Mutter. Das kurze Auflachen meines Vaters. Das unendliche Staunen in Martinas Augen. Ihr harter Mund. Der Standesbeamte wiederholte ungerührt die Formel. Und ich, mittlerweile völlig erschöpft, sagte mit letzter Kraft: Ja.

21.

Beim Hochzeitsessen hielt mein Vater eine Rede. Er sagte, dass er, Martinas Familie kennenlernend, begeistert sei. Eine Bilderbuchfamilie. Das gebe Hoffnung für seinen Sohn, da sei Familienglück geradezu programmiert. Andererseits, er stelle sich vor, er wäre der Brautvater und hätte jetzt die Familie des Bräutigams, also seines Sohns, kennengelernt. Er sah meinen Schwiegervater an, machte eine Pause. Und sagte: Dann wäre er verzweifelt.

Gelächter. Aber es war nur meine Familie, die lachte. Die Martina-Familie sah drein, als betete sie still den Rosenkranz.

Nach dem Essen brachen wir auf in die Hochzeitsreise. Das geht nur, wenn man jung heiratet. Ich könnte mir heute nicht vorstellen, zu heiraten, ein Hochzeitsessen und ein Fest zu haben, und dann nüchtern ins Auto zu steigen. Offenbar ging das damals, ich weiß nicht mehr wie. Am Sekt nippen. Mit dem Wein nur anstoßen. Wasser zum viergängigen Menü. Ich weiß es nicht mehr. Dass ich es schaffte, bei diesem Hochzeitsfest nicht zu trinken, ist mir heute noch unbegreiflicher als die Entscheidung, zu heiraten. Der Schwiegervater hatte uns zur Hochzeit ein Auto geschenkt. Ein gebrauchtes. Ich habe Martina geheiratet, nicht Anne. Es hatte Geldgeschenke gegeben, und es gab noch einen Rest vom Kasinogewinn. Wir fuhren los. Martina hatte sich die Cinque-Terre als Destination für die Hochzeitsreise gewünscht. Gut, sagte ich, Monterosso. Dort hatte Ferry Radax den Film »Sonne halt!« gedreht, der damals bereits als Klassiker der österreichischen Avantgarde galt. Ich hatte ihn erst wenige Wochen zuvor bei einer Radax-Retrospektive im Filmmuseum gesehen. Retrospektiven für Jung-Filmer – das gab es nur in Österreich. Andererseits: Radax war der älteste Jungfilmer der Welt. Der Film zeigte nichts anderes als den österreichischen Dichter Konrad Bayer, wie er in Monterosso auf einer Terrasse vor dem Meer Banjo spielt und singt: »Schlaf, Kindlein schlaf, bist ja gar ein böses Kind, machst alle Puppen kapuuutt, und wenn sie dann gestorben sind, machst du sie nicht wieder guuut.« Immer wieder und immer wieder. Da droht die Sonne unterzugehen, Konrad Bayer legt das Banjo weg, nimmt ein Gewehr, sagt »Sonne halt!«, schießt – und der Film friert ein im Standbild der durch die Kugel an den Himmel angenagelten Sonne. Ich hatte damals zu solcher Avantgardekunst ein Verhältnis, wie es heute Jugendliche zu Robbie Williams oder Madonna haben. Vielleicht bin ich auch deshalb nie glücklich geworden. Jedenfalls: gut, Monterosso. Mit dem Hochzeitsgeschenk-Auto. Wir brachen viel später auf, als wir geplant hatten. Auf der Autobahn Höhe Salzburg waren wir bereits todmüde. Wir beschlossen, in Salzburg abzufahren, ein Zimmer zu nehmen und am nächsten Tag die Reise ausgeruht fortzusetzen.

Hochzeitsnacht in Salzburg. Wir fanden gleich nach der Autobahnausfahrt ein preisgünstiges Hotel. Martina ging ins Bad. Ich begann einen Joint zu drehen. Martina kam aus dem Bad, sah, was ich tat, riss mir den Joint aus der Hand, raffte alles an sich, was an Stoff da war und vor mir auf dem Tisch lag, rannte ins Bad, ich lief ihr nach, sie warf es ins Klo, spülte.

Spinnst du? Was soll das?

Wir sind jetzt erwachsen. Darf ich dich daran erinnern: Wir haben heute geheiratet. Jetzt ist Schluss mit diesen Kindereien.

Dann nahm sie Handtücher, legte sich ins Bett und begann die Handtücher um ihre Knie zu wickeln.

Was machst du da?

Mir tun die Knie weh, sagte sie. Von der Autofahrt. Oder der Kälte. Sie tun so weh.

Das war die Hochzeitsnacht. Ganz erwachsen.

Vor dem Standesamt hatte Vater mich noch gefragt: Ist sie deine Erste?

Nein, hatte ich gesagt. Er: Und eindeutig nicht deine Letzte! Du weißt, was du tust? Ich: Mach dir keine Sorgen!

Aber: Habe ich das wissen können? Dass man, wenn man eine Frau heiratet, plötzlich, kaum hat man Ja gesagt, mit einer ganz anderen verheiratet ist. Gilt das Ja dann noch? Ich hatte eine kiffende Frau unter einem Che-Guevara-Poster geheiratet und hatte nun das Imitat einer erwachsenen Gattin vor mir liegen, in einem Hotel unterhalb eines Autobahnknotens. Fremde. In der Hochzeitsnacht endete bereits diese Ehe. Die Sonne über Monterosso war aprilkalt, wie festgenagelt auf dem Himmel. Schlimmes Kind. Puppe kaputt. Gleich nach der Rückkehr nach Wien begann ich an der Scheidung zu arbeiten.

22.

Das hatte ich jetzt gelernt. Man kann kein Mensch sein ohne einen anderen Menschen. Und: Ich wollte allein sein. Ich empfand das nicht als Widerspruch. Ich wollte mich wieder unbehelligt unter Menschen begeben. Allein. Die Frage war nur: Wie kam ich aus dieser Ehe raus, ohne schuld zu sein. Ich meinte das nicht im juristischen Sinn, aus Angst, dass ich zu Unterhaltszahlungen verurteilt werden könnte, wenn ich schuldig geschieden werde. Martina arbeitete. Sie verdiente mehr Geld, als ich Stipendium hatte. Nein, ich meinte das ganz unschuldig: ich wollte nicht das Arschloch sein. Schuld an Krisen und Tränen und Seelenschmerzen einer Frau, der man doch wirklich nichts vorwerfen konnte, Schuld an Konflikten und Verwirrungen in der Familie und im Freundeskreis. Martina bemühte sich, eine gute Gattin zu sein. Sie war zärtlich noch in den kleinsten Dingen. Sie besorgte ein Tischtuch, unter dem die Resopalplatte verschwand, Stoffservietten. Liebevoll deckte sie den Tisch. Die alte Rheumadecke und die zerschlissene Bettwäsche aus dem Fundus meiner Großmutter ersetzte sie durch Federbetten und neue Überzüge. Tisch und Bett. Sie bemühte sich wirklich. Plötzlich gab es Zimmerpflanzen im Marxer Keller. Sie litten, sie hatten zu wenig Licht. Martina montierte eine Tageslichtlampe über den Pflanzen, eine falsche Sonne. Wenn Martina in der Arbeit war, und ich nicht auf die Uni ging, schob ich den Schaukelstuhl nahe zu den Pflanzen, wir waren eine Schicksalsgemeinschaft: immer nahe dran zu verkümmern, durch Schein am Leben erhalten.

Dann verfügte Martina ein Rauchverbot im Marxer Keller. Wir hatten ja kein Schlafzimmer. Das Bett stand im Zimmer. Es sei extrem ungesund, in diesem Qualm zu schlafen. Nun hatten wir im Bett gesunden Schlaf. Natürlich rauchte ich trotzdem: Ich stellte mich auf einen Stuhl, sodass ich mit meinem Gesicht mehr oder weniger auf gleicher Höhe mit der Fensterluke war, kippte sie, blies den Rauch durch den offenen Spalt und beobachtete die Waden der Passanten. Wie kam ich da raus?

Eines Tages traf ich zufällig Anne auf der Kärntner Straße. Wie geht es dir, fragte sie. Keine Floskeln! sagte ich.

Ich wollte Erlösung. Ja, Erlösung, dieser Begriff war plötzlich in meinem Kopf. Davon später mehr. Wir standen genau vor dem Eingang des Kasinos.

Hör zu, sagte ich. Es ist egal, wie es mir geht und wie es dir geht. Lass uns ins Kasino gehen, da hinein. Wenn wir Glück haben, dann soll es sein: unser Glück. Und wir nehmen ein Taxi zum Flughafen und hauen ab. Wenn wir kein Glück haben, dann gehen wir dorthin zurück, wo es uns geht, wie es uns geht.

Sie sah mich überrascht an. Ich hielt ihrem Blick lange stand, bis sie sagte: Na gut!

Ich durfte ohne Krawatte nicht hinein. Ich wollte schon randalieren, da bot man mir eine Leihkrawatte an. Für fünfzig Schilling Einsatz. Wir betraten den Saal mit den Roulette-Tischen. Ich war sofort verschwunden, ohne mich länger um Anne zu kümmmern, saß an einem Tisch und begann zu setzen. Ich war so sicher. Ich war so verzweifelt. Ich weiß nicht mehr, wie viel Bargeld ich dabeihatte, es war nach wenigen Minuten weg. Ich hatte Schecks mit. Man konnte einen Scheck auf zweitausendfünfhundert Schilling ausstellen. Ich stellte drei Schecks aus. Ich hatte drei Schecks. Ich konnte nicht fassen, dass nicht einmal die kleinen Chancen funktionierten. Es kam Rot, wenn ich auf Schwarz setzte, und umgekehrt. Ich hatte nichts mehr. Einen letzten Jeton im Wert von hundert Schilling und die schrille Verzweiflung: Anne. Ich warf den Jeton auf den Tisch, sagte großspurig, aber mit kleinlauter Stimme, zum Croupier: Zero.

Zero kam. Der Croupier wollte mir den Gewinn zuschieben. Da stand plötzlich Anne neben mir. Ich sagte: Liegen lassen. Auf Zero? Ja. Der spitze Schrei einer Dame. Ein alter Mann neben mir sagte: Warum tun Sie das? Sie verbrennen Ihren Gewinn! Er hatte entzündete Augen, so rot wie Stopp-Lichter. Ich habe das bei Dostojewski gelesen, sagte ich. Anne lachte auf. Sie war nicht die, die jetzt die Handtasche öffnete, meinen Gewinn hineinstreifte und in Sicherheit brachte. Sie hatte gar keine Handtasche. Sie biss mir ins Ohrläppchen und flüsterte: Du bist wunderbar!

Ich wusste, wenn jetzt noch einmal Zero kommt, dann geht Anne mit mir, wohin auch immer. So nahe dran war ich am Glück.

Es kam Sechsundzwanzig. Anne lachte.

Ich hatte keinen Groschen und keinen Scheck mehr. Ich hatte kein Geld mehr, um nach Hause zu fahren. Zu Martina. Wo ich hinmusste.

Wir wurden beim Ausgang aufgehalten. Die Krawatte! Ach ja. Ich nahm sie ab und bekam den Einsatz von fünfzig Schilling zurück. Ich sah den Geldschein an, dann Anne.

Ein Jeton, sagte sie, oder ein Liter Wein.

Jeton, sagte ich, bekomme ich nur mit Krawatte. Also: ein Liter Wein!

Wir gingen in eine Weinstube, waren am Ende betrunken und ich pleite. Ich wollte sie küssen, ich wollte sie angreifen. Sie studierte jetzt brav Medizin, war verlobt mit einem Medizinstudenten. Ich legte den Arm um ihre Schultern und − sie sagte: Du bist verheiratet. Du musst jetzt brav nach Hause zu deiner Martina.

Martina hatte zwei Gesichter. Ein vergnügtes und ein entschlossenes. Wenn sie nach der Arbeit mit Einkäufen heimkam und etwas kochte. So vergnügt. Sie machte »uns einen schönen Abend«. Sie sagte Sätze, die ich nur aus amerikanischen Liebesfilmen kannte, »Wie war dein Tag?« zum Beispiel. Und ihre Entschlossenheit, wenn wir über die Zukunft sprachen. Sie sprach gerne von der Zukunft. Die Zukunft war der Schritt von der falschen Sonne ins wahre Licht. Ich müsse nun zügig das Studium abschließen. Dann würden wir uns eine bessere Wohnung leisten können. Wir werden es schaffen. Und Kinder. Natürlich Kinder. Ich fragte mich, ob sie an die unbefleckte Empfängnis glaubte. Aber sie war entschlossen, und wenn sie entschlossen ihre Pläne wälzte, auch gleich wieder vergnügt. In keines ihrer beiden Gesichter konnte ich die Wahrheit hineinsagen: Ich will da raus. Ich will weg! Unsinn, wohin? Nein, nicht weg, sondern: Ich will, dass du gehst!

Dass du gehst. Es gab keine andere Möglichkeit: Ich musste es irgendwie schaffen, dass sie mich verließ. Ich würde nur dann nicht das Arschloch sein, wenn es mir gelang, das Opfer zu sein.

Ich stand tage-, wochenlang auf dem Stuhl und rauchte durch den Spalt des Kippfensters. Alle Frauenbeine da draußen vor dem Fenster schienen auf Wolken zu gehen.

Eines Tages legte ich mich mit hohem Fieber ins Bett. Ich hatte keine anderen Symptome, nur dies: hohes Fieber. Zwischen 39 und 40 Grad. Als Martina nach Hause kam. Als sie am nächsten Tag zur Arbeit ging. Als sie wieder nach Hause kam. Ich fieberte und schwitzte unser schönes Federbett nass. Entschlossen verabreichte mir Martina »Hausmittel«. Sie wickelte in Essig getränkte Tücher um meine Füße. Flößte mir heißen Zitronensaft ein. Das Fieber sank nicht. Martina litt. Sie wurde nervös. Wir müssen einen Arzt rufen, sagte sie. Ich hätte ihr doch einmal erzählt, dass ich eine Freundin gehabt habe, deren Vater Arzt sei, sagte sie. Ob der nicht kommen würde?

Vergiss es, sagte ich, ich bin nicht der Schah.

Sie sah im Telefonbuch nach. Die Ärzte im Bezirk. Wer macht Hausbesuche? Sie fand einen, der bereit war zu kommen.

Ein Wunderheiler: Der Arzt befreite mich von meiner Frau, und ich war gesund. Martina bekam mit diesem Doktor vier Kinder und wurde glücklicher, als sie es mit mir je geworden wäre. Es gab nur einen kleinen Schönheitsfehler: Martina war so schön, so unglaublich schön, als sie mir ihre Liebe zu diesem Arzt gestand und mich um die Scheidung bat. Ich glaube, ich habe nie so starke Gefühle für sie empfunden als an dem Tag, an dem sie mich endlich verließ.

23.

Weil ich Tante Lia erwähnt hatte. Sie starb just in dieser Zeit, als sich Martina und ich trennten. In ihrem Testament hatte sie verfügt, dass ich ihre Briefmarkensammlung erbe. Ich musste bei einem Notar etwas unterschreiben, bekam ein kleines Paket ausgehändigt. Das Briefmarkenalbum. Darin vier österreichische Marken und eine Ansichtskarte aus Tel Aviv, auf der stand: »Öfter hast Du nicht geschrieben! Dir möcht ich beibringen Familiensinn! Deine Dich liebende Tante Lia.«

24.

Ich kam mit meiner Reportage nicht weiter. Wenn ich schrieb, dann schrieb ich Liebesbriefe. Eine Therapiestunde bei Hannah sagte ich kurzfristig ab.

Sie wissen, Nathan, dass Sie die Stunde trotzdem bezahlen müssen, so Hannah am Telefon.

Nicht bei höherer Gewalt, sagte ich, ich bin krank.

Machen Sie mir und sich selbst nichts vor, Nathan. Jeder, der zu mir kommt, ist krank, sagte Hannah, nur plötzliche Gesundheit wäre höhere Gewalt.

Entnervt legte ich auf. Wenn ich eine Stunde absagte, merkte sie augenblicklich, dass ich log. Aber in den Therapiesitzungen selbst glaubte sie mir jedes Wort.

Ich konnte ihr erzählen, was ich wollte, Erinnerungen erfinden, Erlebnisse ausschmücken, seelische Schmerzen übertreiben – was heißt übertreiben? Behaupten! Nur weil sie erzähltechnisch die logische Konsequenz einer Erfahrung waren, die ich auf Hannahs Sofa phantasiert hatte. Immer ging sie mit meinen Erzählungen um, als wäre sie eine Naturwissenschaftlerin, die pragmatisch einen realen Zellhaufen durch das Mikroskop betrachtet. Für sie waren meine Lügen objektiv existierendes Material, das sie interpretierte und analysierte – aber weder Seele noch Phantasie sind Zellhaufen, das ist ja das Problem. Wie konnte ich einer Therapeutin vertrauen, die mir glaubte? Wie sollte da jemals die Wahrheit an den Tag kommen?

Zum Beispiel die Geschichte mit dem Rasierapparat.

Die ist gar nicht wahr?, fragte Christa.

Ich weiß nicht, ob sie wahr ist, sagte ich. So ähnlich wird es wohl gewesen sein. Ungefährlich, ich meine ungefähr. Keine Ahnung, wie es wirklich war. Ich weiß nur, dass ich an diese Geschichte gut fünfunddreißig Jahre nicht mehr gedacht habe, also konnte sie nicht so traumatisch gewesen sein. Aber plötzlich war sie im Gespräch mit Hannah da, wie in einem Nebel, in den ich blind hineingriff, aber ich erzählte sie, als wäre sie eine ganz konkrete Erinnerung, die mich seither unablässig gequält hat. Und genau das ist sie nicht.

Na und? Alles, was du erzählst, phantasierst, erfindest, sagt etwas über dich aus. Weil nur du es so erfinden kannst. Das ist das Objektive daran. Ich meine, ich bin keine Therapeutin, aber ich stelle mir vor, dass Therapeuten das so sehen: Du bist, was du erzählst.

Ja und nein. Der Marxer Keller.

Was ist damit?

Den hat es nie gegeben.

Du hattest gar keine Studentenwohnung?

Doch. Aber keine Souterrainwohnung. Glaubst du im Ernst, dass ich einen feuchten Keller miete, um von zu Hause wegzukommen? Ich hatte eine ganz normale kleine Wohnung im zweiten Stock.

In der Marxergasse?

Nein. In der Lassallestraße. Durch die Marxergasse fahre ich immer auf dem Weg zu Hannah.

Und warum hast du –

Das hast du doch gesagt: Ich bin, was ich erzähle! Vielleicht ist der Marxer Keller ein Bild dafür, wie ich mich damals gefühlt habe. Oder dafür, was ich fühle, wenn ich an damals denke. Die Lehrjahre der Lust. Irgendwie unter Tag. Dunkel. Feucht. Und nicht auf Augenhöhe mit dem sozialen Leben der anderen.

Liebst du mich?

Ja.

Begehrst du mich?

Ja.

Ich glaube dir nicht. Du bist ein Lügner. Du sagst das nur, weil es in deine Geschichte passt!

25

Deshalb also schrieb ich wieder einmal Liebesbriefe. So abgebrüht und pragmatisch Christa in unserem Verhältnis auch war, von Zeit zu Zeit liebte sie es, so zu tun, als wären wir ein normales neurotisches Liebespaar. Dann fand sie irgendeinen Anlass, um die Enttäuschte zu mimen, die Entnervte, die von meinen Lügen Verletzte. Sagte, sie mache Schluss, es sei aus, sie könne so nicht mehr weiter – und erwartete, dass ich daraufhin um sie kämpfe, werbe, alle Register ziehe, um sie zurückzuerobern. Für sie war das eine Variante, um unsere Affäre aufzuladen. Andere Varianten, wie Handschellen, die Samtpeitsche oder die sogenannte »Liebe an ungewöhnlichen Orten«, hatten bei mir keinen Kick bewirkt, sondern nur das Gefühl, die mögliche Lust einer traurigen Lächerlichkeit auszusetzen. Ihre Drohung aber, Schluss zu machen, versetzte mich jedes Mal in Panik, selbst dann noch, als ich längst begriffen hatte, dass es auch nur ein Spiel war. Diese Panik befähigte mich zu Anstrengungen, zu denen ich mich, wenn ich mich sicher fühlte, nie aufgerafft hätte. So gesehen war unsere Liebe keine freie, sondern im ökonomischen Sinn eine liberale: Kein Mensch arbeitete zum Beispiel in meiner Redaktion so viel wie die sogenannten »Neuen Selbstständigen«, also jene, die keine sichere Anstellung, keinen festen Vertrag hatten.

Ich schrieb täglich mehrere E-Mails an Christa, stündlich eine SMS, und jeden Abend einen konservativen Liebesbrief mit der Hand, den ich ihr am nächsten Vormittag mit Fahrradboten an ihr Institut zustellen ließ. Die Fahrradboten waren wahrscheinlich auch Neue Selbstständige, die am Abend Neue Selbstständige des anderen Geschlechts trafen. Wovon sie wohl träumten. Ich arbeitete unermüdlich. Auf der Suche nach Inspiration las ich Anthologien der schönsten Liebesbriefe, der klassischen Liebesgedichte, sogar Liebesromane und Groschenhefte. Ja, Groschenhefte, da werden wirklich Gefühle auf dem Strich der Zeilen aufgereizt, wirkliche Gefühle.

Exkurs zur »Gemischten Liebe«. Der Graf trug immer einen grauen Arbeitsmantel, in dessen aufgenähter Brusttasche mehrere billige Kugelschreiber steckten. Seine Haut war grau, sogar seine Lippen. Sein Haar erinnerte in Farbe und Konsistenz an diese Drahtbündel, mit denen man Töpfe scheuert. In seinem Laden brannte nie Licht, herrschte ein ewiger Dämmerzustand. Er handelte mit Liebe und sparte Energie. Er hieß Herr Graf. Man trat bei ihm ein wie in einen alten Schwarz-Weiß-Film. Sein Laden hieß »Romanschwemme. Kauf, Verkauf, Tausch«, und befand sich in der Straße, in der ich mit meiner Mutter wohnte. Ich war damals ein Zwitter. Kein Kind mehr, im Grunde nie eines gewesen, sondern, den Bedürfnissen meiner Mutter entsprechend, »schon so groß«, »so tüchtig«, »so erwachsen«, aber eben noch lange nicht erwachsen, weil erfahrungslos, kindlich meiner Mutter verfallen, abhängig von zweisamer Harmonie und Zärtlichkeit, süchtig nach ruchlosem Kuscheln, ein liebes Kind. Die Welt draußen bestand aus den Kuhwärmeausdünstungen

der Kinder in der Schule, Geruch von Lysol, stinkenden Socken in klappernden Gesundheitspantoffeln (die
meisten Mitschüler hatten braune Socken. Egal, was sie
sonst anhatten, die Socken waren immer braun), gären-
den Äpfeln und braunen Bananen, die aus Plastik- oder
Alu-Boxen befreit wurden, schwitzenden Wurstscheiben
auf Jausenbroten, und dem Leistungsschweiß der Turn-
väter-Generation, die unsere Lehrer waren. Es war alles
so unerträglich physisch. Gerüche, in der Erinnerung nur
Gestank, aber so physisch. Dagegen die Kuschel-Idylle bei
meiner Mutter: so vergeistigt. Mutter nannte es »Gemüt-
lichkeit«. »Heute machen wir es uns gemütlich«, sagte sie
und schickte mich zu Herrn Graf. Meine Mutter war damals halb so alt wie ich heute. Eine junge schöne Frau,
die, nachdem sie ihrem Sohn die Lateinvokabeln abge-
fragt hatte, sich in den Schaukelstuhl setzte und billige
Liebesromane las, bis sie müde genug war, um schlafen
zu gehen. Was sie dann träumte? Wir hatten damals noch
keinen Fernsehapparat. Ein gemütlicher Abend war für
uns: lesen. Mutter war eine Zeit lang süchtig nach Liebes-
romanen. Bei Herrn Graf in der »Romanschwemme«
konnte man sie eintauschen. Herr Graf hatte die Liebesromane in zwei Kategorien eingeteilt, in »Markenliebe«
und »Gemischte Liebe«. Mit »Markenliebe« bezeichnete
er die nach Markennamen geordneten Romanhefte wie
»Silvia«, »Fürsten-Roman« oder »Courths-Mahler-Edi-
tion«, sie kosteten achtzig Groschen. »Gemischte Liebe«
war der Stapel von billigen Liebesromanheften verschie-
dener Verlage ohne Reihentitel, diese kosteten fünfzig

Groschen im Umtausch. Mutter gab mir eine Zehnschillingmünze, sagte: Du weißt schon, und ich lief zum Zigarettenautomaten, drückte ein Päckchen »Smart«, dann zum Grafen, um ein Exemplar aus der »Gemischten Liebe« umzutauschen. »Markenliebe« sei nicht notwendig, meinte sie.

Herr Graf hatte eine belegte Stimme. Das passte. Der Moder seines Geschäfts lag nicht nur auf seiner Gesichtshaut, sondern auch auf seinen Stimmbändern.

Einmal umtauschen, sagte ich und legte das gelesene Heft, das Mutter mir mitgegeben hatte, auf den Tresen. Herr Graf warf einen Blick auf das Heft, sagte »Gemischte Liebe wie immer« und legte mir einen Stapel von Heften hin, aus denen ich eines aussuchen durfte. Ich nahm immer Titel, die mir in Hinblick auf meine Mutter sinnig erschienen, zum Beispiel »Mein Kind soll glücklich sein«, »Ruhiges Zimmer mit eigenem Prinzen« oder »Unordnung und spätes Glück«.

Erstaunlich, was du liest, sagte der Graf.

Das ist für meine Mutter, sagte ich, mit ebenso belegter Stimme.

Für deine Mutter, sagte er, erstaunlich! Normalerweise kommt zuerst der Traum von der Liebe und dann erst das Kind.

Ja, das stimmt, sagte ich. Ich wusste nicht, was ich sagen sollte.

Fünfzig Groschen, sagte er. Hat dein Vater euch verlassen?

Was ging ihn das an? Ja, sagte ich.

Mutter saß im Schaukelstuhl, rauchte ihre »Smart« und las, und ich saß am Esstisch und las. Die dicken Schafwollsocken, die meine Mutter anstelle von Hausschuhen verwendete. Ein Wollsockenfuß auf einer Kufe des Schaukelstuhls, der andere, mit dem sich Mutter zum Schaukeln abstieß, auf dem Fußboden, das leise rhythmische Knarren.

Vielleicht könnte ich mich heute gar nicht mehr daran erinnern, wenn es nicht diesen Abend gegeben hätte: Mutter las »Gemischte Liebe«, ich war Mitglied des Buchklubs der Jugend und las etwas Empfohlenes, Karl Bruckners Roman »Viva Mexiko«, ein sozialdemokratisches Jugendbuch über die mexikanische Revolution. Plötzlich begann ich zu weinen, wegen des heldenhaften Kampfes Zapatas um Freiheit, Solidarität, im Grunde um Liebe. Unmerklich zunächst, meine Augen wurden nass. Dann schluchzte ich auf. Und als ich merkte, dass meine Mutter es bemerkt hatte, wurde mein Weinen und Schluchzen immer haltloser, je mehr ich es zu unterdrücken versuchte. Meine Mutter legte ihr Heft weg, und ich sah, dass auch sie weinte. Sie kam zu mir, ich stand auf, sie umarmte mich. Weinst du wegen dem Buch, das du gerade liest?, fragte sie.

Ja.

Ich auch, sagte sie und schluchzte auf.

Sie drückte und küsste mich. Wir sind so dumm, sagte sie und lachte. Ja, ganz dumm, und wir weinten und lachten, weil wir weinten.

Es war der Freitag nach einer intensiven Werbe-Woche, als Christa meine SMS-Anfrage, ob sie wieder Lust hätte, mich zu sehen, mit der SMS beantwortete: »Da bin ich im Moment überfragt.«

Am Montag dann aber die Nachricht: »Ich glaube, ich liebe dich doch. 17 Uhr Spinne? Habe Zeit bis 18.30.«

Endlich wieder normale Verhältnisse. Ich habe solche Sehnsucht nach Normalität.

26.

Nur vier Mal? Nein. Ich habe viel öfter an Tante Lia geschrieben, sehr viel öfter, und jedes Mal empfand ich es als Strafe. Es war die Strafe dafür, Liebesbeweise als Zumutung zu empfinden. Tante Lia saß in der brütenden Hitze von Tel Aviv, dachte daran, wie kalt es nun in Wien sei, hatte plötzlich die Vorstellung, dass der kleine Nathan in Wien womöglich unerträglich frieren musste, und beschloss, einen Pullover zu stricken.

Dann kam das Paket. Ein Paket für dich, Nathan, von Tante Lia aus Tel Aviv, sagte Mutter gespielt fröhlich. Das Paket enthielt einen kanarienvogelgelben Pullover aus drahtiger Azetat-Kunstwolle. Vater, Lias liebender Bruder, nickte anerkennend. Man findet leichter ein Kaffeehaus in der Sahara als ein Wollgeschäft in Tel Aviv, sagte er. Du musst Tante Lia gleich schreiben und dich bedanken.

Ja, du musst dich bedanken. Wie lieb Tante Lia an dich denkt, sagte Mutter.

Es gab keine Diskussion darüber, ob ich diesen kratzenden Pullover je anziehen musste. Nur ein einziges Mal: für das Foto, das meinem Dankbrief beigelegt wurde. Der Pullover lud sich beim bloßen Überziehen elektrisch so stark auf, dass meine Haare zu Berge standen. Das Foto von mir mit den abstehenden Haaren habe ich heute noch und die Erinnerung an zahllose andere Fotos für Lia.

Ich hasste es, diese Dankbriefe zu schreiben. Ich will nicht, ich will nicht. Ich musste. Tante Lia liebt dich! Warum vergisst sie mich nicht, schrie ich, ich vergesse sie ja auch jedes Mal, bis wieder so ein blödes ein Paket von ihr kommt.

Das letzte Paket, das sie mir als Kind geschickt hatte, enthielt eine alte Remington-Schreibmaschine. »Du schreibst so schöne Briefe, lieber Nathan, und von Deiner Mutter höre ich, dass Du in der Schule tolle Aufsätze schreibst, die vorgelesen werden. Also habe ich mir gedacht, Du möchtest eine Freude haben mit einer Schreibmaschine.«

Mutter musste die damals unfassbare Summe von zweihundertfünfzig Schilling für Zoll und Nachporto bezahlen. Tante Lia liebt dich, gut und schön, sagte Mutter, aber das geht zu weit.

Ich glaube, ich hätte eine Freude gehabt mit dieser alten Schreibmaschine. Aber leider hatte das Farbband keine Farbe mehr.

Soll ich das im Dankbrief schreiben, dass Tante Lia mir ein neues Farbband schicken soll?, fragte ich.

Nein, sagte Vater. Dann wird sie wieder sagen: Liebe ist Geben und Nehmen, aber nicht Fordern!

Er dachte kurz nach und sagte: Nein, doch, schreib ihr das. Vielleicht hört sie dann auf mit ihren Paketen. Und, er stutzte kurz, lächelte – schreib den Brief auf ihrer Schreibmaschine.

27.

Wie es sein muss, ein Mann und glücklicher Verführer zu sein, lernte ich von den Männern meiner Mutter nicht. Sie hatte viele Verehrer. Aber keiner war ein Vorbild.

Mutter wurde oft von Männern angesprochen, auf der Straße, in einem Geschäft, im Kaffeehaus, in der Straßenbahn. Diese Männer sprachen Mutter als »Fräulein« an, wollten sie auf einen Kaffee einladen, mit ihr essen gehen, erflehten ihre Telefonnummer. Dann, nach kurzem Wortwechsel, immer dieses Erstaunen: »Ich kann es nicht glauben! Die Mutter? Ich habe gedacht, Sie sind die Schwester des jungen Mannes!« Meine Mutter fuhr mir durchs Haar oder nahm mich um die Schulter und lachte, der Mann sah mich an und lachte, und ich stand sekundenlang, unerträglich lang, im Mittelpunkt einer Liebesanbahnung, bei der es nicht um mich ging.

Mutter nahm, zumindest in meiner Gegenwart, keine Einladungen an. Aber ich sah, wie sie sich über die Komplimente freute. Das Reh fühlte sich durch die Ambitionen der Jäger geehrt. Heute kann ich nicht verstehen, dass eine junge Frau sich darüber freuen kann, von einem schmierig lächelnden Mann für noch jünger, im Grunde für ein Kind gehalten zu werden. Und noch weniger kann ich verstehen, dass erwachsene Männer eine Frau zu verführen versuchten, die sie für ein Kind hielten, auch wenn sie dies nur vorschützten. Aber damals sah ich nur dies: wie Mutter sich freute, wenn sie als »Fräulein« angesprochen und für meine Schwester gehalten wurde. Wie sie lachte, ihr Lächeln glimmte noch Minuten später in ihrem Gesicht. Ich glaubte, einen Trick gelernt zu haben, wie man eine Frau glücklich machen konnte. Noch dazu die begehrenswerteste von allen, meine Mutter. Vom Sommerferienlager schickte ich ihr Ansichtskarten, in denen ich sie als »Fräulein« ansprach und die ich mit »Dein Dich liebender Sohn Nathan« unterschrieb. Ich sah sie vor mir, wie sie von der Arbeit heimkam, das Brieffach öffnete, meine Postkarte fand und ihr Glück (»Mein Sohn hat mir geschrieben!«) verdoppelt fand (»Und er nennt mich Fräulein!«). Wie glücklich diese Vorstellung mich selbst machte! Ich lebte im Gefühl, dass man es lernen konnte: glücklich zu machen – jemand anderen und dabei sich selbst. Schließlich schickte Mutter mir einen Brief, in dem sie, nach einigen Floskeln (»Ich hoffe, Du hast viel Spaß im Lager«) mich als »Idioten« bezeichnete und mir verbot, sie noch einmal »Fräulein« zu nennen. Noch dazu auf einer offenen Postkarte. Was soll sich der Briefträger denken?

Aber die wirklichen Probleme entstanden durch die Männer, mit denen sie Verhältnisse hatte.

Da war zunächst ein Herr namens Killer. Ich mochte

ihn gern. Er brachte mir immer Geschenke mit, Plastilin oder Quartett-Karten, oder einfach nur einen kleinen Plastikindianer. Was tut der Indianer, fragte er, schlug mit der flachen Hand auf die Figur, als wollte er eine Fliege erschlagen, und sagte: Er spürt keinen Schmerz. Dann lachte er schallend und sagte: Weil es wahr ist! Er sagte bei jeder Gelegenheit lachend: Weil es wahr ist. Ich mochte sein Rasierwasser. Er war für lange Zeit der einzige Mutter-Mann, den ich auf die Wange küssen wollte, wenn er zu uns kam. Leider schrie er mit meiner Mutter: Ich bring dich um. Immer wieder schrie er: Ich bring dich um. Weil es wahr ist. Ich habe erst später begriffen, dass dieser Onkel nicht Killer hieß, sondern von meiner Mutter und meiner Großmutter nur so genannt wurde.

Einmal traf ich Onkel Killer im Stiegenhaus. Hallo Nathan, wohin so eilig?

Zigaretten holen für Mutti, sagte ich.

Was raucht sie denn? Smart, oder?

Ja.

Pass auf, sagte er und nahm seinen Hut ab. Schau einmal, was ich da im Hut hab!

Ich sah in seinen Hut und sagte: Nichts!

Nichts. Richtig. Glaubst du, es wäre angenehm, einen Hut zu tragen, in dem dauernd was drinnen ist? Na eben. Aber jetzt pass auf! Es ist ein Zauberhut, sagte er und setzte den Hut wieder auf. Wenn man ganz fest an etwas Bestimmtes denkt, dann ist es plötzlich im Hut, es steigt sozusagen vom Kopf, wo der Gedanke ist, in den Hut auf und ist wirklich da. Warte!

Er starrte vor sich hin, mimte Konzentration, sah dabei aus wie einer, der mit Verstopfung auf dem Klo sitzt.

Nein, sagte er, so geht es nicht. Ich merke, dass du an etwas anderes denkst. Denkst du vielleicht an Filzstifte?

Du hast mir welche versprochen. Ganz viele Farben.

Ich habe sie vergessen. Nein, nicht vergessen, aber das Geschäft war schon zu. Aber das macht nichts. Ich halte meine Versprechen, und wenn die Geschäfte zu sind, dann habe ich ja meinen Hut.

Er setzte mir seinen Hut auf. Sagte: Mach die Augen zu und denk ganz fest an viele bunte Filzstifte.

Dann zog er den Hut von meinem Kopf – Augen auf! sagte er – und zog die Filzstifte aus dem Hut. Das machte er gleich nochmals mit den Zigaretten. Ich musste nur die Augen zumachen und fest an »Smart« denken. Ich liebte ihn. Ich musste nicht zum Zigarettenautomaten laufen, ging mit Onkel Killer zurück in die Wohnung, ein stolzer Zauberlehrling.

Eine halbe Stunde später schrie Mutter: Lauf weg, Nathan, lauf!

Ich weiß nur noch, dass da sehr viel Feuchtigkeit war. Die Lippen von Killer: so nass. Die Lippen meiner Mutter bluteten. Sie lag in einer Ecke des Zimmers. Meine Tränen. Durch den Tränenvorhang schien alles nass, der Teppich, auf dem eine umgeworfene Flasche lag, sogar der Gummibaum sah aus, als hätte es geregnet.

Exkurs zu den Körpersäften. Nein, später!

Zu den Nachbarn, Nathan! Lauf!

Ich lief aus der Wohnung, läutete in unserer Etage bei

allen Wohnungstüren, hörte den Schrei: Ich bring dich um!

Als die Polizei kam, kniete er weinend vor meiner Mutter und sagte immer wieder: Ich liebe dich! Verstehst du nicht, ich liebe dich doch!

Als er abgeführt wurde, schrie er meiner Mutter zu: Wenn ich rauskomm, hab ich dich! Weil's wahr ist!

Killer starb wenige Wochen später. Ein Streit in einem Vorstadtcafé. Verbotenes Glücksspiel. Vielleicht hatte er ein As aus dem Hut gezaubert. Oder ein Messer. Ich bring dich um! Der andere wurde wegen Notwehr freigesprochen. Killer war kein Profi. Er war ein Irrer.

Ich weiß davon wegen der Todesnachricht, die Mutter und ich erhielten. Was bedeutet das: »Plötzlich von uns gegangen«?, fragte ich.

Plötzlich bedeutet etwas anderes als überraschend, sagte Mutter, und Hauptsache: von uns gegangen!

Der Nächste war Philipp. Er war Mutters Reitlehrer. Mutter liebte Pferde. Sie nahm Reitstunden und war dadurch den gemischten Liebesschicksalen etwas näher, die auf stilvollen Landsitzen spielten, wo das Glück sich bei Jagdgesellschaften oder Ausritten entschied. Er war so treu, so stark, so sensibel, Athos, der Rappe, den sie am liebsten ritt. Mutter schwärmte von ihm. Von seinem starken Leib, mit dem sie, wenn der Rhythmus stimmte, verschmolz, seiner Kraft, die zu zügeln und zu lenken ihr so großen Genuss bereitete. Ich saß wie ein Nachwuchscowboy am Rand der Koppel, sah Mutter zu und lernte viel über Pferde. Das Pferd ist, wie Mutter, ein Fluchttier.

Da kann man nicht genug aufpassen. Eine unvorhergesehene Wendung im routinierten Ablauf konnte das Tier unbändig machen und eine Katastrophe auslösen. Wenn meine Mutter mit Onkel Philipp einen Ausritt machte, saß ich brav im Klubhaus und wartete, las inzwischen die neue Ausgabe vom »Glück der Erde«, der Zeitschrift des Verbands für Reitvereine.

Philipp hatte auch einen Spitznamen. Im Gespräch mit Großmutter nannte Mutter ihn »Beschäler«. Durch mein geduldiges Studium des »Glücks der Erde« wusste ich, was ein Beschäler ist: So nennt man den Deckhengst. Aber ich zeigte nicht, dass ich wusste, was ein Beschäler ist. Ich war ein braver Sohn, und ein braver Sohn erfüllt jederzeit die in ihn gesetzten Erwartungen, zum Beispiel auch, dass er nicht verstand, wenn erwartet wurde, dass er nicht verstand. Und so ganz verstand ich den Spitznamen tatsächlich nicht. Den Gesprächen von meiner Mutter mit meiner Großmutter entnahm ich, dass der Beschäler sozusagen ausschlug. Mutter wollte reiten, aber sie wollte nicht unbedingt, was der Reitlehrer wollte. Mutter sagte zu Oma: Er ignoriert völlig das Fohlen. Ich verstand erst später, was sie meinte. Ich saß an der Koppel und sah zu. Man sieht beim Zuschauen nichts. Später hört man. Da war eine Reitstunde, in der Philipp völlig unzufrieden mit den Hilfen meiner Mutter war. Hilfen nennt man beim Reiten die Techniken, mit denen man dem Pferd Befehle gibt. Nun gab Philipp meiner Mutter sozusagen Hilfen, die sie offensichtlich irritierten. Ich saß da und sah zu. Im Grunde war es ein Gegrapsche. Du musst so sitzen, sagte er und griff meiner Mutter auf Rücken und Hintern. So!, sagte er und griff noch einmal zu. Der Reitlehrer liebte meine Mutter. Da war eine unglaubliche Aggression. Sie war so stark, dass ich gar nicht mehr hinsah und demonstrativ in das »Glück der Erde« starrte, wo ich allerdings nichts sah, kein Wort, kein Foto. Ich schaute so angespannt in diese Zeitschrift, dass ich nur mich selbst von außen sah, wie ich diese Zeitschrift las.

Was heißt »verschieden«?, fragte ich meine Mutter, als wir die Todesnachricht des Reitlehrers bekamen, wieso ist Onkel Philipp verschieden?

Er war nicht normal, sagte meine Mutter.

Philipp hatte in die Stadt reiten wollen. Es gibt keinen Beweis dafür, aber ich bin heute sicher, er wollte zu Mutter. Ihr irgendetwas beweisen. Kühnheit. Todesmut. Die Radikalität seiner Liebe oder seine Verzweiflung. Ich weiß es nicht. Der Mann hatte ein Auto. Aber er sattelte das Pferd, gab ihm die Sporen und ritt hinein in den Sonnenuntergang. Er muss sehr betrunken gewesen sein. Pferde sind Fluchttiere. Eine Straßenbahn, ein Auto, ein Passant, der plötzlich die Straße überquert, kann ein Pferd panisch und unberechenbar machen. Philipp wurde von Athos abgeworfen und gegen eine Straßenbahn geschleudert. Frontal gegen den Triebwagen. Wie seltsam Mutter dieses Wort betonte, wenn sie später die Geschichte erzählte! Sie sagte nicht Straßenbahn, sie sagte Triebwagen, als müsste sie etwas Unappetitliches in den Mund nehmen, der Triebwagen habe Philipp das Genick gebrochen.

Mutter hätte sich nie auf Dauer mit einem Mann eingelassen, der nicht akzeptierte, dass sie ein Kind hatte, oder auch nur zeigte, dass er damit nicht umgehen konnte. Man bekam Mutter nur im Paket mit mir. Sie nahm mich grundsätzlich zu jeder ersten Verabredung mit einem Mann mit, damit das klar war. Vielleicht verwendete sie mich auch als Schutzschild, um allzu schnelle Zudringlichkeit gar nicht erst zu ermöglichen. Jedenfalls war ich, wenn Mutter die Chemie ihrer Verehrer teste, gleichsam der Teststreifen. Der Test ging in der Regel nicht gut aus für die Männer. Aber ich bekam da wenig mit. Für mich war jeder Mann nur »wieder einer« – dem gegenüber, wie ich dachte, ich es war, der funktionieren musste, wohlerzogen, ohne ungeduldig zu quengeln, nur redend, wenn ich gefragt werde, das Besteck korrekt verwendend, Bescheidenheit zeigend, wenn ich gefragt werde, ob ich noch etwas wolle. Da hatte ich keine Augen mehr dafür, ob der Mann funktionierte. Für mich war er kein Testobjekt, sondern eine Instanz, und ich das Objekt.

Ein Getränk ist genug, schärfte mir Mutter vorab nochmals ein. Wir werden uns nicht als maßlos und unbescheiden darstellen! Wie schnell ein Glas Apfelsaft ausgetrunken ist. Vor allem, wenn man sonst nichts zu tun hat. Willst du noch was, junger Mann? Noch einen Apfelsaft? Nein danke. Und wie lange dann so ein Abend noch dauerte. Vor allem, wenn man nichts mehr tun kann, nicht einmal mehr Apfelsaft trinken. Vielleicht trinke ich heute so viel, weil ich darf. Mutter machte viel Aufwand vor solchen Abenden. Sorgfältig machte sie sich schön. Das nannte sie so: »sich schön machen«. Ich fand sie ja immer schön, aber

sie war dann wirklich noch schöner als an unseren gemüt-
lichen Abenden. Allein die Stöckelschuhe statt der Woll-
socken. Das hätte sie einmal machen sollen: nicht mich zu
einer Verabredung mitnehmen, sondern ihre Socken. Und
die Reaktion des Mannes testen.

Gern hätte ich sie einmal in Netzstrümpfen gesehen.
Und mit aufgeklebten Wimpern. Einmal sagte ich es. Sie
lachte. Ich bin doch nicht so eine, sagte sie.

Viel Aufwand trieb sie auch damit, mich schön zu machen. Mit Haaröl und heftigen Bürstenstrichen bezwang
sie mein krauses Haar, sie bügelte meine gute Hose, die
ich erst im letzten Moment anziehen durfte, um sie nicht
vorab schon wieder zu zerknittern, sie band mir eine Krawatte um, die sie »Selbstbinder« nannte.

Besondere Hoffnungen setzte sie in Diplomkaufmann
Hollmann. Onkel Hermann. Er hatte einen Sohn in
meinem Alter. Ein Mann, der selbst ein Kind mitbrachte,
flößte meiner Mutter Vertrauen ein. Von ihm meinte sie,
in ihrer Alleinerzieherexistenz verstanden zu werden. Da
hättest du gleich einen Bruder, sagte Mutter zu mir. Woll-
test du nicht immer schon einen Bruder? Und wieder:
Wäre das nicht schön, einen Bruder zu haben? Ja. Nein.
Weiß nicht. Mutter versuchte in mir ein Bedürfnis zu
wecken, um dann, mit dessen Befriedigung, ihren eigenen Profit zu machen. Guter Trick. Wie aus der Werbung.
Darum spricht man ja auch in Liebesdingen von Werben.
Und wie sie warben! Zum ersten Mal sah ich zwischen
Mann und Frau und von Mann und Frau gegenüber Kindern Exzesse der Selbstdarstellung. Mutter wollte einen

Mann. Einen richtigen Mann. Onkel Hermann war ein richtiger Mann, ein Herr, weil er in seinen Geschäften erfolgreich war, sehr wohlhabend, und weil er nie einen Zweifel daran ließ, dass er wusste, was er wollte. Er hätte meiner Mutter etwas bieten können. Er sagte es selbst. Und Mutter war bereit, sich von ihm etwas bieten zu lassen. Von diesem Mann, der wusste, was er wollte. Er wollte meine Mutter. Eine Mutter für seinen Sohn Harald. Eine Gemahlin, die sein Privatleben auf eine Weise verwaltete, dass es zugleich in seinen Geschäftskreisen herzeigbar war. Ein Ersatz für die Frau, die ihn, wie er erzählte, viel zu früh verlassen hatte. Ich wagte die Zwischenfrage: Warum? Eine Frauenkrankheit, sagte er. Ich verstand nicht, sagte aber nichts mehr, als ich Mutters Blick sah. Meinte er, dass es eine Frauenkrankheit sei, ihn zu verlassen? Aber wenn er sie schon so geliebt hat, warum versucht er sie nicht zurückzuholen und lässt meine Mutter in Ruhe? Später begriff ich, dass seine Frau gestorben war. Er habe bis zum Ende zu ihr gehalten, sagte er, auch als sie keine vollwertige Mutter für Harald mehr sein konnte.

Harald zeigte auf – im Gastgarten eines Restaurants, am Tisch mit seinem Vater zeigte er auf! Noch dazu so pedantisch: Er hob die Hand mit zwei ausgestreckten Fingern! Sein Vater nickte ihm zu, und er fragte, ob er auf die Toilette gehen dürfe.

Natürlich! Geh nur!

Wollt ihr zwei nicht ein bisschen herumlaufen?, sagte Mutter. Muss ja langweilig sein für euch, immer bei uns am Tisch zu sitzen.

Ja, sagte ich und stand auf.

Aber nicht wild, sagte Herr Hollmann. Und kein Geschrei!

Harald nickte. Auch bei ihm war mir klar, was er wollte, was sein Interesse war bei diesen Werbeabenden. Alles, was möglicherweise dazu geeignet war, die alleinige Kuratel seines Vaters zu brechen oder zumindest aufzuweichen, musste ihm als Verbesserung seines Lebens erscheinen.

Alle wussten, was sie wollten. Ich wusste nur, was ich nicht wollte. Die Hollmanns. Die Vorstellung, mit diesem Mann unter einem Dach zu leben, die Vorstellung, dass ihm das Recht eingeräumt wird, mir etwas anzuschaffen, war ein Albtraum. Diese Art von Mann kannte ich bis dahin nicht: so streng, dass er nicht einmal bei sich selbst eine Ausnahme machte. Alles an ihm wirkte teuer, sein Anzug, seine Krawatte, seine Uhr, seine Manschettenknöpfe, seine Schuhe, aber doch hatte man das Gefühl, dass dieser Mann sich nichts gönnte. Er fühlte sich zu dem edlen Tuch, zu der goldenen Uhr, zur seidenen Krawatte verpflichtet und gehorchte der Pflicht. Er bestellte Hummer. Aber genoss ihn nicht. Es war eine Werbemaßnahme: Meine Mutter sollte sehen, was er ihr bieten konnte, und dann demonstrierte er Hummerverzehr-Kenntnis. Wenn meine Mutter kicherte beim Versuch, eine Hummerschere zu knacken, lächelte er gequält. Und doch irgendwie stolz – er hatte sie in eine fremde Welt entführt und beeindruckt. Wenn ich heute an ihn denke, sehe ich ihn gebeugt von der Last und verkniffen von der Anstrengung, die es bedeutet, immer neue fremde Welten aufzutun, nur um die Menschen in der vertrauten Welt zu beeindrucken. Für uns Kinder bestellte er, ohne nach unseren Wünschen zu fragen. An diesem Hummer-Abend zum Beispiel Gundel-Palatschinken. Nicht einfach Palatschinken, sondern Gundel-Palatschinken. Da war er wieder demonstrativ nobel – und doch war es auch nur die höfliche Einleitung für ein daraus folgendes herrisches Auftreten.

Die stehen nicht auf der Karte, sagte der Kellner.

Aber in der Küche steht ein Koch, sagte Herr Hollmann.

Was sind eigentlich Gundel-Palatschinken?, fragte meine Mutter.

Hollmann lächelte. Jetzt konnte er erklären.

Ich ärgere mich darüber, dass ich damals nicht einfach sagte, ich hätte lieber ein Wiener Schnitzel. Aber das kam noch. Diplomkaufmann Hollmann war der erste Muttermann, gegen den ich mich auflehnte. Es begann damit, dass ich mich weigerte, weiterhin Onkel Hermann zu ihm zu sagen. Dann, dass ich mich dagegen wehrte, zu den Abenden mit ihm und Harald mitzukommen. Damals sagte ich, meines Wissens zum ersten Mal, stereotyp den Satz: »Ich habe keine Lust!« Kinder sagen diesen Satz leichthin, und ich möchte auch nichts überinterpretieren. Das ist Hannahs Aufgabe. Aber es ist doch eine Tatsache: Der Satz »Ich habe keine Lust« stand wie mit großen feuerroten Lettern an die Wand gemalt, auf der ich die Schatten meiner Kindheit sehe. Hannah machte manchmal dieses Spiel mit mir: Stellen Sie sich eine weiße Wand vor,

Nathan. Starren Sie die Wand an. Sie bleibt nicht weiß. Es taucht ein Bild auf. Was sehen Sie?

Nichts. Ich habe keine Lust. Doch, jetzt: Ich sehe einen Mann und eine Frau, die angestrengt glücklich ihr Unglück säen.

Eines Tages war Mutter vor Aufregung unerbittlich: Ein Wochenende mit den Hollmanns im noblen Hotel Panhans am Semmering. Nicht bloß ein Abendessen. Ein ganzes Wochenende. Man wird sich näherkommen. Man wird alles besser beurteilen können. Man wird zu einer Entscheidung finden.

Ich habe keine Lust.

Mutter erlaubte nicht, dass ich ein ganzes Wochenende allein zu Hause bliebe. Ein Abend, gut und schön. Aber nicht ein Wochenende. Ich rief meinen Vater an. Ob ich am Wochenende bei ihm – unmöglich. Er musste nach Cannes.

Später war ich froh, dass ich mitmusste. Es beendete diese Affäre.

Man nahm nach der Ankunft im Hotel einen Imbiss. Man zog sich in die Zimmer zurück, um sich frisch zu machen und für eine kleine Wanderung vorzubereiten. Man wanderte. Leider gibt es kein Foto davon: Hollmann in einem englischen Tweedanzug mit Knickerbockerhosen und Maßschuhen mit gebirgstauglichem Profil. Harald als seine Kopie im Maßstab eins zu drei. Harald durfte einen Rucksack tragen, in dem Erfrischungen verstaut waren. Meine Mutter in einer alten Keilhose, die sie von einem früheren und bis dahin einzigen Schiurlaub hatte. Ich in einer Lederhose. Eigentlich war, wenn man uns vier nebeneinander sah, schon alles klar. Hollmann pfiff seinen Sohn herbei, entnahm dem Rucksack eine Wanderkarte. Er hatte an alles gedacht. Er wusste auch, welche Farbe der Markierungen für uns maßgeblich war. Wir folgen den blauen Markierungen, sagte er. Er war gut gelaunt. Das Frischmachen hatte ihn frisch gemacht. Das hielt eine Stunde. Dann passierte Folgendes. Ich lief mit Harald voraus. Ich mochte Harald nicht. Er war für mich ein lächerliches Duplikat seines Vaters. An ihm sah ich, wozu sein Vater fähig war. Vielleicht tat ich ihm unrecht. Er war ein Opfer. Ein Kind mit nur einem Elternteil wie ich, aus besseren Verhältnissen, nicht so kleinbürgerlichen jedenfalls, aber nicht einmal mit mehr Taschengeld. Er hatte ein eigenes Zimmer, aber in der Wohnung eines engstirnigen, harten Mannes, während ich kein eigenes Zimmer hatte in der Wohnung einer kitschigen Priesterin romantischer Ideale. Ich konnte meiner Mutter alles sagen, er musste seinem Vater alles verschweigen und dann gestehen. Ich sollte glücklich sein. Er sollte perfekt sein. Wir sind wahrscheinlich beide gescheitert. Aber genau an dieser Bruchstelle scheiterte an diesem Tag das Projekt, aus mir einen Hollmann zu machen. Wir liefen. Da war ein Abhang, dreißig oder vierzig Meter abwärts, und dann ein Gegenhang. Ich legte mich hin und ließ mich runterrollen. Es war ein Genuss. Ich rollte, rollte immer schneller, Bodenunebenheiten lüpften mich hoch, ich fiel wieder weiterrollend ins weiche Gras, ich streckte die Arme, machte mich ganz steif, rollte und wirbelte hinunter in die Mulde, gestoppt vom Gegenhang. Ich stand auf, winkte Harald zu: Komm, mach das auch! Er stand oben am Weg, schaute herunter, rührte sich nicht. Ich winkte ihm zu: komm! Er schaute.

Ich stieg den Hang wieder hinauf, verlor manchmal das Gleichgewicht und fiel und rollte wieder zurück, hielt mich an Grasbüscheln fest, zog mich hoch, kam schließlich oben an und sagte zu Harald: Das macht Spaß! Oder etwas Ähnliches, legte mich gleich wieder hin, machte mich steif und ließ mich rollen. Als ich unten war, stand Harald immer noch da oben, schaute, dann machte er einen Schritt, schaute, legte sich plötzlich hin und machte mir die Roulade nach. Als er unten angekommen war und aufstand, jauchzte er. Das war der einzige Moment, in dem ich ihn mochte.

Noch einmal! Wir kletterten wieder hinauf. Als wir oben schnaufend und lachend angekommen waren, standen plötzlich sein Vater und meine Mutter vor uns. Herr Hollmann sah den kleinen Hollmann an, die Grasflecken auf seinem Anzug, Herr Hollmann machte eine kreiselnde Bewegung mit seinem Zeigefinger, und wie eine Puppe drehte sich der kleine Hollmann, während der Vater streng die Beschädigung des Anzugs von allen Seiten begutachtete, und als der Sohn die Drehung vollendet hatte und wieder von Angesicht zu Angesicht seinem Vater gegenüberstand, bekam er eine Ohrfeige, die wie ein Schuss klang, das Wild ging zu Boden, erlegt, wäre fast den Abhang wieder hinuntergerollt.

Harald rappelte sich hoch. Er hat mich runtergestoßen,

sagte er. Er! Und zeigte auf mich. Bitte, Papa! Nathan ist schuld!

Das verstand ich nicht. Die Ohrfeige hatte er schon. Es machte nichts rückgängig, wenn er mir die Schuld gab. Nein, das war kein Bruder.

Herr Hollmann sah mich an. Mutter nahm mich an der Hand und sagte: Ich habe Mitleid mit deinem Sohn. Aber vor dir schützen kann ich nur meinen Sohn.

Sie drehte sich um und ging weg, zerrte mich hinter sich her. Dann fanden wir in den Gleichschritt. Wir liefen und irgendwann hüpften wir im Laufen. Wir sahen nicht zurück. Irgendwann lachte sie. Schüttelte den Kopf. Wir hielten uns an den Händen, schwenkten die Arme. Im Hotel bestellte sie sofort ein Taxi. Die Koffer hatten wir in drei Minuten gepackt. Im Taxi sagte sie: Wenn er seinen eigenen Sohn schlägt, dann wird er auch dich schlagen!

Ich habe Harald nicht gestoßen, sagte ich.

Ein paar Wochen später fragte ich Mutter, wieso Hollmann »zu Gott gerufen« wurde. Wir hatten seine Todesnachricht erhalten.

Es wird ihn niemand anderer mehr gerufen haben, sagte sie.

Das war Hollmanns einziges Vergnügen gewesen: schnell Auto fahren. Manchmal fuhr er ohne Ziel, einfach so, ganz schnell. Vollgas. Wenn er ohne Ziel war, dann fuhr er ohne Ziel. Einmal hatte sich eines in den Weg gestellt.

Seltsam, sagte Oma. Mir sind die Männer immer erst nach der Hochzeit gestorben.

28.

Er hatte einen Traum, den er – nein! Warum schreibe ich plötzlich in der dritten Person? Ich natürlich, ich hatte einen Traum, den ich noch schlafwarm Christa erzählte. Normalerweise vergesse ich Träume beim Aufwachen sofort. So soll es ja auch sein. Da funktionierte ich im Regelfall ganz brav. Dass ich nun einmal einen Traum nach dem Aufwachen nicht abschütteln konnte, war sehr befremdlich. Und ich selbst bin mir in diesem Traum so eigentümlich fremd gewesen – weil ich so objektiv ich war, dass ich mich geradezu als einen anderen sah. Schwer zu erklären. Ich war nicht »ich«, sondern »der Typus Ich«.

In der Nacht davor war ich sehr spät ins Bett gegangen, im Morgengrauen, ich hatte schon die Vögel gehört. Manchmal bin ich so müde, dass ich nur noch dasitze, und werde dabei nicht müde genug, um schlafen zu gehen. Meine Frau war aus beruflichen Gründen in Mailand, sie muss in letzter Zeit sehr oft verreisen. Ich saß da, rauchte und trank, überlegte, ob ich noch ausgehen sollte, wenn ja, warum und wohin, und je länger ich die Möglichkeiten abwog – sollte ich jemanden anrufen?, wenn ja, was versprach ich mir davon? –, desto antriebsloser wurde ich. Schließlich saß ich nur noch da und wartete. Auf das Bett.

Der Traum. Zuvor ein Exkurs über Träume. Weniges langweilt mich so sehr wie die Träume anderer. Lese ich ein Buch, in dem ein Traum erzählt wird oder das Traumsequenzen enthält, dann überblättere ich die Seiten. Erzählt mir jemand einen Traum, dann werde ich sofort unsagbar müde, als hätte ich die ganze Nacht nicht geschlafen. Ich hatte einmal eine Freundin, die immer ihre Träume aufschrieb. Sie führte ein Traumtagebuch. Oder Nächtebuch. Sie hieß Anna. Anna Kapsreiter. Wie die Biermarke. Sie war entfernt mit der Braudynastie verwandt. Sie trank aber kein Bier, überhaupt keinen Alkohol. Sie schrieb ihre Träume auf, erzählte ihre Träume, interpretierte und diskutierte sie. Das war ihre größte Lust. Es langweilte mich entsetzlich. Wenn sie träumte, dass ich »fremdgegangen« war (so nannte sie es), hatte das dieselben Konsequenzen, als hätte sie mich auf frischer Tat ertappt. So wurden Träume wahr. Da ich damals keine Gelegenheit ausließ, hatte sie immer recht. Die Kaps war ein Albtraum.

Dennoch erzählte ich Christa sofort meinen Traum. Er war einfach noch da. Ich hatte bis halb zwölf geschlafen, dann geduscht, ohne dass ich den Traum wegspülen hätte können, und war sofort zur Mittagsverabredung mit Christa gefahren. Gemeinsam Mittag zu essen, das wurde Christa wichtig. Unsere Treffen seien sonst gar so abgebrüht und entfremdet, meinte sie. Also bestellten wir Austern und Brot und Weißwein ins Hotelzimmer.

Christa drückte eine halbe Zitrone und träufelte den Saft schwungvoll über die Austern, ich spürte die Säure auf meiner Haut, wenn sie mich dann berührte. Sie lachte. Ich war neidisch auf ihre gute Laune.

Ich hatte einen Traum, sagte ich. Ich saß in einem dunklen Raum, halbdunkel, Dämmerzustand. Es war ein Wartesaal. Da waren auch andere, aber ich war der Einzige, der ruhig dasaß. Die anderen waren durchaus geschäftig. Dennoch hatte ich keinen Zweifel, dass wir uns in einem Wartesaal befanden. Ich beneidete die anderen, dass es ihnen so gut gelang, die Wartezeit zu überbrücken. Andererseits fand ich es bestürzend sinnlos. Das Einzige, was zählte, war doch, endlich aufgerufen zu werden. Ich saß und wartete sehr geduldig. Dann ging eine Tür auf, und ich wurde aufgerufen. Durch die offene Tür fiel ein weiß strahlendes, blendendes Licht, in dem nichts zu sehen war als ebendieses Licht. Ich ging durch die Tür, hinein in das Licht und hörte eine Stimme. Die Stimme sagte nur einen Satz – worauf mich großes Glücksgefühl erfasste und ich dachte: So einfach ist es also! Ich hätte es mir denken können! So einfach ist es. Ich bin nahe dran gewesen, aber jetzt war es klar: So ist es wirklich.

Dann wachte ich auf. Ich war verwirrt, aber zugleich unendlich glücklich. Ich kann dir gar nicht sagen, wie glücklich ich war. Ich blinzelte, zögerte den Zustand hinaus, hielt mir nochmals den Traum vor Augen. Ich konnte mich perfekt an alles erinnern, an das dunkle Zimmer, die Tür, das Licht, die Stimme, an meinen Gedanken »So einfach ist es also!«, nur eines hatte ich vergessen: den Satz.

Christa lachte auf. Sie schlürfte eine Auster, wiegte vergnügt den Kopf und sagte: Es kann keine Erinnerung an diesen Satz geben, so wie es keine Erinnerung an den Tod geben kann.

Ich fragte mich, warum ich, solange ich Christa regelmäßig in der »Spinne« traf, überhaupt noch zu Hannah ging.

Warum?, fragte ich.

Warum glaubst du, dass wir träumen können, aus großer Höhe herunterzufallen? Im Traum können wir unendlich lang fallen. Aber noch keiner hat jemals träumen können, dass er schließlich am Boden aufschlägt. Warum? Weil jeder schon einmal aus ein oder zwei Meter Höhe heruntergesprungen ist. Diese Erfahrung eines Bruchteils einer Sekunde können wir im Traum endlos verlängern. Aber keiner, der noch träumen kann, hat erlebt, wie er aus großer Höhe schließlich auf dem Boden aufprallt, sodass alle Knochen brechen, die Organe reißen, die Haut platzt. Und weil man das auch nicht bloß ein bisschen erleben kann, um es dann im Traum zu multiplizieren, können wir es nicht träumen. Das ist der Moment, wo wir statt Bildern Sätze träumen.

Ich habe einmal in Frankreich Austern gegessen, sagte Christa, die waren so frisch, dass sie gezuckt haben, wenn man einen Tropfen Zitrone auf sie geträufelt hat.

Der Satz, den du geträumt hast, war: Du bist tot. Und jetzt sind all deine Probleme gelöst.

Ich schaute sie an.

Oder der Satz lautete: Du hast, wenn man von deiner Geburt weg zurückdenkt, eine Ewigkeit nicht gelebt und du wirst nach deinem Leben ewig tot sein – kein Grund, diese kurze begrenzte Zeit zwischen Ewigkeit und Ewigkeit zu dramatisieren. Ich kann mir vorstellen, dass dieser Satz einem das Gefühl größter Klarheit, ja von unermesslichem Glück gibt. Aber wir müssen ihn vergessen, sonst können wir nicht leben.

Ich schaute sie an.

Sie stellte das Tablett neben das Bett, sagte: Komm!

Schau nicht so verwirrt, sagte sie. Das ist klassische Bildung. Das alles haben vor langer Zeit Menschen gedacht, die es bereits geschafft haben.

Was geschafft?

Zu sterben. Tot zu sein. Komm jetzt! Im Leben zählt nur der kleine Tod.

Eine Stunde später, als Christa sich anzog, sagte sie: Jetzt weiß ich den Satz aus deinem Traum. Hör zu und vergiss ihn nicht gleich wieder!

Sie schaltete die Deckenbeleuchtung ein und sagte theatralisch: Hier ist das Licht. Und jetzt der Satz: Dein Problem ist, dass dir Befriedigung nicht genügt, sondern nur Erlösung.

29.

Exkurs zur Erlösung: Keine Ahnung.

30.

Nun befand ich mich auch bei der Beschreibung meines Lebens just in der Sackgasse, in der ich mich im Leben befand. Ich war durch das Schreiben nicht rausgekommen, sondern stand erst recht wieder vor einer Wand und konnte nicht weiter. Das Grundproblem war angesprochen, die Rätsel hatten sich zu einer Frage zusammengefasst. Wenn man eine Frage findet, die man dann aber nicht beantworten kann, deprimiert einen das noch mehr als die fragwürdigen Verhältnisse selbst. Wenn man vor einer Grenze steht, dann wird nichts besser, wenn man auch noch aufschreibt: Hier ist eine Grenze.

Hannah schwieg.

Ich hielt es für eine gute Idee, eine Reportage zu schreiben. Ein guter Trick: Ich mache etwas, das ich kann, um damit etwas in den Griff zu bekommen, das ich nicht kann. Eine Reportage zu schreiben, dachte ich, das kann ich wirklich.

Hannah schwieg.

Ich hatte einen sehr guten Lehrer. Nicht an der Universität, am Institut für Publizistik. Nein. Damals, als ich bei der Zeitung zu arbeiten begann. Redakteur Paul Prohaska, genannt der Professor. Er bildete die Jungen aus. Er erkannte mein Talent und förderte mich. Das war damals sehr wichtig für mich. Ich hatte es nicht leicht. Alle glaubten, dass ich nur durch Intervention meines Vaters die Stelle bekommen hatte. Es war eine harte Schule. Prohaska schenkte mir nichts. Aber ich bestand. Eines Tages sagte er zu mir: Du bist sehr gut. Bald wird man deinen Vater fragen, ob er seine Tratschkolumne nur deshalb schreiben durfte, weil du für ihn interveniert hast. Er bot mir einen Schnaps aus seiner Schreibtischlade an. Das galt bei Prohaska als Ritterschlag. Sein Lob ließ mich anschwellen. Und so fragte ich ihn in plötzlicher Laune, ob ich ihn jetzt

duzen dürfe. Er duzte mich ja auch. Er sagte: Du mich duzen? Nein. Aber du darfst mich mit Paul ansprechen.

Hannah sah mich an und wartete.

Paul beherrschte alle klassischen journalistischen Formen. Und bei jenen, die vom Zeitgeist und vom sogenan-
nen Neuen Journalismus zu Grabe getragen wurden, war
er der Einzige, der trauernd dem Sarg folgte. Der Leitartikel zum Beispiel. Es gibt ja heute keine Leitartikel mehr.
Er wurde ersetzt durch die Meinungskolumne. Eine Meinung ist mein und ich kann sie genauso gut für mich behalten, sagte Paul. Er bekam Wutausbrüche, wenn so eine
Meinungsabsonderung, die sich eigentümlicherweise immer mit den Interessen des Zeitungseigentümers deckte,
unter der Bezeichnung Leitartikel auftrat. Aber seine liebs-
te journalistische Gattung, die er, solange er etwas zu sagen
hatte, immer aufs Neue wiederbelebte, war die Reportage.
Er liebte die amerikanische Literatur. Für ihn waren die
großen amerikanischen Erzähler Reporter. Hemingway
zum Beispiel, im Grunde ein Reporter. Als ich meine erste große Reportage schreiben durfte, nahm er mich zur
Seite. Vergiss nicht, was ich dir immer gesagt habe, sagte er:
Die Reportage ist eine Kamerafahrt mit Sprache. Geh nah
dran und mach einen Schwenk. Das musst du beachten.
Geh nah dran, stell scharf und mach einen Schwenk! Und
vergiss nicht: Worüber auch immer du schreibst – es ist
nicht das Paradies. Wer das Paradies findet, schreibt keine
Reportage mehr. Es muss also immer ein bisschen traurig
sein. Auch wenn das, was du siehst, komisch ist. Das ist das
ganze Geheimnis einer guten Reportage.

Dann gab er mir einen Klaps auf den Hintern und sagte: Geh und mach's!

Hannah machte eine Notiz.

Ich hatte Pauls Anweisungen im Ohr. Geh und mach's! Ich hatte meine Erfahrungen, meine professionelle Selbstgewissheit. Aber was ist das Ergebnis? Die Grenze! Nicht einmal die Grenze, über die ich schreiben wollte, sondern eine Grenze des Schreibens. Ich könnte noch viele Schwenks machen über den Weg an die Grenze, aber beim Schreiben gibt es diese physische Chronologie nicht: dass man den ganzen Weg gehen muss, um an einen bestimmten Punkt zu kommen. Man kann schreibend einen Punkt erreichen, ohne den ganzen Weg schreibend gegangen zu sein. Das ist entsetzlich. Entsetzlicher als das Problem, das man zum Anlass des Schreibens genommen hat.

Hannah machte eine Notiz. Riss plötzlich das Blatt vom Block, knüllte es zusammen und warf es in hohem Bogen in den Papierkorb. Sie traf.

Hatte dieser Paul ein Verhältnis mit Ihrer Mutter?

Wie bitte?

Nathan, diese Frage ist doch nicht so schwer zu verstehen. Hatte dieser Paul – wie hieß er doch gleich? Pokorny –

Prohaska.

Prohaska. Hatte er ein Verhältnis mit –

Nein. Wie kommen Sie darauf?

Gut. Dann haken wir ihn ab, sagte Hannah und blickte zum Papierkorb. Sie haben gesagt, Sie sind beim Versuch,

Ihre Reportage zu schreiben, zu einem Punkt gekommen, wo Sie nicht weiterkönnen. Also was ist der Punkt? Noch fünf Minuten, Nathan!

Erlösung. Ich habe offenbar die fixe Idee, sie zu suchen, zugleich nicht die geringste Ahnung, worin sie besteht. Zu diesem Punkt bin ich gekommen, und das ist offenbar die Frage.

Es ist erstaunlich, Nathan. Ich habe Sie etwas überschätzt. Als ich Ihnen die Aufgabe gegeben habe, eine Reportage über die Grenze zu schreiben, über Ihre Grenze, habe ich etwas ganz anderes von Ihnen erwartet.

Ich schwieg.

Ich habe erwartet, dass Sie logischerweise auf eine ganz andere Frage stoßen. Auf eine Frage, deren Beantwortung zwar nicht alles, aber doch schon einiges klärt. Und damit wäre dann ein Punkt erreicht, wo wir sagen könnten, wir sind einen Schritt weiter. Aber Sie haben offenbar doch nicht wirklich beherzigt, was Ihr Lehrer Ihnen beizubringen versucht hat.

Ich schwieg. Prohaska hatte mir gar nichts beizubringen versucht. Er war ein versoffenes altes Arschloch mit einer kaputten Leber. Seit damals verstehe ich diese Redewendung, jemandem sei eine Laus über die Leber gelaufen. So ist er gewesen: Prohaska hat auf der Leber mehr Läuse gehabt als ein Straßenköter im Fell. Er starb fünf Monate nach seiner Pensionierung, einer Frühpensionierung. Ich fühlte mich verpflichtet, zum Begräbnis zu gehen. Aber ich bekam nicht frei. Die Zeitung schickte einen Kranz. Ich bin geduldig mit gebeugtem Rücken vor Prohaska gestanden, bereit, mit der hohlen Hand die Asche aufzufangen, die von seiner Zigarre fällt. Und plötzlich stand ich selbst da mit einer Zigarre und sah mich auf die gebeugten Rücken Jüngerer blicken. Das war meine ganze Ausbildung, eine normale Karriere.

Das ist ein hübsches Bild: Geh nah dran und mache Schwenks!, sagte Hannah. Kluger Mann, dieser Prohaska. Trifft auch auf die therapeutische Arbeit zu.

Sie riss wieder ein Blatt von ihrem Block ab, zerknüllte es zu einer Papierkugel, zielte auf den Papierkorb und warf. Die Kugel fiel auf den Rand des Korbs, Hannah ballte die Faust, die Kugel prallte vom Korbrand weg und fiel auf den Boden.

Sie haben sich zu sicher gefühlt, Nathan. Sie dachten, Sie können das und Sie bezahlen mich nur dafür, damit ich den Druck mache, den Sie brauchen, damit Sie es wirklich tun. Aber wenn Sie ein Problem lösen wollen, dann dürfen Sie nicht routiniert dran herangehen, denn es ist ja Ihre Routine, der Sie das Problem verdanken.

Ich schwieg. Hannah sah auf die Uhr.

Kurz und gut, Nathan, wenn Sie Ihr Leben als Leben an einer Grenze beschreiben, dann ist doch die naheliegende, die zunächst wichtigste Frage: Auf welcher Seite der Grenze befinden Sie sich eigentlich? Ich habe zu Ihnen gesagt: Denken Sie an die Schengen-Grenze! Sind Sie auf der Seite, wo man Angst davor hat, was von drüben hereinkommen, eindringen will, was da dunkel an Energie, Gier, Gewalt droht, sind Sie also einer, der sich verschanzt, oder sind Sie auf der anderen Seite und wollen hinüber, wollen eindringen, weil Sie sich drüben das Licht, das Gelobte Land vorstellen, weshalb Sie sogar Ihr Leben riskieren würden, um rüberzukommen? Ist Ihr Problem also die Angst vor dem Anderen, oder die überspannte Erwartung an das Andere? Das war's für heute, Nathan, ich erwarte Ihre nächsten Schwenks.

31.

Auf welcher Seite bin ich? Den Versuch, diese Frage zu beantworten, musste ich wegen der Ereignisse der nächsten Tage aufschieben. Vielleicht aber waren es just diese Ereignisse selbst, die mir eine Antwort gaben.

Als ich nach der Stunde bei Hannah in die Redaktion zurückkam, wurde ich von Franz mit einer Idee konfrontiert, die er ohne Rücksprache mit mir bereits von der Chefredaktion hatte absegnen lassen. Das war ungewöhnlich. Wieso rennt er zur Chefredaktion, und redet nicht mit mir? Die Idee war gut. Das hieß, sie war so blöd, dass sie perfekt in das neue Raster passte, das wir im »Leben« nun füllen sollten. Die Herausgeber hatten von unserem Ressort »einen jüngeren Auftritt« gefordert. Das hieß, neben einem Layout-Relaunch (mehr und größere Bilder), dass wir künftig unsere Themen strikt auf die Zielgruppe der Neunzehn- bis Neununddreißigjährigen ausrichten mussten, mit einem kleinen Spielraum in Hinblick auf die Neununddreißig- bis Neunundvierzigjährigen, die gleichsam den Todesstreifen darstellten: »Leben« war vor neununddreißig, nach neunundvierzig war nichts mehr, neunundvierzig markierte die eiserne, die absolut dichte Grenze.

Also nie mehr dritte Zähne im »Leben«!, hatte Doktor Tenner formuliert.

Ich habe nie herausgefunden, warum manche Männer mit starkem Übergewicht lächerlich und abstoßend, andere aber mit nicht weniger Volumen machtvoll und beeindruckend wirkten. Ich fürchte, es ist tatsächlich so banal: Es hängt von der Macht ab, die sie haben. Doktor Tenner, unser Herausgeber, hat gewiss noch nie vor einer Frau den Bauch eingezogen, im Gegenteil, er schob ihn einer Frau geradezu entgegen, zum Beispiel Traude, und glaubte wahrscheinlich noch, dass er sie unendlich beeindruckt habe. Macht macht sexy, hatte der ehemalige US-Außenminister Henry Kissinger gesagt, ich weiß nicht, wie die Chileninnen oder die Vietnamesinnen das sahen, aber bei Doktor Tenner hatte ich den Eindruck, dass er davon überzeugt war und mit dieser Überzeugung gut und selbstzufrieden lebte. Er war fünfundsechzig und dachte nicht eine Sekunde daran, in Pension zu gehen, geschweige denn daran, dass er sterblich sein könnte.

Es ist doch grotesk, hatte ich zu ihm gesagt, als wir die Direktiven für den »Leben«-Relaunch bekamen, auf jung zu tun und dabei auf mehr Leser und und mehr Inserate zu hoffen. Ob er sich die Bevölkerungspyramide einmal angeschaut habe. Den Altersschnitt unserer Bevölkerung. Und dann noch die Einkommensverteilung. Warum sollen wir, den Werbefritzen zuliebe, eine Zeitung für Jüngere machen, wenn wir wissen, dass die Älteren erstens die Mehrheit bilden und zweitens das Geld haben. Ich dachte, dieses Argument müsste doch gerade ihm einleuchten, dieser Personifizierung der »breiten Masse«.

Natürlich haben Sie recht, sagte er. Das schätze ich ja bei Ihnen sehr, dass immer die Fakten stimmen. Aber wir reden jetzt nicht über Bevölkerungspyramiden und Einkommensverteilung. Das ist bloß Soziologie.

Er nahm sein Taschentuch aus der Hose, wischte sich den Schweiß von der Stirn, und sagte: Könnten Sie dem Fräulein da draußen sagen, ich hätte gerne noch einen Kaffee. Danke.

Es fiel mir schwer, mich zu konzentrieren, also bei Sinnen zu bleiben. Ich konnte es mir nicht verkneifen, durch die Gegensprechanlage Traude als »Fräulein« anzusprechen.

Wissen Sie, Nathan, sagte Doktor Tenner, es geht hier leider nicht um Soziologie, sondern um Psychologie. Mit anderen Worten: ums Geschäft.

Er verstaute umständlich das Taschentuch in seiner Hose, wartete. Traude brachte den Kaffee und sah mich dabei an wie einen Geisteskranken. Ich grinste.

Beachtlich, sagte Doktor Tenner, als Traude das Zimmer wieder verlassen hatte, so vollmundig.

Was?

Der Kaffee, sagte er. Jedenfalls: Es ist unerheblich, wie alt die Maschinen sind – ich meine: die Menschen. Wie komme ich auf Maschinen? Wegen der Kaffeemaschine.

Wirklich ausgezeichnet, der Kaffee! Interessanter Verspre-
cher. Sehen Sie, alles Psychologie. Jedenfalls, es ist unerheblich, wie alt die Menschen sind, wie viel mehr Alte als
Junge es gibt, das ist alles bloß Soziologie! Die Psychologie
ist eine andere Sache. Selbst wenn neunzig Prozent unserer potenziellen Leser Best-Ager wären, also fifty plus –

Warum sind die mit fifty blass?, fragte ich. Die gehen
ins Solarium, fliegen nach Mallorca –

Wie bitte? Ach so! Nathan, Sie mit Ihren Kalauern! Jedenfalls, selbst dann müssten wir trotzdem eine Zeitung
für das Kernsegment der Werbung machen, und das sind
die Neunzehn- bis Neununddreißigjährigen. Warum? Ich
stelle Ihnen eine einfache Frage, Nathan: Was, glauben Sie,
können Sie einem alten Mann, der Geld hat, leichter verkaufen? Eine junge Frau oder eine alte?

Er lachte.

So einfach ist das. Alles Psychologie. Nur wenn wir eine
Zeitung für die Jungen machen, bedienen wir die Alten.
Weil: Sie wollen haben, was die Jungen haben, sie wol-
len beweisen, dass sie noch jung sind, mithalten können,
und sie wollen wissen, was man braucht, um jung zu sein.
Und sie können es sich leisten. Sie haben ja selbst gesagt:
Sie haben das Geld. Aber wenn wir eine Zeitung für Ihre
Pyramide machen, schauen wir so alt aus wie die alten
Ägypter. Die Jungen interessiert das nicht, die Alten erst
recht nicht. Sie verkaufen nicht ein einziges zusätzliches
Exemplar der Zeitung an die Zielgruppe dritte Zähne,
wenn Sie ihnen erklären, wie ihre dritten Zähne besser
haften. Das wissen sie ohnehin. Aber sie wollen wissen,

wie sie mit ihren Dritten noch einmal jung sein können.
Ich dachte, Sie haben Psychologie studiert.

Nein, sagte ich. Publizistik.

Ach so.

Ich hasste mich dafür, dass ich willfährig genug war,
sofort anzufügen: Psychologie im Nebenfach.

Traude kam herein, erinnerte mich an einen Termin,
nahm die leeren Kaffeetassen und verließ das Zimmer.

Sie hatte noch sehr gute Beine, schlank und fest. In
schwarzen Strumpfhosen waren es die Beine eines jungen Mädchens. Heute trug sie keine Strümpfe. Ein blaues
Netz von Äderchen an den Waden. Ich war gerührt. Zugleich wütend. Warum? Ich senkte meinen Blick.

Sah meine Hände. Ich habe Hände wie ein Metzger.
Meine Mutter hatte mir erzählt, dass am Tag nach meiner
Geburt der Arzt bei der Visite meine Hände betrachtet
und gesagt habe: der ganze Vater! Er wollte etwas Nettes
sagen, hatte aber, wie sich dann herausstellte, meine Mutter mit der Frau im Nebenbett verwechselt, deren Mann
Fleischhauer war.

Man selbst sieht das eigene Altern zuallererst an den
Händen. Da verschrumpelt, was einmal zupacken konnte. Die Haut wie Handschuhe, die eine Nummer zu groß
sind. Fleckige Handschuhe. Ich hatte mich immer meiner
groben Pranken wegen geschämt, hätte gern feingliedrige,
nervöse, sensible Intellektuellenhände gehabt. Aber ich
wurde weder Intellektueller noch Fleischhauer. Darum
passten meine Hände letztlich doch: unpassend für alles,
was ich nicht geworden bin. Ich sah sie jetzt mit Rührung

an, ballte sie zu Fäusten, öffnete sie, ballte sie wieder. Doktor Tenner räusperte sich. Diese Wut. Den Jungen wird die Jugend geklaut und den Älteren das Alter. Das ist das System. Die Jugend ist bloß eine Bande, über die die Alten ihr Spiel spielen, ein Spiel, bei dem sie selbst das Gefühl für ihr Alter verlieren, am Ende ist keiner, was er ist, hat keiner, was er braucht. Sogar Franz ist vor einiger Zeit Mitglied in einem Fitness-Club geworden. Nach einem Monat härtesten Trainings war er lediglich einen Monat älter geworden. Und von der Anstrengung an den Geräten war er nicht schlanker geworden, sondern hatte einen dicken Hals bekommen. Seither geht er nicht mehr hin. Bis die nächste Freundin sagt: Franz, du musst etwas tun. Im Grunde besteht unser Alter aus solchen Rat- und Rückschlägen.

Gut, sagte Doktor Tenner und stand auf, schlug mit seinen Händen seitlich an die Sakkotaschen, das kleine Ritual, das eigentümlicherweise bei sehr unsicheren und sehr machtbewussten Männern gleich war. Es hieß je nachdem: Ich hoffe oder ich weiß, dass ich nichts vergessen habe.

Dann schob er seinen Bauch aus meinem Zimmer hinaus.

Das war eindeutig der Bauch, den Franz meinte, als er mir gleich nach meiner Rückkehr von Hannah eröffnete, dass er aus dem Bauch heraus eine Superidee gehabt habe: Power-Snacks für Kochmuffel, präsentiert von Spitzenköchen.

Ich setzte mich hinter meinen Schreibtisch. Wo ist die Grenze? Ich sah Franz an. Er gab mir ein Papier mit seinem Konzept.

Wird eine Serie, sagte er. Wir werden natürlich ein Extrabudget dafür brauchen. Darum war ich schon bei der Chefredaktion. Bewilligt!, sagte er.

Ich sah ihn an. Auf welcher Seite bin ich?

Du wirkst so abwesend, sagte Franz, geht's dir gut?

Abwesend?, dachte ich. Vielleicht, weil ich wirklich auf der anderen Seite bin. Aber dann müsste ich bereit sein, viel mehr im Leben zu riskieren. Aber wofür?

Wofür?, sagte ich.

Geht's dir gut?, sagte Franz. Für die Serie. Spitzenköche sind nicht billig, und sie sind auch nicht hier um die Ecke. Das bedeutet: Spesen für Dienstreisen, Honorare für die Köche, Honorare für Spitzenfotografen vor Ort, et cetera, aber wie gesagt: schon bewilligt.

Kochmuffel und Spitzenköche?, sagte ich und sah ihn an.

Witzig, nicht wahr?, Passt genau auf unsere neue Linie –

Grenzen sind Linien, die von Mächtigen gezogen werden. Ich sah ihn an.

Was schaust du mich so seltsam an?, sagte Franz. Schau dir das Konzept an! Steht alles drinnen. Die Young Adults können doch heute alle nicht kochen. Und wenn, dann ist es für sie eine aufwändige Freizeitaktivität, so wie Golfspielen. Ja, ab und zu einmal, an einem Samstagabend, da wird aufgekocht für Freunde, aber im Alltag? Zu Mittag? Kein Mensch kann heute in der Mittagspause zwölf Loch spielen, und keiner kann zu Mittag kochen. Was tun sie? Sie essen Junk-Food. Einen Cheeseburger, eine Pizzaschnitte.

Sie arbeiten schwer, wollen Karriere machen. Viele arbeiten mit ihren Computern zu Hause. Das Junk-Food aber untergräbt ihre Leistung, ihre Konzentration. Sie bräuchten eine gesunde Mahlzeit. Das ist ja ein Kennzeichen dieser Generation: Sie weiß, Gesundheit ist Kapital.

Eine Produktivkraft, sagte ich.

Ja, genau. Aber –

Trotzki, sagte ich.

Wie bitte?

Nichts.

Ja, Produktivkraft. Wie du sagst. Aber sie haben keine Zeit, sich etwas Gesundes zu kochen. Sie können gar nicht kochen. Aber sie wollen: gesund sein, um Leistung bringen zu können. Jetzt gehen sie in der Mittagspause einen Salat essen. Zu McDonald's. Sie glauben, sie haben sich etwas Gutes getan. Zumindest ist es schnell gegangen. Das ist wichtig. Es muss schnell gehen. Dann am Nachmittag der Blutzuckerabfall. Die Leistung leidet darunter, und das ist wirklich komisch: Die Leistung leidet, weil sie in ihrem Leistungsbewusstsein alles richtig und vernünftig machen wollten. Was also ist die Lösung? Der gesunde Snack. Was muss er können? Man muss ihn in maximal fünf Minuten zubereiten können. Und er muss so einfach zubereitet werden können, dass es selbst der ärgste Kochmuffel zustande bringt. Das heißt: wenig Bestandteile, unkompliziert im Einkauf, maximal vier Schritte in der Zubereitung – die wir mit Fotos illustrieren, sodass absolut nichts schiefgehen kann. Und in der Zusammensetzung von Eiweiß, Kohlehydraten, Vitaminen et cetera et cetera muss dieser Snack energiereicher sein als ein McSalad und kalorienärmer als eine Pizza.

Mit der rechten Hand unterstrich Franz jeden seiner Sätze und kam dabei meinem Gesicht gefährlich nahe. Als wollte er mich schlagen. Ich hatte den Eindruck, dass in meinem Diener Franz ein anderer Franz steckte, der plötzlich gegen mich rebellierte.

Und warum brauchen wir dazu Spitzenköche?

Nathan, bitte! Willst du Omas Reformhaus? Aber die Kreation eines Vier-Sterne-Kochs, zubereitet in nur fünf Minuten – das ist cool. Das ist der Pfiff: Meisterköche für Kochmuffel. Was sagst du?

Es gibt zwei Grenzen, dachte ich. Die undurchlässigen, die sind gefährlich und dahinter ist vielleicht das Glück. Und die offenen, die fröhlich dazu einladen, sie zu überschreiten. Dahinter ist die Dummheit.

Was sagst du, Nathan?

Ich bin verblüfft, sagte ich.

Ich habe es gewusst, sagte Franz. Alle waren von der Idee verblüfft. Es soll eine Serie werden. Einmal wöchentlich. Zum Sammeln. Ich sehe –

Ich sehe dich in der Chefetage. Ich bin verblüfft, dass du nicht vorher mit mir über diese Idee geredet hast.

Nathan! Du kennst mich doch! Das heißt, ich kenne dich doch. Du hättest diese Idee blöd gefunden und –

Ich glaube, das hätte ich.

Ich mache mir Sorgen um dich, Nathan. Ich sage dir das als Freund. Denk daran, wie lange wir uns kennen. Ich glaube, ich kenne dich mittlerweile besser als du dich selbst. Deine Aufsässigkeit! Gut, sie ist subtiler geworden. Du reckst nicht mehr die Faust in die Höhe, schlägst sie nicht mehr auf den Tisch. Du scheißt nicht mehr auf das Rednerpult des Professors, weder buchstäblich noch metaphorisch. Dennoch, du glaubst immer noch, du musst jeden Augenblick Widerstand leisten, du musst dich sofort wehren, du musst allzeit bereit sein, Verdacht zu schöpfen, du musst alte Errungenschaften gegen eine Zukunft verteidigen, die nicht die Zukunft ist, die du dir erträumt hast. Du machst es, wie gesagt, mittlerweile sehr subtil. Obstruierst durch vorgeschützte Müdigkeit, leistest Widerstand durch unzeitgemäße Routine, kritisierst durch demonstrative Lethargie. Und dein Zynismus und dein Kalauern tun ein Übriges, dass immer eine gute Stimmung ist – die, sieht man genauer hin, immer eine Anti-Stimmung ist, eine atmosphärische Gegnerschaft zu allem. Traude zum Beispiel – sie liebt dich.

Sie liebt mich? Das sind zwei Überraschungen!

Wieso zwei?

Weil ich nicht gewusst habe, dass Traude mich liebt. Und zweitens, weil ich nicht weiß, was das mit all dem zu tun hat, was du gerade gesagt hast.

Nathan, bitte! Sie liebt dich. Weiß doch jeder. Lieben, jedenfalls im Sinn von: Sie frisst dir aus der Hand. Würde alles für dich tun. Und warum?

Warum?

Weil – ach Nathan! Weil du so bist, wie du bist. Wie ich gerade gesagt habe. Sie bewundert dich. Aber sie hätte keinen Job mehr, wenn du wirklich wirksam wärst. So wie du bist. Wenn das wirklich maßgeblich wäre, wie du arbeitest. Wir alle haben hier unsere Jobs nur noch deshalb, weil wir an dir vorbeiarbeiten, weil wir täglich die Zeitung machen – die du verachtest. Alle hier lieben dich. Durch dich ist die Stimmung gut. Du delegierst jede Arbeit. Das gibt jedem das Gefühl, Freiräume zu haben. Aber wir nutzen die Freiräume, die du uns lässt, gegen dich. Wir wissen, wir müssen innerhalb der sehr engen Grenzen funktionieren, die uns objektiv vorgegeben sind. Grenzen, die du nicht siehst oder sehen willst. Das ist ja der Irrsinn in unserem Ressort: Du obstruierst alles, jeder liebt dich dafür, aber zugleich obstruiert jeder deine Obstruktion.

Ich wollte jetzt etwas Intelligentes über Grenzen sagen, aber dann dachte ich, das wäre allzu naheliegend. Franz schaute mich an. In seinem Blick war Angst. Dass er zu weit gegangen war. Zumindest Nervosität. Das sagte alles. Es war endgültig alles gesagt, als Franz sich bemüßigt fühlte, zur Sicherheit rasch anzufügen: Ich sage dir das als dein Freund.

Ich bin also nicht wirksam?, sagte ich. Was ich hier tue, hat keine Wirkung? Nicht die geringste?

Franz schaute mich an.

Wunderbar! Dann bin ich unschuldig!

Nathan, hör zu –

Nein, du hörst jetzt zu! So viel ich weiß, bin ich hier noch Ressortchef. Und ich sage dir: Deine Idee ist gut. Wir haben sogar ein Extrabudget dafür. Sehr gut! Danke!

Ich sah ihn an. Er sah mich an. Ich war müde. Und ich

war zu jung. Viel zu jung. Um in Pension gehen zu können. Obwohl ich schon hinter dem Todesstreifen war. Auf der anderen Seite. Ich rief Traude herein.

Du hast dir sicher schon überlegt, welche Meisterköche für diese Serie in Frage kommen.

Ja, sagte Franz, natürlich. Hier! Eine erste Vorschlagsliste mit Starköchen, die vier Sterne haben.

Traude. Ich sah sie anders an als früher. Ich sah sie plötzlich mit den besitzergreifenden Augen von Doktor Tenner. Ich fand das zum Kotzen. Mich. Nein Franz. Nein mich. Ich schaute und schaute und bemühte mich, ganz konzentriert zu schauen, ich starrte in die Liste der Drei-Sterne-Köche, schaute auf. Traude. Franz. Sie schauten mich an. Ich sagte: Alain Ducasse, Paris. Franz, kannst du Französisch?

Nein. Ich hatte in der Schule Altgriechisch.

Traude, kannst du Französisch?

Einigermaßen.

Gut. Hier, in der Liste ist die Telefonnummer vom Plaza Athénée in Paris. Dort kocht Monsieur Ducasse. Ruf an, und wenn du ihn dran hast, stell ihn bitte zu mir durch.

So kam es zu meiner legendären Dienstreise nach Paris, die mein Leben – nein, nicht änderte. Sondern die so verlief, dass jeder andere gesagt hätte: Sie hat mein Leben geändert.

32.

Am nächsten Tag hatten wir bereits organisatorisch alles unter Dach und Fach. Mit Alain Ducasse war ein Termin vereinbart und das Honorar ausgehandelt – wonach ich übrigens verstand, warum Köche immer sagen: »Man nehme ...«

Ein Fotograf der feinen Pariser Agentur »Starimage« war gebucht und zum gegebenen Termin ins Plaza Athénée bestellt. Mein Flugticket und das Hotel waren reserviert. Die Debatte, warum ich fliege und nicht Franz, war ausgestanden.

Natürlich wollte Franz unbedingt die Geschichte selbst machen. Sei es nicht seine Idee gewesen? Habe nicht er die Bewilligung des Budgets durchgesetzt?

Ja. Ja. Trotzdem: Die Geschichte mache ich! Ende der Debatte.

Ich wollte selbst nach Paris. Wegen der Geschichte. Mir war Alice eingefallen.

33.

Und Traude hatte es geschafft, die Telefonnummer von Alice herauszufinden. Alice lebte tatsächlich noch immer in Paris. Sie hatte noch denselben Familiennamen. Das wunderte mich. Ich war der Meinung, dass sie geheiratet hatte. Nein, es wunderte mich doch nicht. Wahrscheinlich hatte der Mann ihren Namen annehmen müssen. Kranzelbinder. So einen Namen gibt man doch nicht auf. Hat vor allem in Frankreich einen guten Klang. Und wenn Alice einen Mann dazu bringen konnte, zum Kranzelbinder zu werden, dann tat sie es. Was war das? Ertappte ich mich bei leichter Aggression? Hatte ich wirklich Lust, sie wiederzusehen? Ich hatte Lust, sie wiederzusehen. Lust ist das falsche Wort. Neugier. Gutes Wort.

Da stand Franz schon wieder vor meinem Schreibtisch. Ob er nicht wenigstens mitkommen könne?

Nein!

Er könne sich vorstellen, dass wir gemeinsam –

Nein!, schrie ich, und: Versuche nie wieder, hier einzudringen, wenn ich es nicht erlaubt habe.

Er ging rückwärts hinaus, sah mich so eigentümlich an – weil ich geschrien hatte? Oder weil er sich nun auch an Alice erinnerte?

Ich hatte Franz und Alice gleichzeitig kennengelernt. Ich hatte Alice geliebt. Franz hatte Alice geliebt. Einmal sind wir zu dritt im Bett gewesen. Es war ein Debakel, das Franz und ich zunächst als Triumph feierten, um es dann so schnell wie möglich zu vergessen. Vergessen kann man das nicht. Nicht mehr darüber reden, das geht. Dann ist Alice mit einem anderen Mann nach Paris gegangen. Alice hätte uns fast entmannt, hatte Franz damals gesagt.

Ich rauchte. Starrte das Telefon an. Den Zettel, auf dem mir Traude die Nummer von Alice notiert hatte. Die

Tür. Sie war zu. Ich holte den Flachmann aus meinem Schreibtisch, nahm einen Schluck. Ein Blick zur Tür. Sie war zu. Ich rief an. Es tutete. Wenn ich sie in den nächsten drei Tagen nicht erreiche, dachte ich, dann soll doch Franz fliegen. Es tutete, ich räusperte mich in der Erwartung, eventuell auf ihren Anrufbeantworter sprechen zu müssen. Da hob sie ab. Sie sagte nur Oui, und ich erkannte sofort ihre Stimme. Ich hatte sie seit fast dreißig Jahren nicht mehr gesehen oder gesprochen.

Alice?

Oui!

Hier spricht Nathan.

Kein verblüfftes Schweigen.

Nathan! Rufst du an, weil ich dich noch immer nicht um Verzeihung gebeten habe?

Ihr Lachen ging in Husten über, dann: Wie geht es dir? Bist du noch immer mit Franz verheiratet?

Sie fand diese Frage so witzig, dass sie gleich wieder husten musste.

Ich hatte damals, in der Zeit mit Alice, »Gitanes« geraucht, so wie sie. Ich hätte Kautabak gekaut, wenn sie es getan hätte. Als sie weg war, stieg ich auf »Hobby« um. Franz bewältigte den Entzug von Alice, indem er überhaupt zu rauchen aufhörte.

Ich komme, sagte ich und saß schon wieder in der Falle. Aus Nervosität hatte ich seit dem Wählen ihrer Nummer den Atem angehalten, nun musste ich aufstöhnend Luft holen. Ich hatte bei Alice immer auf der Hut sein müssen, dadurch denkt man zu viel, beobachtet sich selbst und interpretiert, schon während man redet, vorauseilend jedes Wort, sogar jede Pause. Ich wollte sagen: Ich komme nach Paris. Ein unschuldiger Satz. Gegenüber Alice gab es keine Unschuld. Gesagt hatte ich: Ich komme, und dann gestöhnt. Wird sie mich der sexistischen Doppeldeutigkeit verdächtigen? Nach Paris, sagte ich schnell, nach Paris. Beruflich. Aber einen Abend hätte ich Zeit. Ich hätte Lust – verdammt, warum sagte ich Lust? Verbotenes Wort. Wie wird sie das verstehen? Ich meine, es wäre schön, wenn wir uns treffen könnten, reden, erzählen.

Bist du geblieben, so wie du warst, und nur älter geworden? Oder bist du im Alter eine andere geworden? Diese andere will ich sehen. So wie ich dich geliebt habe. Sagte ich nicht. Dachte ich. Als sie sagte: Ja, klar, treffen wir uns!

34.

Ich lernte Franz und Alice Mitte der siebziger Jahre im Institut für Publizistik kennen, im Seminar »Geistes- und Theoriegeschichte der Wirtschaftswerbung«. Es war eine jener Lehrveranstaltungen, die unmittelbar einsichtig machten, warum Absolventen des Publizistikstudiums einen »Weltfremd«-Stempel auf die Stirn, aber in der Regel keine Anstellungen bei einer Zeitung bekamen.

Professor Poppe hatte am Ende der Seminar-Veranstaltung »Noch Fragen« gesagt, er hatte es gesagt und nicht gefragt, es war eine Floskel, er erwartete keine Fragen. Wir nahmen dies wie immer als Zeichen, unsere Mitschriften einzupacken, als ein Student aufstand und sagte, ja, er hätte eine Frage. Er war etwas jünger als ich, Anfang zwanzig, aber er hatte bereits sehr schütteres Haar. Sein Haaransatz war weit nach hinten gerutscht. Ich kannte damals niemanden in diesem Alter, der so buchstäblich die Stirn zeigte, die Stirn hatte, wie er in diesem Moment. Das war Franz. Er stand da und stellte eine Frage, die nicht erwartet, schon gar nicht erwünscht war, andere Studenten, die bereits aufgestanden waren, setzten sich wieder, Professor Poppe stand da, seine bauchige, schwarze Kunstledertasche in der Hand, und gab eine kurze Antwort in einem Tonfall, der bedeutete: Gehen Sie heim lernen und stellen Sie keine blöden Fragen.

Franz war mit der Antwort gar nicht zufrieden und fragte nach. Professor Poppe stellte seine Tasche ab, man hatte den Eindruck, er tat es nur deshalb, um seine Hände frei zu haben, damit er Franz nun erwürgen konnte.

Franz blieb unbeeindruckt.

Sie haben gesagt, dass.

Wie vereinbaren Sie das damit, dass Sie zuvor gesagt haben, dass.

Verstehe ich das richtig, wenn.

Bedeutet das aber nicht, dass.

Mir liegen hier Daten aus einer Untersuchung der Wirtschaftskammer vor, die eindeutig zeigen, dass.

Steht das nicht im Widerspruch zu Ihrer Behauptung, dass.

Die Fragen waren naiv. Zugleich äußerst raffiniert. Weil sie bloß die inneren Widersprüche des Professorenvortrags vorführten.

Sie haben gesagt, dass.

Dann haben Sie gesagt, dass.

So ging das eine Weile, es bekam schließlich den Charakter eines Kreuzverhörs, in dem Professor Poppe sich immer mehr verstrickte. Er hatte sich darauf eingelassen und hatte nun keine Möglichkeit mehr, auf eine glaubwürdige Weise davonzukommen. Autoritär hätte er gleich am Anfang sein müssen, aber nun, da er bereits auf die Fragen von Franz eingegangen war, konnte er nur immer wieder auf Franz reagieren, mal überheblich, mal zynisch, aggressiv, herablassend, er versuchte alle möglichen Masken und stand am Ende ohne Gesicht da.

Danke, keine weiteren Fragen, sagte Franz schließlich. Es gab Zeugen, die geschworen hätten, dass er am Ende »Euer Ehren« gesagt hatte. Das war es wohl, was Professor Poppe so hilflos gemacht hatte: Zum ersten Mal war er in diesen Nach-Achtundsechziger-Zeiten nicht mit einem aggressiven marxistischen Studenten konfrontiert gewesen, worauf er zum Gaudium der braven Studenten seine machtvollen antikommunistischen Abwehrraketen abfeuern konnte, sondern sah sich vorgeführt in einer Szene, die an eine Gerichtssaalszene in einem amerikanischen Krimi erinnerte.

Danach standen die Studenten auf und gingen, als zöge sich das Gericht zur Beratung zurück.

Im Korridor vor dem Seminarraum sprach ich Franz

an. Er brauche jetzt einen Kaffee, sagte er. Wir gingen ins Café Votiv und redeten. Wir redeten lang.

Franz war, wie ich rasch feststellte, im Grunde naiv, mehr noch: Er war so radikal willfährig, dass er nur deshalb wie ein Radikaler wirkte. Er hatte von zu Hause gelernt, dass ein braver Student sich durch Fragenstellen auszeichne und dadurch positiv auffalle. Er hatte seine Fragen an Professor Poppe als Streber gestellt und war dadurch zum Rebell geworden: weil ein autoritärer Professor bereits das bloße Fragenstellen als Ketzerei empfand. Als Franz mir erzählte, dass sein Vater Polizist sei, fragte ich mich, ob bei seinen Fragen an Professor Poppe vielleicht auch die Verhörtechniken seines Vaters durchgeschlagen hatten. Ich stellte mir vor, wie sein Vater nach einem anstrengenden Verhör abends nach Hause kam und bei der simplen Frage, was es zum Abendessen gebe, immer noch seinen Verhörton drauf hatte.

Es gebe für jede Antwort eine Frage, habe sein Vater immer gesagt, so Franz. Das Leben, die ganze Realität bestehe nur aus Antworten. Der Täter ist die Antwort auf die Frage, wer es getan hat. Er ist da, er läuft herum, die Antwort ist da. Aber was fehlt und was man also finden muss, sind die Fragen, die ihn entlarven.

In der darauffolgenden Woche begann Professor Poppe Franz zu drangsalieren.

Vielleicht kann der Kollege ääh Vesely folgende Frage beantworten?

Nein? Ich nehme zur Kenntnis, dass der Herr Kollege Vesely zwar jederzeit einfältige Fragen stellen, aber keine Fragen beantworten kann. Vielleicht könnte der Herr Kollege Frantisek Vesely die Tafel löschen und den Papierkorb ausleeren.

Franz. Mein Name ist Franz Vesely.

Also los, Franz! Tafel löschen! Ich bemühe mich ja immer, die verborgenen Talente und Fähigkeiten jedes einzelnen Studenten zu entdecken.

Franz war kein Rebell. Aber das Aufeinanderprallen seines naiven Gerechtigkeitssinnes mit Professor Poppes Zynismus radikalisierte ihn. Er glühte vor Wut. Er zeigte auf die Tafel und sagte: Ich werde die Beweise Ihrer intellektuellen Dürftigkeit nicht löschen.

Franz Vesely, sagte Professor Poppe, hiemit schließe ich Sie von diesem Seminar aus. Ich will Sie nächste Woche nicht mehr sehen.

In der nächsten Woche saß Franz in der ersten Reihe, unmittelbar vor Poppes Tisch. Der Professor kam herein, sah Franz, stellte seine Tasche ab und sagte, dass sich eine unbefugte Person im Seminar befände, und er seinen Unterricht erst beginnen könne, wenn diese Person den Raum verlassen habe.

Stille. Keine Bewegung.

Also gut, sagte Professor Poppe, ich rufe auf: Franz Vesely.

Franz stand auf.

Verlassen Sie den Raum! Sonst sehe ich mich gezwungen, den Pedell zu rufen und Sie abführen zu lassen. In der Folge müssten Sie mit einer Relegation von der Universität rechnen.

Es war so unerträglich, dass ich buchstäblich außer mir war. Ich sah mich aufstehen und hörte mich sagen: Mein Name ist Franz Vesely.

Poppe schaute mich fassungslos an. Was jetzt? Ich hatte keine Ahnung. Ich spürte, wie ich brannte, Poppe suchte nach Worten, und in diesem Moment stand eine Studentin auf und sagte: Ich bin Franz Vesely.

Das war Alice.

35.

Jetzt wäre es natürlich schön gewesen, wenn der Reihe nach alle anderen im Seminar aufgestanden wären, um Franz zu unterstützen. Aber so weit waren wir nicht. Wir waren nicht einmal so weit, dass wir begreifen konnten, dass wir nie so weit kommen werden. Die Welt ist ein Seminar, und die meisten werden sitzen bleiben. Ich war die übliche Ausnahme, und Alice war das Wunder.

Entschuldigen Sie bitte die Rührung, Hannah. Ich glaube, die Emotionen kommen zurück.

Zurück? Nein, Nathan! Ich denke, dass Ihre nassen Augen nichts mit damals zu tun haben, sondern allein mit Ihrer gegenwärtigen Situation: reine Alterssentimentalität. Die hat mit Ihren damaligen Gefühlen so viel zu tun wie ein Suppenwürfel mit frischer Suppe. Darum die Tränen: damit der Würfel sich auflöst.

Alice stand da und sah Professor Poppe herausfordernd an. Ich hatte schon oft von Liebe auf den ersten Blick gehört, aber bis zu diesem Augenblick nicht geglaubt, dass sie einmal mir zustoßen könnte. Ich stand in der Reihe hinter ihr, etwas seitlich, sah ihr Profil, ihre braungebrannten Arme, Konzentration, Ebenmaß und Kraft. Diese Arme erschienen mir wie Hebel, die die Welt aus den Angeln zu heben vermochten, von diesen Armen wollte ich umschlungen sein. Meine Sehnsucht perlte an ihrer Haut ab, ich sah ihren Nacken, die zarten Nackenhaare, auf denen wie auf Perlenschnüren einige Schweißtropfen aufgefädelt waren.

Noch nie aber hatte ich gehört, was Liebe auf den ersten Blick wirklich bedeutet: nämlich Verbot, Zensur, Stillstand. Wenn der erste Blick so stark ist, will man nichts mehr sehen, was an diesen ersten Blick nicht heranreicht. Der Liebende versucht, zunächst glücklich, dann verzweifelt und am Ende erfolglos, zur Aufrechterhaltung seiner Liebe immer nur mit diesem ersten Blick zu schauen, immer nur wieder zu sehen, was man beim ersten Blick gesehen hatte oder zu sehen glaubte. Der erste Blick will also nur noch Auf Wiedersehen sagen. Darum kann diese Liebe keine Dauer haben. Man kann den ersten Blick morgens einschalten wie eine Kaffeemaschine, und alles, was in die Wahrnehmung tröpfelt, geht durch diesen Filter. Am Ende ist alles schal – und doch bleibt die Erfahrung des ersten Aromas unvergesslich.

Dies war der letzte Punkt auf meiner Liste prägender und unvergesslicher »erster Erfahrungen«: die erste Reise, der erste Kuss, die erste Wohnung, der erste Handke, die erste Zigarette, der erste Alkohol, das erste Mal, der erste Blick.

Was ich sah, war nicht nur ein bestimmter, singulärer Mensch, sondern auch die Verhältnisse, in die sich ein Mensch begibt, die er mitproduziert und die er verändert. Unsichtbare Muster, die plötzlich sichtbar wurden. Ich sah diese Mitfühl-Angst der anderen Studenten: Keiner wollte in der Haut derer stecken, die da standen. Aber so mancher würde gerne, wenn es gut ausgehen sollte, später erzählen können, dass er dabeigewesen ist. Das sah ich, diese sich wegduckende Identifikation. Der Angstdunst: Was wird der Mächtige nun tun? Wird sein Zorn Querschläger produzieren, die auch sie treffen? Zugleich diese verhohlene Hoffnung, dass nun gelinge, was sie nie und nimmer versucht hätten: den Mächtigen zu widerlegen. Und auch er hatte Angst, er zeigte eine deutliche Verunsicherung. Wie Professor Poppe in die Reihen der Studenten blickte – ich sah, dass er nichts mehr sah, nur noch eine Gesichterwand, eine Menschenmauer. Er konnte nicht wissen, ob jetzt nicht der Nächste aufsteht, und dann wieder einer. Ja, er hatte Angst. Und ich hatte Angst. Alle hatten Angst. Das war das Eigenartige: dass diese Spaltung des Seminars, dieser Konflikt eine eigentümliche Harmonie erzeugte, weil jeder auf seine Weise wie die anderen fühlte.

Professor Poppe nahm seine Tasche, öffnete sie. Warum? Franz nahm just in diesem Moment seine Tasche und öffnete sie. Das geschah in fast ballettartiger Synchronie. Franz nahm einen Packen Papier heraus und rief: Das ist das Universitäts-Organisations-Gesetz. Ich fordere Sie auf, mir die Bestimmung zu zeigen, die meinen Ausschluss aus dem Seminar rechtfertigt.

Poppe: Verlassen –

Franz: Hier ist das Gesetz!

Alice (auf Poppe zeigend): Und hier ist die Willkür!

Poppe: – Sie dieses Seminar!

36.

Ja, wir waren dieses Seminar. Franz, Alice und ich gründeten noch am selben Abend die Arbeitsgruppe »AG Publizistik«. Wir gingen ins Gasthaus Hebenstreit, fünf Minuten von der Uni entfernt, redeten bis zur Sperrstunde, machten Pläne, hielten Gericht. Wie bürokratisch wir waren, wir fertigten ein Protokoll an! Andererseits, heute würde man sagen: eine To-do-Liste.

Sie werden es nicht glauben, Hannah, aber ich habe dieses Protokoll, zusammen mit Notizen, Exzerpten und Seminarmitschriften unlängst beim Aufräumen zufällig in einer alten Mappe gefunden. Und wie der Geist aus der Flasche ist die Erinnerung aus dieser Mappe aufgestiegen. Das gekurbelte Schicksal und die schönste Frau der Welt und –

Hatten Sie getrunken, Nathan?

Nein. Und ich habe auch gleich wieder aufgehört mit dem Aufräumen.

Das »Protokoll«: »Wichtig: Erstens Seminarkritik. Dazu erforderl.: Seminar-Tagebuch. Wer? Franz. Wird mitschreiben. Ev. Tonbandgerät? Dok. O-Ton Poppe. Zweitens: Recherche der wissenschaftl. Karriere von Po. Bibliographie seiner Publikationen, Diss, Habil, Aufsätze – Kritische Lektüre. Aufteilen? Bibl. macht Franz, Franz liest Poppe Diss, Alice Poppe Habil. Nath. Aufsätze. Drittens: Methodendiskussion – Alice bereitet Papier vor. Viertens: Praxis?«

Das Fragezeichen hinter »Praxis« hat mich am meisten berührt. Können Sie das verstehen? Das ist doch seltsam. Denn das, was wir da planten und dann ausführten, war doch Praxis, das einzige Praktikum, das wir damals machen konnten. Praktische Erfahrungen, die sich als bestmögliche Vorbereitung für unser späteres Leben erweisen sollten: kritisches Lesen, Schreiben, Organisieren, Recherchieren. Und ganz wichtig: nicht erwachsen werden.

Es war eine Schule des Lebens – allerdings nur, wenn man für die Zeit nach der Schule ein Leben ohne Lust erwartet. Ich hätte schon an diesem Abend statt »Wir hassen Poppe« (im Grunde sagten wir mit allem, was wir redeten, nichts anderes) viel lieber »Ich liebe dich, Alice« gesagt.

Viel lieber. Viel leichter.

»Viel leichter« ist die Steigerungsstufe von »vielleicht«.

Ich liebe dich, Alice! Ich dachte, ihre Liebe nur gewinnen zu können, wenn ich mich vor ihr wichtig machte im Kampf gegen Poppe. Ich sah Alice an, sagte: Ja, du hast recht, ich sagte: Das übernehme ich, ich sagte: Wir sollten noch dies und das, ich sagte: Notiere das, das muss ins Protokoll!

Diese Geschäftigkeit verschaffte auch Lust. Nur Auch-Lust.

Die schlanken starken Arme von Alice. Später, allein zu Hause im Bett, onanierte ich, und ich dachte dabei an diese Arme. Da begann schon das Verhängnis. Davon später mehr. Schließlich weinte ich in mein Kissen, als mir Peter Handkes Satz aus seinem Roman »Stunde der wahren Empfindung« einfiel: »Wieder eine Frau, die nicht für mich bestimmt ist.« Ich weinte nicht wirklich, ich dachte nur, dass ich geschrieben hätte: »Er weinte in sein Kissen.«

Alice führte das Wort, Franz führte das Protokoll. Und selbstverständlich war er es, der alle praktischen Dienste übernahm. Er sollte Filzstifte und einen Bogen Papier kaufen und das Plakat schreiben, das wir im Institut aufhängen wollten.

Das Gasthaus Hebenstreit verfügte über ein Extrazimmer, das »für private Veranstaltungen, sprich Hochzeiten und dergleichen«, so die junge Wirtin Frau Uschi, gebucht werden konnte.

Ob wir es sehen dürften?

Frau Uschi holte den Schlüssel, ging uns voran, an den Toiletten vorbei – heute frage ich mich, wieso mich Alice und nicht Uschi in meinen nächtlichen Phantasien beschäftigt hatte. Uschi trug einen BH, der ihren Busen hochdrückte und aus dem Ausschnitt ihrer weißen Bluse hervorquellen ließ, sie hatte ein Hinterteil, das man trotz aller Skrupel gegenüber zotiger Sprache als Pferdearsch bezeichen musste. Sie hatte aber lange schlanke Beine – sie war ein Pin-up. Und ich war ein Romantiker. Folgte Uschi, Franz, Alice – Alice! Wie elegant sie sich bewegte! Wie ein edles Tier!

Das schlechte Gewissen. Weil ich in Hinblick auf eine Frau »Tier« gedacht hatte. »Edel« erleichterte mein Gewissen nicht.

Frau Uschi sperrte eine Tür auf, öffnete sie und sagte: Bitte, hier ist das Museum.

Museum? Die Wände in halber Höhe holzvertäfelt. Ein geölter, mittlerweile schwarz gewordener Schifferboden. Ein langer Tisch, darüber tief hängende Lampen mit runden Email-Schirmen. Ein Kanonenofen. Die museale Inszenierung eines konspirativen Hinterzimmers. An der rechten Wandseite befand sich ein Schaukasten, wie ihn Museen haben. Hier lagen hinter Glas: drei Schwarz-Weiß-Fotos. Eines zeigte eine Gruppe von Männern, die um den Tisch in diesem Zimmer saßen, das zweite einen Mann allein an einem Tisch vorn im Schankraum, das dritte denselben Mann und einen Mann mit Schürze vor dem Gasthaus. Daneben zwei vergilbte Titelseiten der »Neuen Freien Presse« mit den Schlagzeilen »Der Fall Bettauer« und »Freispruch für Bettauer«. Drei mit Hand beschriebene Blatt Papier, die Tinte schon sehr blass. Eine alte Speisekarte mit handschriftlichen Anmerkungen am Rand. Ein Schuldschein. Eine getrocknete, verschrumpelte, blasse Rose. Drei Bücher von Hugo Bettauer, die Titel: »Die lustigen Weiber von Wien«, »Die schönste Frau der Welt« und »Gekurbeltes Schicksal«. Eines war aufgeschlagen, sodass man die persönliche Widmung (»Meinem Leib- und Seel-Sorger, dem guten Franz Xaver Hebenstreit zugeeignet«) sehen konnte. Zwei Zeitschriften: eine Ausgabe von »Er und Sie. Wochenschrift für Lebenskunst

und Erotik« und eine von »Küche und Keller. Wochen-
almanach für Koch- und Lebenskunst«. Beide vergilbt.
(Auf der Titelseite von »Er und Sie« die Rückenansicht
einer nackten, muskulösen Frau, die mit zurückgeneigtem
Kopf und ausgebreiteten Armen – »Der Gruß an die Sonne« – auf einer Wiese vor einem See steht.) Eine Zigaret-
tenschachtel »Ägyptische Sorte«. Eine Postkarte, adressiert
an Hrn. F. Hebenstreit im gleichnam. Gasthaus in Wien,
8. Bezirk.

Das ist ein Stammgast gewesen, noch vom seligen
Großvater, sagte Uschi. Da steht's.

Auf einem Messingschild in der Mitte der unteren Rah-
menleiste des Schaukastens stand: »Zur Erinnerung an den
bekannten Journalisten und Buchautor Hugo Bettauer,
der in den Jahren 1922 bis 1925 regelmäßig hier speiste,
schrieb und debattierte, zuletzt am 9. März, dem Vorabend
des Attentats, an dessen Folgen er am 25. März 1925 ver-
starb.«

Irgendwann nach dem Krieg hat der Großvater das alles machen lassen, sagte Uschi. Heute kennt den keiner
mehr, diesen Bettauer, aber da im Hinterzimmer stört es
ja auch nicht, sagt der Vater. Und die Fotos vom Vater mit
dem Herrn Maier, also dem berühmten Martin Maier von
der Zeitung, und mit dem Herrn Schiejock vom Fernsehen und die anderen hängen vorn im Schankraum.

Wir sahen uns um, sahen uns an. Das war es, absolut
sinnig für unsere AG, das war uns ohne Worte klar.

Ob wir diesen Raum bis auf weiteres einmal in der
Woche reservieren können?

Kein Problem, sagte Uschi. Außer Donnerstag und Freitag. Donnerstag ist reserviert für den Sparverein, und am Freitag treffen sich die Kameraden.

Welche Kameraden?

Alte Männer.

Dienstag wäre gut, sagte ich.

Kein Problem. Ich trag's ein. Wie ist der Name?

Vesely, sagten Alice und ich gleichzeitig.

37.

Jetzt, wenn wir so darüber reden, denke ich: Ich möchte gern ins Hebenstreit gehen, wenn es überhaupt noch existiert, und schauen, wie die Uschi heute aussieht.

Warum, Nathan?

Uschi war sexy. Und ich frage mich heute, warum ich damals nicht darauf reagiert habe, animalisch, zumindest in der Phantasie. Wie wir lebten, das lief doch auf eine Art Zölibat hinaus. Ein Mann und eine Frau gingen ins Bett, um keine Lust zu haben. Um zu versagen, ich meine, sich die Lust zu versagen. Es war alles verboten, was bloße Lust, zumindest lustig hätte sein können, ohne anderen Zweck als dem: Lust zu empfinden. Bei den Pfaffen muss Liebe immer dienen: sie dient Gott, sie dient der Fortpflanzung, sie dient dem Erhalt der Familie, sonst ist sie ein Tabu. Wir haben das Tabu nicht gebrochen, wir haben uns nur als Dienstleister neu definiert. Denn un-

138

sere Liebe musste auch dienen: der Frauenbefreiung, der Emanzipation von Geschlechterrollen, und letztlich auch Gott.

Gott?

Gott ist das Ideal der Liebe, die Strafe und das Verzeihen. Und nichts anderes haben wir angebetet. Ich frage mich plötzlich, wie mein Leben verlaufen wäre, wenn ich damals nicht Alice angebetet, sondern wenn ich die Chance gehabt hätte, diese Uschi einfach zu dings –

Dings?

Bitte, Hannah! Wie soll ich denn sagen? Liebe machen ist spießig und außerdem völlig verlogen, weil ich ja nicht Liebe meine, sondern Lust. Geschlechtsverkehr ausüben? Zeugungsadjustierung exekutieren?

Ficken.

Okay.

Sie haben offensichtlich damals Alice idealisiert. Ich weiß noch nicht warum. Aber ich weiß, dass es nichts besser macht, wenn Sie heute rückblickend diese Wirtin mit dem großen Busen idealisieren. Also, was war mit Alice? Warum wollen Sie jetzt plötzlich diese Alice in Paris wiedersehen?

38.

»AG PUBLIZISTIK. Wir trefen uns jeden Dienstag um 19 Uhr im Gasthaus Hebenstreit, Landesgerichtsstraße 8, Bettauerzimmer. BILDUNG STATT SITTLICHKEIT. Seminarkritik. Methodendiskussion. Perspektiven. KOMMT IN MASSEN!«

»Kommt in Massen« fand ich blöd, Franz meinte, das sei ironisch, und Alice sagte, wenn einer kommt, dann ist er eben die Masse. »Bildung statt Sittlichkeit« fand ich witzig, obwohl mir klar war, dass den Witz nur die verstehen würden, die ihr Philosophicum bereits hinter sich gebracht hatten. Und dass Franz »treffen« mit nur einem f geschrieben hatte, fiel mir und auch Alice leider nicht gleich auf.

Wer weiß, ob dieses Plakat auch nur einen einzigen Studenten ins Bettauerzimmer gelockt hätte. Der Eklat aber, zu dem es kam, als wir das Plakat im Korridor des Instituts aufhängten, machte diesen Aufruf verblüffend wirksam.

Es begann mit einem banalen Problem, das dramatische Konsequenzen haben sollte. Franz hatte ein Klebeband mitgebracht, das, als wir die zweite Ecke des Plakats an der Wand befestigt hatten, aufgebraucht war. Oben war das Plakat fixiert, unten rollte es sich auf.

Wie kann man nur so blöd sein, sagte Alice, du musst doch gesehen haben, dass auf deinem Kleberoller fast nichts mehr drauf ist.

Den hatte ich zu Hause, sagte Franz, und einfach mitgenommen. Man sieht ja nicht, wie viel noch drauf ist.

Wir waren mit dem Klebeband sehr großzügig bei den oberen Ecken, sagte ich, vielleicht können wir einen Teil davon wieder vorsichtig runterlösen und für unten –

In diesem Augenblick stand plötzlich Professor Poppe da, wie ein Geist aus einem Horrorfilm: Lodenmantel, Steirerhut, in der einen Hand hielt er einen Regenschirm, in der anderen seine bauchige Kunstledertasche. Aha, sagte er. Er dehnte das A und machte dann eine Pause vor dem kurz ausgespuckten ha, es klang, als würde ein Tier zuschnappen, während er seinen Regenschirm hob und nach vorne stieß wie ein Fechter. Er fuhr mit dem Regenschirm nach unten, las das Plakat, zog den Regenschirm kurz weg, worauf das Plakat sich unten wieder etwas aufrollte, glitt mit dem Regenschirm unter das Plakat, fuhr hoch und riss es mit einer energischen Lüpf-Bewegung von der Wand.

Es sei verboten, hier Plakate wild zu affichieren. Nur offizielle Informationen der Universität und des Instituts dürften hier ausgehängt werden, und auch nur auf der dafür vorgesehenen Info-Tafel.

Mit schiefem Mund stieß er die Spitze seines Regenschirms auf das Wort »trefen«, sagte: Und keine Ahnung von deutscher Orthographie. Trefen – das ist eindeutig nicht koscher.

Er stieg auf das Plakat, stieß es schließlich mit der Schuhspitze weg und ging in sein Zimmer.

Wir standen um das Plakat herum, das auf dem Boden lag, zerknittert, eingerissen, mit Abdrücken der Profilsohlen von Poppes Schuhen. Es hatten sich inzwischen zehn oder mehr Studenten angesammelt, die schweigend zugeschaut hatten.

Alice kniete nieder, strich das Plakat auf dem Boden glatt, streckte einen Arm hoch und sagte: Gib mir einen Stift!

Franz und ich reichten ihr unsere Kugelschreiber, sie nahm meinen! Sie kringelte die Schuhabdrucke auf dem Plakat ein, malte Pfeile, die darauf zeigten und schrieb quer darüber: »So tritt Prof. Poppe die Interessen der Studenten mit Füßen!«

Dann stand Alice auf, sagte zu Franz: Das Klebeband!

Wir haben keines mehr!

Dann besorge eines, du Idiot!

Franz sah mich an. Unten in der Lehrmittelstelle?

Alice sagte: Poppe. Er hat das Plakat runtergerissen. Jetzt holen wir uns von ihm das Klebeband.

Sie lief los, Franz und ich liefen ihr nach. Das Vorzimmer Poppes war leer. Franz schaute, ob auf Frau Haders Schreibtisch ein Klebeband lag, Alice öffnete die Tür zu Poppes Arbeitszimmer.

Ein großer Schreibtisch. An diesem Schreibtisch saß niemand. Davor ein Besuchersessel. Kein Besuch. Vor dem Fenster ein großer Gummibaum mit glänzenden grünen Blättern. Keine Schädlinge, keine Läuse. Ein Ottoman.

Auf diesem Ottoman lag Poppe, bekleidet, aber mit heruntergezogener Hose, auf ihm saß Frau Hader mit hochgerafftem Rock.

Ich habe das nicht gesehen. Doch, Augen habe ich gesehen, schreckhaft aufgerissene Augen. Ich wollte das nicht sehen. Ich sah wie auf eine Nebelwand. Ich zwinkerte, um den Nebel aus meinen Augen wegzuwischen. Dann sah ich den Hintern von Alice, als sie sich über Poppes Schreibtisch beugte und ein Klebeband suchte. Nein, sie war kein Tier. Sie war eine Maschine. Metallgelenke, Stahlfedern.

Der Geruch in diesem Zimmer. Ich habe nichts gesehen. Ich weiß nur noch, dass es sehr abgestanden roch. Wie kann man Lust empfinden, wenn es so riecht?

Und dann hing das Plakat.

39.

Sie kamen in Massen. Was damals eine Masse war. Vierzehn Studentinnen und Studenten fanden sich am folgenden Dienstag im Bettauerzimmer ein. In der Mehrzahl Frauen. Die lustigen Weiber von Wien.

Wie lustig sie waren – auf Kosten von Barbara Hader. Zunächst wurde sie »Poppes Püppchen« genannt, aber ich musste das leider steigern und sagte »kurz: Pöppchen«. Das Gelächter spornte mich an, und der Wein, und die amüsierten Augen von Alice, und wie leicht alles war, wie schön das Gefühl der Bestätigung, der Übereinstimmung mit anderen, und ich imitierte die Art und Weise, wie Barbara nach dem Orgasmus Dulieberlieber sagte, aber ich tat natürlich so, als würde das meiner Phantasie entspringen oder den Sprungfedern von Poppes Ottoman, und es gab Gejohle und Gehöhne, alle lachten bei der Vorstellung, wie sie das zu Poppe sagte – zu Poppe! Du Lieber! –, diese Vorstellung in Kombination mit meinem Stimmenimitationstalent war die absolute Lachnummer.

Wir alle hier waren Babuschkas, bunte Figuren, in denen immer noch eine andere steckte, eine gnadenlose, die als erste zum Vorschein kommt, wenn man die äußere öffnet, eine beengte, die sich befreien will, aber fest umschlossen ist von einer ängstlichen, in der ein Graf oder eine Gräfin steckt, voller Sehnsucht nach Kitsch und Tränen, darin ein gebrochener Sohn oder eine verletzte Tochter, schon ziemlich klein ein neugieriges Kind, und ganz im Innersten steckte eine winzige Puppe, die leer war.

Aber der Name Pöppchen, das war klar, blieb an Barbara Hader hängen.

Was ist eigentlich das Problem?, sagte ein junger Mann mit sehr langem dickem Haar, das ihm immer wieder ins Gesicht fiel, worauf er es mit der Hand nach hinten strich. Es war eigentümlich: Er machte das Victory-Zeichen und schob mit den ausgestreckten Fingern seine Haare zurück. Ich hatte noch nie eine solch riesige Pranke gesehen.

Professor Poppe ist ein männliches Schwein –

Ein Eber?, sagte der Mann mit der Pranke.

Weil er ein Autoritärtsverhältnis ausnützt und –

Was soll man sonst mit einem Autoritätsverhältnis machen?, sagte er.

Missbrauch! wurde gerufen, und: Ausnützen von Abhängigkeit und –

Na gut, sagte er, aber wenn er ein Schwein ist und sie ein Opfer, warum verhöhnt ihr dann sie?

Willfährigkeit! Unmündigkeit! Dummheit!

Vielleicht mag sie ihn, sagte er und strich das Haar zurück, vielleicht fickt er gut, vielleicht will sie gern gefickt werden, wo ist das Problem?

Wer ist dieser Zyniker?, fragte Alice.

Vielleicht heißt er Eberhard, sagte ich.

Wir sollten endlich mit der Tagesordnung anfangen, sagte Franz.

Ich hatte plötzlich diese riesigen Hände vor meinem Gesicht. Der Mann war aufgestanden und hatte sich weit über den Tisch zu mir herübergebeugt. Ich bin kein Publizistikstudent, sagte er und streckte mir die Handflächen entgegen. Ich war mit Lisa – er zeigte auf eine Studentin aus unserem Seminar – verabredet, aber sie wollte hier vorbeischauen. Ich studiere auf der Akademie, Bildhauerei. Verstehst du? Ich haue Steine und nicht Menschen!

Ich lehnte mich zurück, versuchte mit Alice einen ironisch komplizenhaften Blick zu tauschen, schluckte, und Franz sagte: Ich glaube, das wäre geklärt, bitte jetzt die Tagesordnung.

Der Kunststudent und Lisa gingen, und wir begannen endlich mit den normalen Geschäften einer revolutionären Institutsgruppe.

Franz schwirrte herum, klärte, was zu klären war, besorgte, was zu besorgen war, organisierte, was zu organisieren war. Er war für Alice der Kugelschreiberreicher und der Weinreinbringer. Er war der, der bei einem Entwurf für ein Flugblatt, das Alice diktierte, aus sieben untergeordneten Nebensätzen fünf ordentliche Hauptsätze machte, aus Einwürfen das Protokoll, aus Ideen künftige Tagesordnungspunkte. Ich hatte meinen Teil erledigt. Ich hatte Barbara verraten, auf die Zustimmung von Alice gesetzt, und auf das Lachen der Weiber von Wien. Es war gutgegangen. Es ging mir schlecht.

Die Zeiten waren Dali-Uhren. Sie schmolzen weg.

Ich schlief allein in dieser Nacht.

40.

Alice liebte das Kino. Auch wenn sie nach dem Film gern schnoddrige Kommentare abgab, merkte man im Dunklen, neben ihr sitzend, wie sie es liebte, wie sie sich öffnete, wie sie sich ergreifen und durchdringen ließ von den Schicksalen auf der Leinwand.

Gehen wir ins Kino?, sagte ich.

Ja, sagte sie, ich gehe ins Kino, du kannst gern mitkommen.

Es gab damals in Wien ein Programm-Kino, das STAR-Kino im siebten Bezirk, das regelmäßig »Wochen« machte. Die »Woche des Film Noir«, »Die Woche des Western«, und just, als ich Alice fragte, die »Woche der Liebe«. Eine Woche lang täglich drei Filme, die wichtigen des Genres.

»Die Woche der Liebe«. Ich hatte Glück. Es stellte sich immer erst später heraus, dass es ein Verhängnis war, wenn ich Glück hatte.

Heute, wenn ich zurückdenke, frage ich mich, wie es möglich war, dass wir so viele Bilder sehen konnten, aber nicht ein einziges, das wir als »unser Bild« hätten betrachten können und das als solches Bestand hätte.

Exkurs: Es war die Zeit, in der erstmals mehr Bilder produziert wurden als gedruckte Worte, aber es gibt kein

Bild und kein Dokument, das als Sinn- und Abbild dieser Zeit gelten könnte, so wie die großen Romane, die über Jahrhunderte hinweg, mit Epochen-Prägestempel, immer aufs Neue gezeigt haben: Jeder liebt zu seiner Zeit, wie er nicht kann. Die Epoche, die mich in der Werbung ignorierte, ignorierte mich auch in der Liebesliteratur und im Liebesfilm. Diese Zeit hatte kein Werk wie »Tristan und Isolde« oder »Romeo und Julia« hervorgebracht, weder »Werther« noch »Wahlverwandtschaften«, keine »Effi Briest« und keinen »Reigen« (was noch einigermaßen nahegelegen hätte), nichts, absolut nichts, das Rückschlüsse darauf ermöglichen würde, auf welch historisch neue Art in dieser Zeit an der Liebe gelitten wurde. Die Bilder der Liebenden von »Woodstock« zeigten nur Menschen, die im Versuch, sich zu befreien, vergaßen, sich vom Pathos zu befreien – aber so waren wir nicht, die wir uns so angestrengt um Kälte und analytische Schärfe bemühten. Die Bilder von John Lennon und Yoko Ono bei einer Pressekonferenz im Bett zeigten lediglich, dass das Bett als Ort der Provokation gesehen wurde, aber nicht, was an zeitgeistigen Eigentümlichkeiten darin geschah. Andererseits: Was hätte es schon zu sehen, zu erzählen gegeben? Die einzigen authentischen Dokumente wären wohl Tonbandaufnahmen gewesen, von Kassettenrecordern, die wir unter dem Bett hätten verstecken müssen. Jede Liebesnacht war ein Konversationsstück.

Alice und ich stiegen an einem Donnerstag in die »Woche der Liebe« ein, am Samstag gingen wir ins Bett.

Wir sahen »Love Story« mit Ryan O'Neil und Ali

MacGraw. Liebe heißt, niemals um Verzeihung bitten zu müssen. Das war der zentrale Satz in einem Film, in dem eine fünfundzwanzigjährige Frau stirbt – nachdem sie ihrem Mann ewige Treue geschworen hatte, bis dass der Tod sie scheide. So groß war die Liebe. Mit fünfundzwanzig tot. Etwa das Alter, in dem Alice und ich den Film sahen.

Nur Tote müssen nicht um Verzeihung bitten, sagte Alice.

»Szenen einer Ehe« von Ingmar Bergman, ein Alterswerk, aber wir waren jung. Eine Frau und ein Mann treffen sich viele Jahre nach ihrer Scheidung wieder, reden.

Die Zeit, über die sie reden, liegt weiter zurück als unsere Geburt, sagte Alice, und genau so reden sie.

Die Frau wurde von Liv Ullmann gespielt, aber wie hieß der Mann? Wieso habe ich den Mann vergessen?

»Der letzte Tango«. Mann (Marlon Brando), dessen Frau sich das Leben genommen hatte, trifft junge Frau (Maria Schneider), gibt Spielregeln vor, und die junge Frau bedient folgsam den düsteren Omnipotenten.

Poppe und Pöppchen, sagte Alice. So hättet ihr es gern.

Ich habe einige Szenen dieser Filme versäumt, weil ich Alice beobachtete. Wie sie sich vorbeugte und am Daumennagel kaute.

Das war meine gemischte Liebe.

Wenn es gar so toll wäre, da drinnen etwas stecken zu haben, dann wäre ich doch auch jedes Mal erregt, wenn ich ein Tampon verwende, sagte Alice.

Ich glaube, dass mich dieses Argument allein deshalb überzeugte, weil es mich verblüffte. Es klang unmittelbar logisch. Und ich hatte das noch nie so gesehen.

Wir saßen nackt auf meiner Matratze – ich hatte damals in der Lassallestraße noch immer kein Bett, bloß eine Matratze auf dem Boden. Neben der Matratze lagen Bücher, Poppes Habilitation, entlehnt aus der Nationalbibliothek, Flaubert (ich las eben zum zweiten Mal »Die Erziehung der Gefühle«), Dostojewski (endlich las ich »Die Dämonen«), und Zeitungen, »Die Zeit«, »Der Spiegel« und »Der Widerspiegel« (Bulletin des Lukács-Arbeitskreises). Daneben ein billiger Hornyphon-Plattenspieler. Mein Vater hatte damals eine Geliebte, die in der Hornyphon-Fabrik in Wien-Simmering arbeitete (er nannte sie »my horny girl«), sie wollte an der »Miss Vienna«-Wahl teilnehmen, und Vater war in der Jury. Ich glaube, sie hatte das Gerät einfach aus der Fabrik mitgenommen und meinem Vater geschenkt, aber das war nicht exakt das, was er von ihr wollte, außerdem hatte er längst ein besseres, so war ich zu dem Plattenspieler gekommen.

Von der Decke baumelte eine Glühbirne, aber Alice hatte das Licht ausgeschaltet und stattdessen eine Kerze angezündet, die sie in einer Küchenlade gefunden und auf einem Teller neben die Matratze gestellt hatte. Das machte mich nervös. Eine Kerze zwischen all dem Papier. Ich wusste gar nicht, dass ich eine Kerze besitze. Sie musste noch von Helga oder Martina stammen.

Auf meinem Horny drehte sich eine Platte von Uriah Heep, »Easy livin'«, und ich ließ mir von Alice erklären, warum Liebe und Penetration ein Widerspruch sei. Wir tranken Kaffee. Ich hatte extra für diese Nacht eine Flasche Wein eingekühlt, schon vor mehr als einer Woche, und jetzt war Alice endlich da und wollte Kaffee. Kaffee um Mitternacht!

Wirst du dann schlafen können?, fragte ich.

Willst du denn schlafen?

Diese Antwort fand ich vielversprechend. Nein, nein, sagte ich schnell und beeilte mich, Kaffee zu machen.

Wie peinlich Altersschrullen sind, wenn man jung ist! Ich hatte von meiner Großmutter eine alte Kaffeemühle, mit der ich die Bohnen jedes Mal frisch mahlte. So hatte ich es bei Oma, so hatte ich es bei meiner Mutter gesehen, es war eine der Lebenstechniken, gegen die sich aufzulehnen ich nie für notwendig erachtet habe.

Ich saß also da mit der Kaffeemühle zwischen den Beinen, und Alice lachte: Es schaut so komisch aus, sagte sie, wie du da zwischen den Oberschenkeln kurbelst!

Dort im Schrank sind Kaffeehäferln, sagte ich. Sie holte sie heraus und stellte sie auf den Küchentisch.

Welches willst du?

Dieses natürlich! Ich bin Ich. Ist doch klar.

Wir saßen nackt auf der Matratze und tranken Kaffee. Alles, was wir redeten, war untermalt vom Geräusch rhythmischer Stöße und ächzenden Vibrierens. Diese Stöße und das Vibrieren waren so heftig, dass manchmal die Nadel meines Hornys auf der Platte hüpfte. Die Lassallestraße führt zur Reichsbrücke, der wichtigsten Donaubrücke von Wien. Deshalb ist meine Wohnung sehr billig gewesen, wie jede, die an einer Verkehrsader liegt und von Verkehrslärm und Autoabgasen so beeinträchtigt wird, dass man nie ein Fenster öffnen kann. Plötzlich war die Lassallestraße zur himmlisch ruhigen Sackgasse geworden: Die Reichsbrücke war eingestürzt. Sehr rasch aber wurde die Ruhe von Baulärm abgelöst. Tag und Nacht wurde an der neuen Brücke gearbeitet. Ich schrieb damals eine Glosse für die Studentenzeitung über die Frage, warum die neue Brücke in den österreichischen Medien und in den Stellungnahmen der Stadtpolitiker immer »Reichsersatzbrücke« genannt wurde, und nicht »Ersatzreichsbrücke«, wenn schon nicht »Neue Reichsbrücke«. Jedenfalls dröhnte das Stampfen und Schlagen und Vibrieren von der Reichsersatzbrücke-Baustelle durch die alten schlechten Fenster meiner Wohnung und lieferten den Groove zu unserem Bettgespräch. »Easy livin'«.

Ich empfand, weil diese Frau nackt in meinem Bett saß, ein Triumphgefühl, das stärker war als alles, was ich bisher im Bett als »Befriedigung« erlebt hatte. Ich dachte an keine andere, und ich wollte keine andere. Es dauerte eine Zeit, bis ich begriff, dass das nicht stimmte. Ich dachte an eine andere, und ich wollte eine andere: die, die ich im Seminar gesehen hatte, diese schöne und starke Frau, die aufgestanden war und gesagt hatte: Ich bin Franz Vesely. Die sich ausgesetzt und die standgehalten hatte. Diese Alice sah ich vor mir, während ich jetzt alles übersah, was mich an der nackten Alice in meinem Bett störte: die Abstraktheit, mit der sie über Sinnlichkeit und Lust sprach, ihre Selbstgefälligkeit. Sie sagte öfter »ihr Männer« zu mir als »du«. Ich versuchte gute Figur zu machen, saß sehr aufrecht mit eingezogenem Bauch, während sie irgendwie knödelig zusammengesunken dasaß und einen Mitesser, den sie an der Innenseite ihres linken Oberschenkels entdeckt hatte (ich will nicht lügen – vielleicht war es der rechte Oberschenkel), genüßlich ausdrückte. Kein Zwang, wir sind frei!

Nein, ich war nicht frei.

Ja, ich war der verzwickte und nervöse Typ.

Ich hatte eine andere Vorstellung von Befreiung. Noch nicht: Denn ich tat so, als merkte ich das alles nicht, oder als wäre das ganz normal, ganz lässig, ja, so sind wir freien Menschen, sitzen nackt im Bett und reden über Sex und drücken Mitesser aus.

Draußen trieben es die Maschinen, ich bewegte mich im Takt mit dem stampfenden Baulärm, hörte Alice zu.

Bist du nervös? Warum wippst du so?

Wippen? Ach so! Nein, es ist der Rhythmus, ich –

Rhythmus? Aber die Platte ist doch längst zu Ende.

Ja. Die Platte. Was willst du jetzt hören?

Was ich hören will? Janis Joplin und dein Atmen an meinem Ohr!

Atmen konnte ich bieten. Janis Joplin nicht. Ich

schmiegte mich an sie. Irgendwann begriff sie, dass es in der Lassallestraße einen Rhythmus gab, in dem man sich bewegen konnte, der den Takt des Zuckens und Aneinanderreibens vorgab.

Aber Reinstecken war verboten.

In der Früh machte ich das Frühstück.

Als sie aufwachte, in die Küche kam und den gedeckten Tisch sah, setzte sie sich, zündete eine Zigarette an und sagte: Ich frühstücke nie!

Und ich sagte: Ich eigentlich auch nie! Ich mache nie Frühstück!

42.

Unsere Arbeitsgruppe wurde mittlerweile von den Publizistikstudenten »Die Bettauer« genannt, zugleich wurden ihre Mitglieder so bezeichnet. Professoren und Dozenten warnten einander, wenn sich mehrere Bettauer für eine bestimmte Übung anmeldeten, Studenten diskutierten das letzte Flugblatt der Bettauer, und es kam sogar vor, dass ein erstsemestriger Student Franz scheu fragte, was ein Bettau ist, weil er das für den Singular von »die Bettauer« hielt, von denen er so viel hörte.

Franz schlug vor, diesen Namen, der sich im Volksmund des Instituts durchgesetzt hatte, offiziell zu übernehmen, die Plakate und Flugblätter forthin so zu unterschreiben, zumal der Name »AG Publizistik« ja wirklich »nicht sexy« sei. Für die Formulierung »nicht sexy« erhielt Franz zwar den Ordnungsruf eines sexuell Korrekten (ich kann es nicht beschwören, aber ich fürchte, das war, nach kurzem Blicktausch mit Alice, ich), doch dem Antrag wurde stattgegeben.

Die Bettauer waren noch immer keine Masse, aber immerhin schon zur Horde angewachsen. Im Schnitt kamen mittlerweile vierzig Personen am Dienstag ins Bettauerzimmer. Wir waren schon damals, ohne es selbst begriffen zu haben, eine terroristische Einheit – wir waren so antiautoritär, dass wir schon wieder für Autoritätshörige attraktiv wurden: Der Druck, den wir ausübten, war so groß, dass die Streber es gar nicht mehr wagten, sich bei Poppe oder anderen Professoren als Ministranten anzudienen. Wir hatten den Feigen den Mut zur Feigheit genommen – so interpretierten wir jedenfalls den Sachverhalt, dass die, die sich immer duckten, sich nun auch vor uns duckten.

Alice gründete mit einigen Bettauer-Frauen eine eigene Frauengruppe, die sich »Betty« nannte. Die Bettys buchten das Bettauerzimmer am Mittwoch.

An den Mittwochabenden saßen Franz und ich vorne im Schankraum des Hebenstreit und warteten, bis die Frauen aus dem Bettauerzimmer herauskamen, aufgekratzt, lustig, stolz, und wieder die Gesellschaft von Männern zuließen. Im Grunde wartete Franz genauso wie ich auf Alice, was ich lange nicht begriff. Ich dachte zunächst, dass der treue Franz mir Gesellschaft leistete, während ich auf Alice wartete. Allerdings machte er mich so unermüdlich aufmerksam auf diese oder jene interessante oder gar spannende Betty – das war sein Superlativ, wenn er von einer Frau schwärmte: spannend! –, dass ich nach wenigen Wochen zwei harte Fakten nicht mehr ignorieren konnte: Franz war genauso in Alice verliebt wie ich, und ich war verführbar von den Frauen, die Franz mir zuführte, um mich von Alice abzulenken. Er machte Stimmung für mich, raunte zum Beispiel einer zu, wie sehr ich von ihr geschwärmt hätte, worauf sie mich mit ganz anderen Augen ansah, nämlich überhaupt erst anschaute, und es war just die, die Franz mir als »spannend« anempfohlen hatte, worauf ich zurückschaute und alles seinen Lauf nahm. Er fand immer neue Mittel und Umwege, um Frauen für mich zu erwärmen, die er mir ans Herz und ins Bett legte, dass ich bald vollends verliebt war: in meine Beliebtheit.

Es hätte das Paradies sein können, wenn man die Frage einklammert, ob die Nacktheit oder aber das Feigenblatt das Charakteristikum des Paradieses ist, und wenn nicht Alice die Pförtnerin dieses Paradies-Hintereingangs gewesen wäre. Alice hatte die Bettys bald darauf eingeschworen, dass sie Befreiung und Glück nur finden könnten, wenn die Frau dem Mann auf Augenhöhe und nicht auf Beckenhöhe begegne. Alice wurde zur Hohepriesterin der Religion des Penetrationsverbots und Franz ihr Tempeldiener.

Die Penetration oder, wie Alice es nannte, »das Reinstechen und Aufspießen« bediene nur die Machtgelüste des Mannes und befördere ausschließlich seinen Orgasmus. In der Vagina befänden sich gar keine Nerven, der sogenannte vaginale Orgasmus sei eine Fiktion, eine ideologische Erfindung der Männer. Durch die Penetration werde die Frau also nur erniedrigt und betrogen. Das Lustzentrum der Frau sei die Klitoris, die von dem eindringenden Penis gar nicht stimuliert werde. Die Klitoris müsse mit der Hand stimuliert werden, gleichberechtigter Sex, gemeinsame Lust sei also nur durch den wechselseitigen Gebrauch der Hände gewährleistet, reine Handarbeit.

Hand, lateinisch manus, Handarbeit: Manipulation, sagte ich.

Du bist so unernst, sagte Alice.

Die ewigen Debatten. Warum nur die Hand? Warum nicht auch mit dem Mund?

Ja, sagte Alice, mach's mir mit dem Mund.

Am Ende lief es immer auf oralen Sex hinaus: Wir redeten und redeten.

Monogamie forderte Alice nicht. Es machte ihr nichts aus, wenn ich auch andere Frauen nicht penetrierte.

Es gibt allerdings, wie ich durch meine Erfahrungen mit den Bettys bald lernte, so etwas wie die List der Unvernunft oder die ausgleichende Ungerechtigkeit: Ich war mir nicht sicher, ob die Penetration wirklich nur den Männern angenehm war, aber das Verbot der Penetration war auf jeden Fall auch für die Männer von Vorteil. Für die nervösen Männer, die sich der Erektion ohnehin nicht sicher waren, der spontanen, wie auf Knopfdruck funktionierenden Erektion. Wenn man im Bett lag und erst einmal die Penetrationsdebatte führte, konnte man in Ruhe abwarten, ob sich überhaupt eine Erektion einstellte.

Wenn ja, gab es immer die Chance, eine Ausnahme zu machen. Wenn nein, blieb man eben emanzipiert.

43.

Am Tag vor meiner Abreise nach Paris traf ich Christa zum Mittagessen. Wir hatten jeder ein halbes Dutzend Austern Fin de Claire, dann ein Steak Tartar mit gehobeltem Ginseng, dazu getoastetes französisches Brot, und als Dessert in Schokolade getunkte Spargelspitzen. Das war an diesem Tag das »Don-Giovanni-Menü« im Hotel »Zur Spinne«.

Es war genüsslich, vergnüglich und zugleich erschien mir das alles lächerlich. Ich war sehr eigentümlich gestimmt. Ich glaube, dass ich an diesem Tag zum ersten Mal in aller Tiefe, das heißt abgründig, empfand, dass ich Christa liebte. Heillos und aussichtslos. Wir zwei waren so sehr auf Ausnahmezustände fixiert, dass ein gemeinsamer Alltag unvorstellbar war. Alltag, den hatte sie mit Georg, ihrem Mann, und ich konnte mir nicht vorstellen, dass dieser Alltag wettbewerbsfähig war mit unseren Ausnahmen. Umgekehrt war unvorstellbar, dass unsere Ausnahmen in einen Alltag übergeführt werden könnten. Was mich beschäftigte, war Christas Lustfähigkeit, und wie nah dran an der Lust ich mich selbst fühlte, wenn ich mit Christa in der »Spinne« war. Wegen der Parisreise ging mir auch die Geschichte mit Alice durch den Kopf, intensiver als es sonst Erinnerungen tun, wohl deshalb, weil ich sie so ausführlich Hannah erzählt hatte. Jetzt, in der »Spinne«, konnte ich überhaupt nicht mehr glauben, dass das wirklich mein Leben, ein Teil meines Lebens gewesen ist. Hat es Spuren hinterlassen? Oh ja, hatte Hannah gesagt, ich sehe die Fingerabdrücke von Alice auf Ihrer Seele!

Christa. Vor dem Hotel war an diesem Tag eine Baustelle. Ich hörte einen Presslufthammer, ich empfand sein Rattern und Stoßen als fernes Echo der Maschinen, mit denen seinerzeit die Ersatzbrücke gebaut worden war.

Ich fragte Christa, wer mehr Lust empfinden kann, der Mann oder die Frau.

Meinst du beim Sex?

Ja, sagte ich, aber man wird das wohl nie entscheiden können, weil kein Mann wirklich nachempfinden kann, was eine Frau spürt, und umgekehrt.

Doch, sagte Christa, man kann es entscheiden, besser gesagt: Es ist längst entschieden und bewiesen worden. Du solltest in meine Vorlesungen kommen und ein bisschen griechische Mythologie und Kulturgeschichte nachlernen, sagte sie. Dann würdest du die Geschichte vom blinden Seher Teiresias kennen. Weißt du, warum er blind war? Genau aus diesem Grund: weil er deine Frage beantworten konnte. Teiresias hatte als junger Mann einmal zufällig am Wegrand zwei Schlangen gesehen, die sich gerade begatteten. Er ekelte sich so sehr, dass er mit einem Stock auf die Schlangen einschlug. Es waren aber heilige Schlangen, und als er das Schlangenweibchen erschlug, wurde er selbst augenblicklich in eine Frau verwandelt.

Nach sieben Jahren, die er beziehungsweise sie als begehrte und schließlich hocherfahrene Hure gelebt hatte, kam er bei einem Spaziergang zufällig an der Stelle vorbei, wo er damals die Schlangen gesehen hatte, und wieder sah er ein Schlangenpaar, das sich begattete. Und wieder ekelte er sich, er fand es widerlich, dass diese Kreatur solche Lust empfinden konnte. Er schlug auf die Schlangen ein, diesmal tötete er das Schlangenmännchen und war augenblicklich in einen Mann zurückverwandelt. Er war mittlerweile das Hurenleben so gewohnt, dass er es nun als Mann fortsetzte, jede Frau zu verführen versuchte und immer wieder zu Huren ging.

Christa lächelte vergnügt, schleckte an einer Spargelspitze, biss zu, die Schokolade splitterte, Schokoladeteilchen fielen auf ihren Busen. Sie sah mich an. Ich hätte jetzt wohl die Schokolade von ihrem Busen lecken sollen. Erzähl weiter, sagte ich.

Eines Tages, sagte sie, stritten sich Zeus und Hera oben im Olymp über die Frage, wer beim Beischlaf mehr Lust empfinde, der Gott oder die Göttin? Hera meinte, dass der Mann mehr Lust empfinde. Schließlich sei es der Mann, der sich nehme, was er wolle, immer bekomme, was er wolle, weil er alles nach seinen Bedürfnissen ausgerichtet habe. Es sei eine Welt der Männer und der Götter, nicht der Frauen und Göttinnen, also sei doch klar, wer mehr Lust empfinde.

Christa lachte. Gutes Argument von Hera, sagte sie. Aber Zeus sah das ganz anders. Natürlich empfinde die Frau die größere Lust, so Zeus, weil der Mann, wie schon anatomisch klar ersichtlich, der Gebende, die Frau aber die Empfangende sei. Der Mann spende also die Lust, die Frau habe sie.

Wieder aß Christa einen Spargel. Die kleinen Schokosplitter schmolzen auf ihrer Brust. Zeus und Hera stritten, keiner wollte einlenken, sagte Christa. Wer konnte diese Streitfrage entscheiden?

Wer?

Na wer schon? Teiresias natürlich, der Einzige, der in seinem Leben beides gewesen ist: Mann und Frau. Man holte also Teiresias herbei und fragte ihn. Er zögerte keine Sekunde und sagte: »Wenn die ganze Lust zehn ist, dann ist die Lust der Frau beim Beischlaf neun, und die Lust des Mannes ist eins.« Den Streit hatte also Zeus gewonnen. Hera war so wütend, dass sie Teiresias blendete. Zeus wollte das nicht rückgängig machen, um nicht gleich wieder einen Streit mit Hera zu haben. Also gab er Teiresias dafür ein inneres Sehen, die Fähigkeit, in die Zukunft zu schauen. Aber es gibt auch die Interpretation, dass Teiresias deshalb in die Zukunft schauen konnte, weil er über die Erfahrungen der Gattung, und nicht nur die Erfahrungen des einen oder des anderen Geschlechts verfügte.

Es ist eine mythologische Erzählung, sagte ich, und auch wenn sie bestätigt, was ich befürchtet habe, so ist sie doch kein Beweis.

Beweis, sagte Christa, es kann natürlich keinen Beweis geben, aber es gibt einen Test, den jeder machen kann und der die Behauptung von Teiresias sehr eindrücklich bestätigt. Dieser Test ist zweitausendzweihundert Jahre alt, niedergeschrieben von Charisteas von Syrakus, übrigens ein Zeitgenosse von Archimedes. Eine interessante Koinzidenz: Da lebten gleichzeitig in derselben Stadt der erste Physiker und der erste Sexualforscher.

Der Test, sagte ich, wie geht der Test.

Ganz einfach: Strecke einen Zeigefinger aus und umschließe ihn mit der Faust der anderen Hand. So. Und jetzt sage mir, wo du mehr spürst: am Finger oder in der Faust. Ja, so. Warte! Warte ein bisschen. Schließe die Augen. Konzentriere dich auf deine Hände. Du kannst jetzt auch den Finger ein bisschen rausziehen und wieder reinstecken, na? Wo spürst du mehr, Finger oder Faust?

In der Faust!

Heureka!

44.

Ich hätte Verdacht schöpfen müssen, als eines Mittwochabends der Mann mit den Pranken im Hebenstreit auftauchte, der Kunststudent mit den dicken Haaren, die er sich mit gespreizten Fingern ständig aus der Stirn strich. Andererseits: selbst wenn ich Verdacht geschöpft hätte, ich hätte nicht verhindern können, was sich längst hinterrücks angebahnt hatte und in der Folge geschah.

Ich hielt es für einen Zufall, dass er hereinkam, das Wiedererkennen führte reflexartig zu einer einladenden Geste: Setz dich zu uns!

Er setzte sich. Er sagte, er heiße Bori.

Bori?

Ja, Bormašin, aber ihr könnt Bori sagen.

Ungewöhnlicher Name, sagte ich.

Seine Eltern seien aus Jugoslawien nach Wien gekommen, aus Zagreb, sagte er, als Gastarbeiter. Deshalb habe er eben diesen kroatischen Namen. Bormašin.

Ob er auf seine Freundin warte, wie hieß sie?

Lisa, sagte Franz. Lisa sei aber heute nicht da.

Nein, sagte er, er sei mit Lisa nicht mehr zusammen, machte das Victory-Zeichen und strich sich das Haar aus der Stirn.

Aha, sagte Franz.

Ich nickte.

Seine Eltern wollten demnächst zurück nach Kroatien, sie hätten genug gespart, um sich ein Haus bauen zu können, erzählte Bormašin, aber er wolle nicht mit ihnen mit, allerdings wolle er auch nicht in Wien bleiben. Als Künstler müsse man nach Paris. Nur wenn man sich in Paris durchsetze, habe man sich durchgesetzt. Wien sei uninteressant. Unwichtige Menschen behinderten andere, die noch unwichtiger seien. Dabei übersehen sie das Wichtigste, nämlich das Neue. Nein, nein, er müsse nach Paris.

Mochte er doch nach Paris gehen, was ging das mich an. Franz aber stellte Fragen. Wie das mit der Aufenthaltsbewilligung in Frankreich sei, wie er den Aufenthalt in Paris finanzieren wolle, ob er Kontakte zur Pariser Kunstszene habe, ob die Pariser Kunstszene just für Bildhauer so besonders attraktiv wäre oder ob es für Bildhauer nicht

andere Zentren gäbe, immer mehr Fragen und Zwischen-
fragen, Franz war mit den Antworten nie zufrieden, stellte Widersprüche in Bormašins Aussagen fest und fragte
nach. Ich hörte nur, was unvermeidlich zu hören war,
während ich vor mich hin schaute – bis ich nur noch gro-
teskes Theater sah: der Mann mit dem weit nach hinten
gerutschten Haaransatz und dem dünnen Pferdeschwanz,
ihm gegenüber der Mann mit dem dicken Haar, das ihm
immer wieder ins Gesicht fiel. Wie zwei Männer mit Pe-
rücken, dem einen war sie nach vorne, dem anderen nach
hinten gerutscht. Der neugierig strenge Gesichtsausdruck
des einen, der überheblich ironische des anderen. Der
vorstoßende Zeigefinger des einen, wenn er seine Fragen
stellte, und das Victory-Zeichen des anderen, wenn er seine Haare nach hinten strich. Ich trank Wein, war dumpf
im Kopf und grinste.

Dann kamen endlich die Bettys aus dem Bettauerzimmer, Alice winkte uns zu, küsste Bormašin und ging. Mit
ihm.

Was ist jetzt passiert?

Gute Frage, sagte Franz.

Bis zum Wochenende gelang es weder mir noch Franz,
Alice zu erreichen. Dann rief sie an und offenbarte mir,
dass sie mit Bormašin nach Paris gehe. Wir telefonierten
lang. Es hatte keine Bedeutung. Reden wird oft überschätzt. Sich ausreden. Wer kann schon ausreden, wenn
er sich ausreden will? Und sich herausreden? Oder die
Tür verriegeln, durch die sich der andere rausredet? Das
wird so sehr überschätzt wie die eigene Befindlichkeit

während des Redens. Man glaubt, man könne nicht mehr weiterleben. Und dann lebt man doch weiter. Man lebt immer weiter. Solange man lebt. Man will, weil etwas gesagt wurde, nicht mehr leben? Unsinn. Spätestens wenn der Krebs zu fressen anfängt, will man wieder. Reden fügt genauso viel Schmerz zu wie Nichtreden. Aber mehr offene Wunden. Ich will ehrlich zu dir sein. Ganz offen. Du musst versuchen, mich zu verstehen. Bei mir hat sich etwas geändert. Ich spüre es ganz stark. Ich habe lange nachgedacht. Ich habe es mir nicht leichtgemacht.

Man kann Menschen schweigend und redend auspeitschen. Aber wenn Sätze wie die Riemen einer Peitsche wirken können, dann ist dieser Satz der Peitschengriff: Ich habe es mir nicht leichtgemacht.

Seither habe ich Alice nicht mehr gesehen.

Ihr Verschwinden war das Ende der Bettys. Welch charismatische Gestalt Alice war, mag man daran ermessen.

Irgendwann eine Ansichtskarte aus Paris: »He Tiger! Du musst Dein Leben ändern! Alice.«

Wieso Tiger? Ich war offenbar das Opfer einer Verwechslung.

Die Ansichtskarte zeigte den Eiffelturm.

45.

Was hat dich so verändert?, sagte Franz.

Habe ich mich verändert?

Ja.

Ich weiß nicht, sagte ich, ich habe keine Lust mehr.

Was meinst du mit keine Lust mehr? Lust worauf?

Ich weiß nicht, sagte ich, so weiterleben wie bisher, studieren, warten.

Warten worauf?

Ich weiß nicht, sagte ich.

Kommst du heute Abend?

Wohin?

Bitte, Nathan, heute ist Dienstag. Bettauer.

Ich weiß nicht.

Bitte, Nathan!

Ich habe keine Lust, sagte ich.

Ich ging nicht hin. Ich versäumte den letzten Bettauer-Abend. Leider. Damals war ich froh, dass ich nicht dabei war. Heute denke ich, ich wäre gern dabei gewesen. Es war eine Farce. Die Bettauer starben gewissermaßen durch ein Attentat. Ich las in der Zeitung, was geschehen war.

Einige Bettauer hatten ein paar Tage zuvor ein Flugblatt produziert, in dem »Freiheit für politische Gefangene« gefordert wurde. Gemeint waren die inhaftierten Mitglieder der »Roten-Armee-Fraktion«, vulgo »Baader-Meinhof-Bande«. In den österreichischen Zeitungen herrschte schon seit Wochen die Hysterie, dass die »Terrorwelle« von der Bundesrepublik auch auf Österreich überschwappen könne. In Westdeutschland waren Repräsentanten von Politik, Finanz und Wirtschaft entführt und ermordet worden. Als ein Mitglied der RAF in Wien verhaftet wurde, schien es gewiss: Auch in Österreich

braute sich etwas zusammen. Die österreichische Staatspolizei analysierte das Flugblatt der »Sympathisanten« und
vollbrachte die Meisterleistung, herauszufinden, dass die
Bettauer sich jeden Dienstag im Bettauerzimmer trafen,
so wie es auf dem Flugblatt stand. Eine revolutionäre Zelle in einem konspirativen Extrazimmer. Die Polizei war
begierig danach, Erfolge vorweisen zu können. Sie gab
einigen ausgesuchten Journalisten Tipps. Diese saßen im
Schankraum des Hebenstreit und warteten mit Fotoap-
paraten auf den Polizeieinsatz. An diesem Abend hätte ich
meinen späteren Lehrer Paul Prohaska kennenlernen können. Er saß an der Schank und trank, während der junge
Fotoreporter, den er mitgenommen hatte, immer wieder
nervös mit dem Belichtungsmesser hantierte. Was hatten
sich die Bettauer gedacht, als sie in das Gasthaus Hebenstreit kamen und an einem halben Dutzend Fotografen
vorbei ins Hinterzimmer eilten? Nichts. Und dann kam
der Polizeieinsatz. Angeführt vom Leiter der Staatspolizei
persönlich: Karl Vesely. Es gab ein Blitzlichtgewitter und
am nächsten Tag Fotos von Franz und Karl Vesely und die
Schlagzeile in den Zeitungen: POLIZEICHEF VERHAF-
TET EIGENEN SOHN.

Franz war tagelang berühmt. Die Bettauer waren tot.
Und ich brach mein Studium ab. Ich –

46.

Alice, das war dreißig Jahre her. Und zugleich morgen. Am nächsten Tag sollte ich sie also wiedersehen. Szenen einer Ehe. Die zum Glück nie geschlossen wurde. Und ich saß mit meiner Frau beim Abendessen. Nie um Verzeihung bitten müssen. Christa, das war vor wenigen Stunden. Ich hatte plötzlich den Eindruck, dass ich nach der »Spinne« roch. Das Besteck in meinen Händen, ich legte die Gabel ab, sah meine Hand an, die das Messer hielt, ein gefühlloses Instrument, aber in der Faust das Druckgefühl, das Gefühl. Die Spielregeln des letzten Tango: keine Namen, keine Geschichten. Woher kam dieser Geruch? Ich dachte an »Spinne«, aber er erinnerte zugleich an etwas Verwesendes.

Was hast du?

Nichts, sagte ich, ich glaube, ich bin einfach erschöpft.

Meine Frau musste am nächsten Tag nach Rotterdam. Es stellte sich heraus, dass unsere Flüge fast gleichzeitig gingen.

Wir könnten gemeinsam ein Taxi zum Flughafen nehmen.

Ja, sagte ich, wunderbar, tun wir das.

Ich liebte sie. Es ist keine Kunst, das Liebenswerte an einem Menschen zu lieben. Das Liebenswerte zu lieben ist nicht Liebe, sondern Huldigung. Wenn aber einer, der immer die Zahnpastatube verschließt, einen sentimentalen Blick auf die vorne eingedrückte und nicht zugeschraubte Zahnpastatube im Badezimmer wirft, dann liebt er den Menschen, der mit geputzten Zähnen im Bett liegt. Dies zeigt allerdings auch, dass Liebe nichts mit Sex zu tun hat, mit Gier – wer putzt sich bei Sturm noch die Zähne? Daher führt Liebe konsequent zu getrennten Schlafzimmern.

Am nächsten Tag die gemeinsame Taxifahrt zum Flughafen.

Wir sollten wieder einmal miteinander reden!

Ja, sagte ich, das sollten wir.

47.

Das war asphaltierter Dschungel. Wildnis. Nomadisierende primitive Stämme. Absolute Fremde. Ich war schon mehrmals in Paris gewesen, aber diese Stadt kannte ich nicht.

Bei meinem ersten Parisbesuch war mir alles vertraut erschienen. Den Eiffelturm zum Beispiel hatte ich schon unzählige Male gesehen, bevor ich zum ersten Mal vor ihm stand. Kein Zufall, dass der Begriff Déjà-vu aus dem Französischen kommt. Meine Entdeckungen deckten sich mit meinem Vorwissen, die Urteile, die die Stadt mir nahelegte, mit meinen Vorurteilen. Die Ungeduld der Pariser mit meinem fehlerhaften Französisch, ja schon ihre Verachtung meines Akzents. Kein Zufall, dass der Begriff Chauvinismus als französisches Lehnwort in fast alle Sprachen Eingang gefunden hat. Und das Klischee. Die Liebe! Einer kühl blickenden Pariserin, die die Blicke ignoriert, die auf sich zu ziehen das Ziel ihrer Morgentoilette war, traut man ein Geheimnis zu, das kostbarer sein muss als die offen ausgestellte Sinnlichkeit der Brasilianerinnen. L'amour hat eben noch einen anderen Klang als das ausgelutschte amor, amore oder gar love. Eine Pariserin mit einem Pudel ist schick, eine Wienerin mit einem Dackel ein Elend. Und die Boulevards! Welch Genuss, in eine Stadt zu kommen, in der »Boulevard« nicht das Synonym für ressentimentgeladene Zeitungen ist, sondern das Reich des Flaneurs!

Ich landete in Paris, aber ich kam in eine andere Stadt. Es begann auf ärgerliche, aber noch unscheinbare Weise damit, dass Alice, die versprochen hatte, mich am Flughafen Charles de Gaulle abzuholen, nicht da war. Ich blickte mich suchend um. Ich spürte, dass ich dieses angespannte Erwartungsgesicht aufgesetzt hatte, das ich für den Ausdruck größter Wiedersehensfreude bereithielt. Diese Anspannung wollte erlöst sein. Wo war sie? Hatte sie sich so sehr verändert? Wer war sie? Wann konnte ich endlich emphatisch lügen und sagen: Du hast dich überhaupt nicht verändert! Und sie würde sagen: Du dich auch nicht! Und ich würde ihr glauben, denn sie hat mich wiedererkannt und ich sie nicht.

In jeder Frau ungefähr meines Alters, die ich sexuell attraktiv fand, versuchte ich, Alice wiederzuerkennen, in jeder, die mir gefiel, wollte ich Alice entdecken. Da sah ich eine Frau, die eine entfernte Ähnlichkeit mit Alice hatte. Die Ähnlichkeit traf zu, und auch das Entfernte. Ich sah sie an, fragend, bereit, sehnsüchtig. Sie würdigte mich keines Blickes, ich erinnerte sie offenbar an niemanden. Bitte erkenne mich, umarme mich freudig, küsse mich gerührt! Sie war nicht Alice, aber ich wünschte mir und hoffte, dass sie es sei. Sie war der Typ. Ich bin ja bereits in dem Alter, in dem man sich eingestehen kann, dass man einen »Typ« hat. Das, was man einen »Typ« nennt, kann man nur abstrakt allgemein beschreiben, sonst wäre es ja auch kein Typ, aber eine abstrakt allgemeine Beschreibung kann nie einsichtig machen, warum man einen Menschen begehren kann, der diesem Typ entspricht. Ich glaube, es war Bormašin, der gesagt hatte: Sage nie zu einem Obst, dass du Obst liebst! Jedes Obst ist ein Feind des Begriffs »Obst«.

Diese Frau jedenfalls sah sich suchend um. Das hätte gepasst. Ich sah ihre Arme, genau die Arme, von denen ich umarmt sein wollte. Sie war gut einen Kopf größer als Alice. Wahrscheinlich auch etwas jünger, aber das kann man bei der Joghurt-und-Yoga-Generation nie wirklich wissen. Und ich dachte darüber nach, ob Alice – wie alt war sie damals? – mittlerweile noch gewachsen sein konnte. Unsinn! Noch fand ich alles witzig. Ich lachte innerlich über mich selbst. Und wurde immer unruhiger. Wo war Alice? Sie war nicht da. Jetzt erst fiel mir auf, wie wenig Menschen hier auf ankommende Passagiere warteten. Bald befanden sich vor dem Ankunftstor nur noch diese Frau, die auf jemanden wartete, der nicht angekommen ist, und ich, der ich angekommen war, ohne dass da jemand auf mich wartete. Die Frau nahm ein Handy aus ihrer Handtasche – ich fand es rührend, dass sie dann, um die Nummer drücken zu können, auch noch eine Lesebrille aus ihrer Tasche holte –, hielt das Handy an ihr Ohr und ging auf und ab. Diese langen schlanken Beine, der runde Hintern. Kehrtwendung. Die großen Augen hinter ihrer Lesebrille. Die gerunzelte Stirn. Das Handy. Erst jetzt fiel mir ein, auch mein Telefon wieder einzuschalten.

Zwei neue Nachrichten.

SMS von Alice: »Mein Auto brennt! Komme nicht raus!«

Zweite SMS von Alice: »Nimm Taxi zum Hotel, sehen uns dort!«

Ich hielt die Formulierung »Mein Auto brennt« für eine Floskel, eine französische Redewendung, die Alice einfach wörtlich ins Deutsche übersetzt hatte, und die vielleicht nichts anderes bedeutete als: Ich habe so viele Wege, dass die Reifen glühen, ich schaffe es jetzt nicht zu dir.

Ich rief Alice an. Eine Computerstimme sagte, dass die gewählte Nummer im Moment nicht erreichbar sei. Ich ging raus zu den Taxis. Da war wieder diese Frau, die Hoffnungs-Alice. Da waren viele Menschen. Nach und nach stiegen sie in Taxis, ich feilte in meinem Kopf an einer eleganten Formulierung, mit der ich der Unbekannten vorschlagen wollte, ein Taxi zu teilen, am Himmel standen schwarze Wolken, ein Mensch schrie und pfiff und winkte und deutete, und bewirkte dadurch, dass geschah, was auch ohne ihn geschehen wäre: nämlich dass einer nach dem anderen in ein Taxi einstieg. Ein Blitz und dann die Nacht. Zum ersten Mal Blickkontakt mit dieser Frau. Dann fiel die Taxitür zu.

Ein Pfiff, dann saß ich im nächsten Taxi.

Folgen Sie diesem Wagen, hätte ich fast gesagt. Avenue Montaigne, sagte ich, Hotel Plaza Athénée.

Wird schwierig, sagte der Taxifahrer.

Warum?

Die Absperrungen.

Welche Absperrungen?

Und die Ausschreitungen.

Der Taxifahrer wendete sich zu mir um und schaute mich an. Er sah aus wie Luis de Funès, der soeben erfahren hatte, dass er unheilbaren Krebs hat. Ein lustiges Gesicht, das unter Schock stand. Dann sagte er etwas über Jean-Jacques Rousseau und Jean Jaurès und was ich davon halte.

Wie bitte?, sagte ich. Das war ein Taxi und nicht die Académie Française, ich wollte, dass er endlich losfährt und nicht über Rousseau diskutiert, ich verstand nichts mehr.

Er machte eine Handbewegung, als würde er ein Wort aus dem Mund nehmen und wegwerfen, drehte sich um, startete.

Versuchen wir es, sagte er.

Ich rief nochmals Alice an, ihr Handy war immer noch ausgeschaltet. Dann erst kam mir der Gedanke, dass der Fahrer vielleicht eine rue oder avenue Rousseau gemeint hatte und die Route diskutieren wollte. Ich schaute aus dem Seitenfenster, sah, dass wir ein anderes Taxi überholten. Darin die Hoffnungs-Alice vom Flughafen. Sie telefonierte. Sie schien zu schreien. Dann waren wir vorbei. Ich versuchte nochmals, Alice zu erreichen. Wieder die Computerstimme. Was war los? Alice hatte versprochen, mich abzuholen, sie hat es aus irgendwelchen Gründen nicht geschafft, aber warum dreht sie ihr Handy ab? Merde!, sagte ich.

Sie sagen es, sagte der Taxifahrer, das hier ist die Hölle, hier kocht die Scheiße. Er riss den Wagen herum, fuhr in eine Seitengasse, fuhr auf den Gehsteig, was war da los? Menschen schlugen auf das Autodach, ich sah durch das Fenster schreiende Gesichter, der Fahrer gab Gas, hupte, bog gleich wieder ab, schlängelte sich durch Gässchen, kam wieder auf eine breitere Straße, auf der Menschen kreuz und quer liefen. Er fuhr kurvend und schlingernd und immer wieder das Lenkrad verreißend, wenn Einzelne oder kleine Gruppen auf die Straße sprangen, und fluchte ununterbrochen. Plötzlich blieb er stehen. Ich sah aus dem Fenster, die Straße schien ruhig. Der Fahrer sagte: Hier steigen Sie aus!

Wieso? Wo bin ich?

Nehmen Sie die Métro, sagte er, hier ist eine Station. Wir kommen nicht durch. Sinnlos!

Aber –

Nehmen Sie die Métro! Viel Glück. Zweiundvierzig Euro.

Wo bin ich hier?

In der Scheiße, Monsieur.

Ich dachte, ich bin in Paris.

Paris gibt es nicht mehr, Monsieur. Zweiundvierzig Euro.

Auf der anderen Straßenseite sah ich ein Café. »Les trois frères«. Alle Menschen werden Brüder, oder nur drei? Ich musste etwas trinken. Und noch einmal versuchen, Alice zu erreichen. Erst im Café merkte ich, wie stark ich schwitzte.

Ich hatte Angst. Weil die Stimmung so bedrohlich war und weil ich nichts verstand. Es waren nur Männer in diesem Café. Sie schauten misstrauisch. Und ich misstraute ihnen. Sie sahen »ausländisch« aus. Ich selbst war doch hier der Ausländer. Aber ich empfand die Männer in diesem Café als »ausländisch«. Auf unangenehme Art, das heißt, nicht hierher gehörend. Was war mit mir los? Ich hatte Einheimischen-Allüren in der Fremde, die sich als eine andere als die erwartete Fremde zeigte. Ein Mann telefonierte. Er beobachtete mich. Ich nahm mein Handy aus der Tasche und rief wieder Alice an. Die Computerstimme.

Mir gingen die Männer, die da standen, auf die Nerven. Schon allein, weil sie standen. Ich war der Einzige, der in diesem Café saß. Sie standen und schauten. Sie redeten nicht. Es war unbegreiflich: Da standen Männer beisammen und sie redeten nicht. Sie schauten. Einer nickte. Warum? Vielleicht weil sein Nebenmann telefonierte. Nebenmann, seltsames Wort. Sie alle hier waren seltsam, unappetitlich. So prall hineingesteckt in ihre zu kleinen Hemden, die vor ihren Bäuchen fast platzten, und die zu engen Hosen, die sich um ihre Gesäße und Oberschenkel spannten, abgewetzt und glänzend. Wieso glänzte der Hosenstoff auf ihren Ärschen, wenn sie nie saßen? Da war so viel quellende Körperlichkeit, Fleisch und Schweiß und braune oder weiße Socken und dreckige Schuhe. Wenn zwei oder drei gelacht, angeregt geredet hätten, vielleicht hätte ich das Unappetitliche als Menschliches gesehen. Aber so war es widerlich. Ein primitiver Volksstamm, keine Pariser. Ich wandte mich ab. Sah durch die große Glasscheibe hinaus auf die Straße. Da war ein öffentliches Telefon. Der Hörer baumelte herunter. Vier Jugendliche standen daneben. Sie hatten eindeutig das »Voom-Voom-Syndrom«, das heißt, sie schauten so überheblich lässig, dass es fraglich war, ob sie überhaupt etwas sahen. Sie sahen nicht einmal den baumelnden Telefonhörer. Trafen keine Anstalten, ihn in die Gabel zurückzuhängen. Und auch sie redeten nicht. Sie schauten. Sie hatten Jacken an, auf denen viel zu groß ein Markenname stand. Weite Hosen, die ihnen über das Gesäß rutschten, riesige Turnschuhe. Zwei hatten die Kapuze ihrer Jacke über den Kopf gezogen, blickten mit gesenktem Kopf verächtlich unter der Kapuze hervor. Ich beobachtete sie zwei Zigaretten lang. Sie sprachen kein Wort. Sie standen. Schauten. Wippten. Sie hatten sich irgendwie besorgt, was man ihrer Meinung nach haben musste, um dazuzugehören, die Jacken mit Kapuzen, diese runterhängenden Jeans, die Turnschuhe. Und gehörten wieder nicht dazu. Sie hatten in Filmen gesehen, dass Burschen, die so aussahen, etwas erlebten, und jetzt sahen sie selbst so aus und erlebten nichts. Verlorene Liebesmühe. Hassmühe. Konnten nicht einmal reden. Sie sind betrogen worden. Sie sind Opfer. Les trois frères: Weggegangen-Sein, Hier-Sein, Nicht-angekommen-Sein.

Ich drückte die Wiederwahltaste meines Handys. Ich fühlte mich überfordert bei der Vorstellung, mit der Métro zu meinem Hotel zu finden. Mit welcher Linie? Ich wusste ja nicht einmal, bei welcher Station ich aussteigen müsste. Alice sollte mich hier abholen. Tote Leitung.

Ich sah aus dem Fenster. Verachtung. Mitleid. Nein, doch Verachtung. Auf der anderen Straßenseite zwei Frauen mit Kopftüchern. Sie liefen. Kurz darauf noch eine Frau mit Kopftuch. Auch sie im Laufschritt. Noch eine mit zwei Kindern. Sie lief so schnell, dass sie die Kinder fast nachschleifte.

Ein Mann kam aus einem kleinen Laden heraus, ließ die Rollbalken herunter. Dann noch einer und noch einer, wie auf einen Gongschlag rasselten die Rollbalken herunter.

Erst jetzt fiel mir auf, dass ich noch immer nicht vom Kellner gefragt worden war, was ich wolle. Ich sah mich um, winkte dem Mann hinter der Schank. Er tat so, als sähe er mich nicht. Ich rief. Monsieur! Ich schrie. Es war gespenstisch. Kein Mensch in diesem Raum redete. Aber alle schauten. Mein Schrei war wie eine Mundbewegung in einem Stummfilm, und nun warteten alle auf das Insert, um lesen zu können, was ich wohl gerufen hatte. Der Kellner machte aber den Eindruck, als wäre er auch an Stummfilmen nicht interessiert. Er schaute nicht zu, sondern wischte mit gesenktem Kopf die Theke blank. Ich stand auf. Ich wollte ein Bier. Ich schrie: Könnte ich bitte ein Bier haben?

Nichts. Keine Reaktion.

Ich nahm meinen Rucksack und verließ das Café. Ich wollte kein Bier mehr.

Ich wollte Schnaps. Die Jugendlichen vor dem Café schauten auf. Einer sagte etwas. Ich verstand ihn nicht. Ich erwartete mir keine Verbesserung meiner Lage, wenn ich stehenblieb und nachfragte, was er gesagt hatte. Ich ging weiter. Ich spürte Bewegung hinter mir, schaute zurück. Die Jugendlichen. Plötzlich waren es mehr. Sieben oder acht. Ich lief zur anderen Straßenseite, zur Métrostation, die Treppen hinunter. Es war wie eine Grube, in die man Hunderte von Menschen hineingekippt hatte. Und jetzt krabbelten und stießen sie, um obenauf zu kommen, sie rempelten, sprangen über die Absperrung, ein Kind mittendrin, das unausgesetzt schrie, im Gedränge umgestoßen wurde, wieder aufstand und weiterschrie, wieder umgestoßen wurde. Natürlich wollte ich sofort hin zu dem Kind, es aufheben, verhindern, dass es niedergetrampelt werde. Ich lief so schnell ich konnte – aber nicht zu diesem Kind, sondern die Treppe hinauf zur Straße, rettete lieber das Kind, das ich selbst war. Ich lief und lief nur noch. Meinen Rucksack, den ich bis jetzt in der Hand getragen hatte, nahm ich nun auf den Rücken, um besser laufen zu können. Und immer wieder drückte ich auf Wiederwahl bei meinem Handy. Wenn die Computerstimme kam, legte ich auf, drückte erneut auf Wiederwahl. Ich lief und lief und versuchte Straßenschilder zu lesen, ich musste Alice sagen können, wo ich mich befand. Rue Paul Vaillant Couturier, da waren vermummte Gestalten, mit Tüchern vor dem Gesicht oder tief über das Gesicht gezogenen Kapuzen, ich schlug Haken und rannte, rue Gabriel Perri (da sah ich sie: brennende Autos!), ein Park, hinein in den Park, nein, da brannte alles Mögliche, nur nicht die Laternen, nichts wie raus, ich lief, ich bereute jede jemals gerauchte Zigarette. Rue Jean-Jacques Rousseau (da war sie ja!), rue Voltaire, es lichtete sich, zumindest symbolisch, nicht infolge des Feuerscheins – da war ein Hotel: Hotel Voltaire. Ich lief hinein. Und in diesem Hotel traf ich einen Menschen, der, wie ich dann erfuhr, auf gleiche Weise wie ich in diese Lage gekommen war, nachdem er, vom Flughafen kommend, von einem Taxifahrer zum Aussteigen gezwungen worden war.

Erzähltechnisch und sehnsuchtsökonomisch wäre es jetzt natürlich perfekt, wenn dieser Mensch just die Frau gewesen wäre, die ich in der Ankunftshalle des Flughafens und dann bei den Taxis gesehen hatte.

Aber es war ein Mann. Das Hotel war so verrottet, dass ich mich fragte, wer in ruhigeren Zeiten hier absteigen mochte. Der Fußboden des kleinen Vorraums, der zur Rezeption führte, war zum Teil aufgerissen, mir war in diesem Moment nicht klar, ob es sich hier um eine Baustelle handelte, weil das Hotel renoviert wurde, oder um die Folgen von Ausschreitungen und Vandalismus. An einer Seitenwand waren Kabel und Röhren freigestemmt, daneben stand ein roter Gummibaum. Nach all dem Gerenne war ich nun in einem Zustand, in dem ich die Realität nur noch in Zeitlupe wahrnahm. Ein roter Gummibaum? Er war rot vom Ziegelstaub infolge der Stemmarbeiten. Der Tresen der Rezeption war gerade breit genug, dass ein Mann mit angelegten Armen einen Meldezettel aus- füllen konnte. Vor dieser Rezeption stand ein sehr blei- cher Mann neben einem schwarzen Koffer. Ein schwarzer Koffer. War er verkohlt? Nein, er war einfach schwarz.

48.

Ich kam von Paris zurück, ohne eine alte Liebe aufge- frischt oder gar verstanden zu haben. Und ohne vor einer neuen Illusion geflüchtet zu sein. Ich kam von Paris zu- rück mit nichts als meinem Leben. Aber das war vielleicht die Grenze, die ich gesucht hatte. Einige Tage später hatte ich Zeit, mir diese Frage zu stellen.

Der Mann im Hotel Voltaire sah mich an. Sind Sie auch ein Flüchtling?, sagte er. Ich nickte. Wir sind die Minder- heit hier, sagte er, wir wollen nach Hause flüchten.

Es stellte sich heraus, dass er Arzt war. Herzspezialist. Ein berühmter Kardiologe des Universitätsspitals Zürich. Er gab mir seine Karte. Wenn Sie einmal ein neues Herz brauchen, sagte er. Ich gab ihm meine Karte. Der Kar- tentausch in dieser Situation hatte etwas ungemein Beru- higendes. Ich spürte, wie ich meine Fassung wiederfand. Nie wieder wollte ich über förmliche Höflichkeit lästern. Wenn die Welt ihre Form verlor, war die Förmlichkeit in ihr eine sichere Enklave. Mir fiel ein Roman von Balduin Möllhausen ein, den ich als Jugendlicher gelesen hatte. Möllhausen war ein Vorläufer von Karl May, in seinen Romanen mussten sich Deutsche, die in die Neue Welt ausgewandert waren, im Kampf gegen wilde Indianerstämme beweisen. Ihre Überlegenheit schilderte Möllhausen als Überlegenheit auch ihrer Kultur und Umgangsformen. Die deutschen Helden im Wilden Westen waren bei Möllhausen eine lächerliche Mischung aus Freiherr von Knigge und Siegfried, oder österreichisch: eine Symbiose aus Willy Elmayer und Andreas Hofer. Ein typischer Möllhausen-Satz lautete daher: »Wir schüttelten uns die Hand und dann die Indianer ab.« Der Doktor hatte einen Blick auf meine Karte geworfen. Redaktion Leben, sagte er, da sind wir sozusagen Kollegen.

Und er reichte mir die Hand.

Dann fragte er mich, ob ich auch zurück zum Flughafen wolle. Er hatte soeben die Operation an einer prominenten französischen Schauspielerin, zu der er beigezogen werden sollte, versäumt, nun wolle er so schnell wie möglich zurück nach Zürich.

Wir müssen da raus, sagte er. Ich habe eine Möglichkeit aufgetan. Wenn Sie wollen, nehme ich Sie mit.

Ich wollte. Alice meldete sich nicht. Die Stadt brannte. Ja, sagte ich, wir müssen da raus. Aber wie?

Der berühmte Doktor hatte telefonisch Beziehungen spielen lassen, einflußreiche Kontakte genutzt. Ein Taxi war hier nicht mehr zu bekommen. Ein Polizeiauto würde mit Steinen und Molotowcocktails beworfen werden.

Aber, sagte er, eine Rettung würde durchkommen.

Eine Rettung wäre gut, sagte ich. Genau was wir brauchen.

Ja, sagte er, ein Rettungsfahrzeug lassen sie durch, das ist mehrfach bestätigt. Also habe ich eines hierher bestellt. Die Rettung wird mit Blaulicht vorfahren. Es werden zwei Sanitäter mit einem Tragebett hereinkommen. Ich hatte eigentlich vor, mich da drauf zu legen und ins Rettungsauto bringen zu lassen. Wir machen das jetzt anders. Sie sind der Patient, und ich – er kniete nieder, öffnete seinen Koffer und zog einen grünen Chirurgenmantel heraus, verschloß den Koffer, richtete sich auf – bin Ihr Arzt.

Der Arzt meines Herzens!

Er zog den Mantel an, wenige Minuten später war die Rettung da, ich wurde hinausgetragen, in das Rettungsauto hineingeschoben, sah, wie das Blaulicht über die Hausfassaden tanzte, hörte Geschrei, die Hecktüre fiel zu. Dann fuhr die Rettung mit Blaulicht zum Flughafen. Während der Fahrt gab mir der Arzt eine Infusion: einen Schluck Whisky aus seinem Flachmann.

Ich erreichte den letzten Flug nach Wien.

In der Abflughalle der Abschied von meinem Arzt und Retter. Er gab mir die Hand.

Michele.

Nathan.

Sie haben meine Karte. Wie gesagt: Wenn Sie ein neues Herz brauchen …

Ich hätte gern das Herz einer Frau.

Das Herz oder den Körper?

Das Herz. Den Körper kann man nicht austauschen.

Das Geschlecht des Herzens auch nicht. Das Geschlecht des Herzens ist im Kopf. Machen Sie es gut, Nathan!

Sie auch, Michele, und: danke!

49.

Ich hatte mein Leben gerettet, das »Leben« aber nicht. Ich hatte kein Rezept für einen Dreisterne-Powersnack und keine Fotos aus Paris mitgebracht. Ich war todmüde, als ich in Wien ankam, aber ich wusste, dass ich nicht schlafen können würde. Ich war zu aufgewühlt. Und zu verwirrt. So sehr, dass ich in der Ankunfthalle des Flughafens Wien-Schwechat nach der Frau Ausschau hielt, die ich in der Ankunfthalle von Paris Charles de Gaulle gesehen hatte. Als mir zu Bewusstsein kam, was ich tat, grinste ich wie ein Betrunkener. Ich nahm ein Taxi, nannte dem Fahrer die Adresse, er sagte: Kein Problem.

Ich fand das sensationell. Ich war in einer Stadt, in der man einem Taxifahrer eine Adresse sagen konnte, und er sagte: Kein Problem. Ich war zu Hause. Nicht ganz. Es fehlte eine Seite Leben.

Ich schaltete das Handy ein. Es kam sofort das Signal »Nachricht erhalten«. SMS von Alice. »Heute ist die Hölle. Wie schaut es bei Dir morgen aus?«

Ich wusste nicht, wie es morgen ausschauen würde,

löschte die Nachricht und rief Helmuth Rakouso an, Starkoch in Wien und mein Freund, seit ich regelmäßig Geschäftsessen und Besprechungen in seinem sündteuren Gourmettempel »Graf Latour« abhielt. Eine normale Wiener Geschäftsfreundschaft. Ab einer gewissen Höhe des Profits duzt man sich.

Hör zu, Helmuth, ich brauche deine Hilfe. Sofort. Lass mich nicht hängen! Was heißt, es ist spät? Was heißt, wie viele Personen? Jetzt. Keine Personen. Ich brauche nur deinen Namen. Und dein Gesicht.

Dann rief ich den jungen Rubinowitz an, einen freiberuflichen Fotografen, der mich regelmäßig quälte, weil er Aufträge brauchte.

Was heißt Schabbes, sagte ich, bist du Fotograf oder Rabbi? In zwanzig Minuten im »Graf Latour« im ersten Bezirk. Bei Rakouso, richtig!

Die letzten Gäste waren soeben gegangen, als ich und eine Minute später Rubinowitz im »Latour« eintrafen. Die Kellner stellten die Stühle auf die Tische, der Assistenzkoch und eine Frau räumten die Küche auf, Helmuth stand vor dem Waschbecken und schlug sich kaltes Wasser ins Gesicht. Dann frottierte er es ab, es war jetzt zartrosa wie seine berühmten Lammfilets unter der Rucolakruste. Der Ofen ist kalt, sagte er, wo brennt's?

Ich erklärte ihm, was ich von ihm brauchte. Ich hatte noch immer das Spesengeld für Frankreich in einem Umschlag in meiner Jackentasche. Ich legte ein paar Scheine auf das große Schneidbrett, sagte: Das ist für fünf Minuten Arbeit und anschließend eine Flasche Rotwein.

Ich verlange nichts, sagte Helmuth und steckte das Geld ein, das ist für den Rotwein. Er gab seinem Assistenzkoch ein Zeichen: Dekantier mir einen Saint-Julien, Chateau Ducru Beaucaillou 1990. Und dann zu mir: Bei dem Wein zahl ich noch drauf!

Wir fotografierten in vier Schritten die Herstellung eines – Schnittlauchbrotes. Inklusive »Der kleine Trick des großen Koches«: den geschnittenen Schnittlauch nicht mit den Fingerspitzen über das Brot streuen, auch nicht mit dem Messer aufnehmen und auf das Brot kippen, sondern: das bebutterte Brot umgedreht auf den Schnittlauch drücken. Dadurch ist der Schnittlauch nicht nur dichter und gleichmäßiger auf dem Brot verteilt, er haftet auch besser und rieselt nicht bei jedem Bissen herunter.

Dazu empfahl der Maitre »Buttermilch gespritzt«. Zwei Drittel Buttermilch, etwas Flor de Sal (optimal wäre Flor de Sal d'Es Trenc), dann mit Mineralwasser aufgießen, am besten San Pellegrino.

Kein Perrier?

Siehst du, sagte Helmuth, du brauchst einen Überraschungsfaktor. Weißt was, schreib Gasteiner.

Wir aßen das Schnittlauchbrot, das Helmuth produziert hatte, tranken den Wein, aßen dann etwas Käse, dazu noch zwei Flaschen Wein. Wir lachten wie die Kinder. Danach konnte ich schlafen.

In der Früh richtete ich die Seite ein. Franz hatte zum Glück frei. Er hatte perfekt vorgearbeitet. Ich musste nur noch die Fotos, die Bildlegenden, den »Trick« und ein paar O-Töne des Meisterkochs ins Layout rinnen lassen.

Neue SMS empfangen. Alice. »Was ist los mit Dir?«
Nichts, dachte ich und drückte auf »Löschen«. Dann fuhr
ich ins Wochenende.

50.

Alter (Definition): Auf der Terrasse eines Wochenend-
hauses sitzen, das man sich endlich leisten kann, Rotwein
trinken, nicht an die Schulden denken und auch nicht an
die Jahre, die noch fehlen bis zur Pension. In den kleinen
Garten schauen, auf den Apfelbaum, den man selbst gepflanzt hat, und denken: Das wird mir fehlen, wenn ich
tot bin.

Alter (pragmatisch): Es ist wichtiger zu leben, als glücklich zu sein.

Alter (Situation): Auf der Terrasse des Wochenendhau-
ses sitzen, diesen Gedanken haben, dann andere. Christa.
Was sie über den Tod gesagt hatte. Ihre alten Griechen,
die sie zitiert hatte. Was hatte sie gesagt? Eine Ewigkeit her.
Ich war schon betrunken vom Rotwein und fand nichts
mehr dramatisch, nicht einmal den Gedanken an den Tod.
Ich glaube, ich würde mich vor dem Tod nur dann fürch-
ten, wenn ich der erste Mensch wäre, der sterben müsste.
Aber es haben noch alle geschafft, Milliarden von Menschen. Mitten im Garten die Eiche. Er habe sie vor zwanzig
Jahren gepflanzt, hatte der Verkäufer gesagt. Ein schöner
Baum, schon sehr groß, aber immer noch sehr zart. Wie
wird er in hundert Jahren aussehen? So, dass er der meta-

phorischen Bedeutung, die die Eiche in der deutschen Geschichte hat, vollkommen entspricht. Aber in hundert Jahren wird keiner, der im Schatten dieses Baumes sitzt, die deutsche Geschichte mehr kennen. Ich wünschte mir, Christa wäre hier. Oral ein Naturtalent. Ihre Worte. Bin zugleich froh, dass sie nicht hier ist. Ich könnte nicht mehr. Mit ihr reden. Wenn das Eiweiß weg ist. Aber sie will ja dann immer reden. Und essen. Ich sollte abnehmen.

Meine Frau ist noch immer verreist. Ich schicke eine SMS: Ich liebe Dich!

Ich höre das Summen und Sirren der Flügeltiere. Dann gibt das Handy ein Signal. SMS meiner Frau: »Ich Dich auch.«

Alter (vernunftbegabt): Auf der Terrasse sitzen, Wein trinken, rauchen und denken: Du musst gesünder leben, sonst wirst du nicht alt.

Alter (perspektivisch): Man sieht das Dunkel, aber ist es nicht schon das Licht, wenn man es denn sehen kann? Das Handy läutet. Es ist Franz. Hätte das nicht bis morgen Zeit gehabt? Nein, sagt er.

51.

Das Gespräch mit Doktor Tenner war erfrischend kurz und sehr sachlich. Dann ging ich zu Traude, zog einen Stuhl zu ihrem Schreibtisch, setzte mich zu ihr und sagte: Ich liebe dich!

Sie lachte: Liebe am Arbeitsplatz?

Ohne Arbeitsplatz. Ich bin entlassen. Franz ist dein neuer Chef.

Nein.

Doch.

Warum?

Kann ich dich heute zum Abendessen einladen? Auf ein Schnittlauchbrot?

52.

Ich holte Traude um halb acht ab, ging mit ihr ins »Latour«. Ich bestellte zwei Schnittlauchbrote und bat, den Sommelier an unseren Tisch zu schicken, wegen der Weinempfehlung. Der Kellner lächelte. Eine Minute später stand Helmuth Rakouso an unserem Tisch. Seine Gesichtsfarbe erinnerte an seine berühmte »Hummerterrine mit Trauben von der Nebbiolorebe«. Er glänzte vor Vergnügen. Die Leben-Seite mit dem Schnittlauchbrot sei ein »Wahnsinnserfolg« gewesen, erzählte er. Gestern sei er für das »Österreichische K&K Magazin« (»K&K« stand für »Küche und Keller«) interviewt worden, zum Thema Neue Einfachheit. Er werde Titelgeschichte sein. Ein Supercoup, sagte er, ihr seid heute meine Gäste.

Sind Genüsse die Folge von Missverständnissen? Traude und ich bekamen jeder ein winzigkleines Schnittlauchbrot als »Gruß aus der Küche«, dann ein viergängiges

Menü, begleitet von besten Weinen. Ich war unfähig zu reden. Traude aber dachte, ich sei endlich der Mann, der ihr zuhört. Diese Unfähigkeit, die sie für eine Eigenschaft hielt, sollte dann mit einer sogenannten Liebesnacht belohnt werden. Sie redete und redete, über ihre vor zwanzig Jahren gescheiterte Ehe, wie schwer, ja unmöglich es damals nach der Scheidung für sie als Mutter eines kleinen Kindes gewesen sei, einen Mann zu finden, der eine Frau mit Kind »nehme«. Wie sehr ihr Sohn, den sie so lange als Last empfunden habe, ihr nun fehlte, nachdem er von zu Hause ausgezogen sei und kaum einmal anrufe. Dann erzählte sie – ich weiß nicht mehr, was. Wir aßen, ich sah sie an, nickte, schüttelte den Kopf, dachte an anderes. Mir fielen die »Doppelpunkt-Aktionen« ein, die von einer Wiener Künstlergruppe um Joe Berger, Wolfgang Bauer und Reinhard Priessnitz Ende der sechziger Jahre in Wien durchgeführt worden waren. Ich habe sie selbst nicht erlebt, bin damals noch ein Kind gewesen, aber es gab noch in meiner Studentenzeit viele Menschen, die so lebhaft von diesen Aktionen erzählten, dass ich mich heute problemlos als »Zeitzeuge« ausgeben könnte. Die »Doppelpunkt-Aktionen« waren öffentliche Auseinandersetzungen mit einem bestimmten Begriff anhand eines Beispiels. Zwischen Begriff und Beispiel stand im Titel der Aktion ein Doppelpunkt, daher der Name »Doppelpunkt-Aktion«. Legendär wurde die Aktion »Hunger: Biafra«. Sie fand in einem gutbürgerlichen Restaurant statt. Am Kopfende des Speisesaals war auf einem Podest eine lange Tafel aufgestellt, an der die Künstler saßen. Sie diskutierten über Hunger und Imperialismus, Weltenläufte und soziale Ungerechtigkeit, während sie die Speisekarte rauf und runter bestellten und den Weinkeller des Restaurants leertranken. Zu Beginn der Aktion gab es noch Lacher im Publikum, Nachdenklichkeit, kunsttheoretisch unterfütterte Kennerschaft. Joe Berger fragte: Worüber reden wir heute? Wolfgang Bauer sagte: Über den Hunger! Darauf Joe Berger: Ich hab keinen großen Hunger, was soll ich bestellen? Reinhard Priessnitz: Vielleicht ein Schinkenbrot mit Kren. Berger: Gute Idee, und dann einen Schweinsbraten mit Kraut und Knödel.

So ging das immer weiter, das Publikum hielt für einstudiert, was spontan den berauschten Hirnen der Dichter entsprang, während sie exzessiv aßen und tranken. Am Ende, nach unzähligen Flaschen Wein, lallten die Aktionisten nur noch, die Mehrheit des Publikums schöpfte Verdacht, einige hielten das immer noch für eine perfekte Inszenierung, allen gemeinsam war aber der Glaube an den »guten Zweck«: Der Erlös dieses Abends sollte an die Hungernden in Biafra überwiesen werden. Am Ende verlangte Joe Berger die Rechnung. Er bezahlte das Essen und Trinken der Künstler aus der Schuhschachtel, in die das Publikum vor der Veranstaltung ihre Spenden für die Hungernden hineingeworfen hatte, und verkündete: Nach Abzug der Spesen bleiben fünf Schilling. Der Reinerlös wird morgen nach Biafra überwiesen.

Nach einer Sekunde, in der die Zeit festgenagelt schien, sprangen einige gute Bürger, brave Christen, gebildete Herren und belesene Damen auf und gingen wütend mit ihren Stühlen auf die Künstler los. Sie zertrümmerten das Restaurant, die Künstler flüchteten. Die Fotografin Heidi Heide machte Fotos, sie sind das Kunstwerk, das blieb.

Und Traude redete von ihren Sehnsüchten, den Beengtheiten ihres Lebens und ihrem Liebeshunger, redete und redete.

Es kam das Dessert. Millefeuille von Bouchon de Chèvre mit Traubensenfsorbet, marinierten Trauben und Basilikumöl, sagte der Kellner, als er servierte. Ich wusste schon während des Essens nicht mehr, wie das hieß, was ich aß. Jetzt, beim Schreiben, bin ich auf die Homepage vom »Latour« gegangen.

Ich wollte kotzen. Traude war, was ich gern gewesen wäre: angeregt betrunken, glücklich sentimental. Das versprach Zärtlichkeit, und das Versprechen wurde gehalten.

Traudes Wohnung. Mit Mühe konnte ich die Tränen zurückhalten, als ich das begriff: Sie schlief normalerweise im ehemaligen »Kinderzimmer«, seit ihr Sohn ausgezogen war. In seinem Bett. Einem Einzelbett. Wenn sie Männerbesuch hatte, klappte sie im Wohnzimmer ein Sofa zu einem Doppelbett auf, über das sie ein Leintuch spannte. Mit schnellen, routiniert pragmatischen Handgriffen. Ich spürte, wie sie selbst spürte, um wie viel angenehmer es wäre, wenn das nicht getan werden müsste und wir einfach so in ein Bett fallen könnten. Kein Zweifel, sie schämte sich eines Einkommens, das ihr nicht mehr Lebensraum ermöglicht hatte, als diese Zweizimmerwohnung. Diese Einrichtung. Dieser riesige Einbaukleiderschrank, der das Vorzimmer zu einem schmalen Durchschlupf machte. Das war der Durchschlupf einer Existenz, die gezwungen war, jeden Tag tipptopp gekleidet bei der Arbeit zu erscheinen, aber nie zwei Tage hintereinander dasselbe anhaben durfte. Sie schämte sich der Existenz, die sie jahrelang vor meinen Augen erwirtschaftet hatte.

Wir zogen uns aus und gingen ins Bett. Traude stand rasch noch einmal auf und legte eine CD ein. Dann schlüpfte sie zurück ins Bett, schmiegte sich an mich, küsste mich. Da hörte ich »When The Tigers Broke Free« von Pink Floyd. Ich begann zu weinen. Das war so typisch für Traude: diese pathetische Musik, dieser Titel.

Wie einfühlsam Traude war: Sie glaubte, dass ich weinte, weil ich entlassen worden sei, und tröstete mich. Und war untröstlich, weil sie zu verstehen glaubte, was es bedeute, in unserem Alter entlassen zu werden. Sie hatte keine Ahnung, welche Abfertigung mir zustand. Ihre Tränen und meine waren Tropfen aus verschiedenen Meeren.

53.

Zeitig in der Früh läutete mein Handy. Ich wollte es ignorieren, aber es klingelte und klingelte. Ich dachte sofort: Vater! Jetzt hat er erfahren, dass ich entlassen worden bin, »seinen« Job verloren habe. Ich drehte mich um, schlug ein Bein um Traude, das Handy hörte auf zu läuten. Fünf Minuten später begann es erneut. Ja, Vater. Ist ja gut, Vater. Ich dachte, dass es vernünftiger wäre, jetzt abzuheben, ich würde um das Gespräch mit ihm und seine Vorwürfe ohnehin nicht herumkommen.

Und wirklich: auf dem Display des Handys stand »Vater«. Ich nahm das Gespräch an und sagte: Hallo Papa!

Nein, ich bin's!, sagte Martha, die Frau meines Vaters.

Traude drehte sich um, schmiegte sich ganz fest an mich. Ihre Augen waren verklebt.

Martha sagte einen Satz. Ich befreite mich aus Traudes Umklammerung und sagte: Ich hab dich nicht verstanden.

Martha wiederholte den Satz.

54.

Der schlimmste Stress ist Begräbnisstress. Es ist so wenig Zeit zwischen dem Tod eines Menschen und dem Begräbnis, aber es gibt so viel zu organisieren. Man muss Prioritäten setzen. Was muss sofort erledigt werden, was kann man aufschieben. Aufschieben kann man nur das Trauern, das Eingedenken.

Ab einem bestimmten Alter begann ich an den Tod zu denken. Aber noch waren die Eltern da. So alt können Eltern gar nicht sein, dass sie einen nicht noch immer beschützen. Bloß dadurch, dass sie leben. Ihr Leben sagt: Du bist noch nicht dran!

Manchmal dachte ich daran, wie es sein wird, wenn die Eltern »nicht mehr sind«. Aber die Eltern lebten, und der Gedanke starb.

Ich habe den Gedanken an den Tod, den Tod der Eltern, nicht verdrängt, ich habe ihn lediglich nicht gepflegt. Sie waren da, bisweilen lästig, nervend, rührselig, starrsinnig, distanzlos, tyrannisch, unverbesserlich, sehnsüchtig nach einem Telefonanruf des Sohnes, eine aus vielen Bausteinen zusammengesetzte Mauer zwischen mir und dem Tod. So kann man nicht, so muss man nicht an den Tod denken, differenziert und realistisch. Ich habe nie versucht, mir Vaters Tod und Mutters Tod als verschiedene, als getrennte Tode vorzustellen. Vater und Mutter waren im Leben getrennt, fast mein ganzes Leben lang, aber wenn ich an den Tod dachte, da waren sie zusammen die Mauer zwischen mir und dem Tod. Ich dachte: »Solange die Eltern noch sind ...«, oder »Wie es wohl sein wird, wenn die Eltern nicht mehr sind ...«, ich hatte Eltern nur, wenn ich an den Tod dachte, im Leben hatte ich getrennt Vater und Mutter.

Ich fuhr nach Marthas Anruf sofort in das Krankenhaus »Zu den barmherzigen Schwestern«, von Vater stets »Die herzigen Schwestern« genannt. Dort hatte er einen Primararzt gekannt, Doktor Hubertus Huber-Canossa, der in der Glanzzeit meines Vaters ein Modearzt war, ein, wie man heute sagen würde: Anti-Aging-Spezialist, für alternde Prominente, der aber nach der Pensionierung meines Vaters aus der Mode gekommen und selbst alt geworden war. Vater hatte ihm vertraut. Jahrelang hatte er sich regelmäßig für einige Tage zu ihm begeben (»Ich leg mich zu den herzigen Schwestern!«), um sich vorsorglich durchchecken zu lassen. Sein Vertrauen in Doktor Huber-Canossa beruhte wesentlich darauf, dass dieser, nach einer

»Prüfung auf Herz und Nieren«, nie eine andere Diagnose für Vaters Wehwehchen hatte als »das Alter«, oder, wie er es formulierte: »Wir werden eben nicht jünger!«

Erst vor einem halben Jahr hatte sich Vater wieder einmal, das letzte Mal, zu den herzigen Schwestern gelegt, um sich vom alten Doktor Huber-Canossa eine Woche lang untersuchen zu lassen.

Danach hatte ich ihn im Café Landtmann, neben dem Burgtheater, getroffen, ein Café, in dem viele Prominente verkehren, beliebte Schauspieler, Politiker, berühmte Geschäftsmänner. Hier saß er seine Pension ab, das war seine Welt.

Alles bestens!, hatte Vater gesagt. Seine pergamentartige Gesichtshaut hatte glücklich geschimmert.

Wie war dein Blutbefund?

Man befand, mein Blut ist rot.

Ich meine die Werte.

Es gibt keine Werte, wenn man alt ist. Alter ist wertlos.

Was hat der Doktor gesagt?

Er hat mich gefragt, ob mir das Essen schmeckt. Es schmeckt mir. Der Wein auch.

Dafür hast du dich eine Woche lang ins Spital gelegt? Du bist ein Hypochonder!

Doktor Huber-Canossa sagt immer: Auch Hypochonder werden krank.

Und nun stand ich diesem Arzt gegenüber, diesem patinaüberzogenen Denkmal früher Wellnessmedizin, er nahm mit beiden Händen meine Rechte, hielt sie fest, und sagte: Ihr Vater hatte einen beneidenswert schönen Tod.

Er wisse, dass der Tod nichts Schönes sei, der Tod eines nahestehenden Menschen, gar des eigenen Vaters sei ein Schock, er verstehe das, aber in Anbetracht der Tatsache, dass der Tod unausweichlich sei, müsse man in diesem Falle doch von einem glücklichen Tod sprechen und Trost daraus beziehen. Mein Vater habe immerhin das achtzigste Lebensjahr erreicht, kein Siechtum, keine Schmerzen, keinen Todeskampf gehabt. Man könne sagen: er sei nicht gestorben, das Sterben habe er übersprungen – er habe gelebt und jetzt sei er tot.

Vater, dachte ich, wie hast du das wieder gemacht?

Dr. Huber-Canossa hielt und drückte noch immer meine Hand, sah mich mit wässrigen Augen an. Und dann begann ich zu weinen.

Mein Vater hat den Tod in einem Stundenhotel gefunden. In den Armen einer siebzigjährigen Frau.

55.

Sie war vor vierzig oder fünfundvierzig Jahren eine einigermaßen bekannte Schauspielerin gewesen. Den großen Durchbruch hatte sie aber nicht geschafft. Aber ich kann mich aus dieser Zeit noch an sie erinnern, sagte der Doktor. Einmal habe sie immerhin in einem Karl-May-Film mitgespielt, in »Unter Geiern«, an der Seite von Mario Girotti, der später als Terence Hill berühmt wurde.

Ja, ja, sagte ich, aber.

Jetzt ließ der Doktor meine Hand los, winkte einer Krankenschwester, flüsterte ihr etwas zu. Sie ging und brachte mir eine Packung Papiertaschentücher.

Aber. Der Tod. Ich meine. Warum?

Herzstillstand, sagte der Doktor.

Mein Handy läutete.

Was meinen Sie mit Herzstillstand?

Das Handy. Ich griff in die Tasche und drückte darauf herum, bis es endlich zu läuten aufhörte.

Herzstillstand heißt, das Herz hat aufgehört zu schlagen.

Aber hört das Herz nicht immer auf zu schlagen, wenn der Tod eintritt?

Ja.

Mit anderen Worten, Sie sagen: Der Tod war die Todesursache?

Wieder läutete das Handy.

Ja. Der Tod Ihres Vaters hatte keine andere Ursache. Keine sichtbar andere.

Das Handy.

Wollen Sie eine Obduktion beantragen?

Ich holte das Handy aus der Tasche, sah auf dem Display »Mutter«, drückte auf die Taste »Gespräch annehmen« und sagte zum Doktor: Eine Obduktion?

Obduktion?, hörte ich am Handy die Stimme von Mario, dem Mann meiner Mutter. Du weißt es schon? Von wem? Und warum eine Obduktion?

Zehn Minuten später war ich auf dem Weg ins Böhler-Unfallkrankenhaus.

56.

Sie hat nicht gelitten, sagte ein junger Arzt.

Was heißt, sie hat nicht gelitten?

Es ging zu schnell. Als Ihre Mutter vom Pferd abgeworfen wurde, hatte sie gerade noch Zeit, zu begreifen, dass sie abgeworfen wurde. Und schon prallte sie auf, die Halswirbelsäule brach, und sie war tot, schneller als Sie knacks sagen können. Wir haben für Ihre Mutter, als sie gebracht wurde, nichts mehr tun können. Es war eindeutig, dass sie auf der Stelle tot gewesen sein musste. Wir hatten unlängst einen ähnlichen, aber tragischeren Fall: Da wurde auch eine Frau vom Pferd abgeworfen, aber ein Fuß hatte sich im Steigbügel verhängt, die Frau wurde vom durchgehenden Pferd minutenlang mitgeschleift, ihr Kopf schlug immer wieder hart auf, sie starb nach drei Tagen. Nein, Ihre Mutter hatte –

Glück?

Keine Schmerzen. Kein Siechen.

Kann ich sie sehen?

Ich begleite Sie.

Ich hätte gerne erzählt: Sie sah friedlich aus. Sie sah aber nicht friedlich aus. Ich fand, sie sah wütend aus. So oft war sie in ihrem Leben, in ihren Versuchen, ihr Glück zu machen, abgeworfen worden. So kannte ich sie nicht: dass sie nicht mehr aufsteigen konnte.

Die Eltern »sind nicht mehr«. Mit einem Mal. An einem Tag. Durch den Tod am selben Tag gleichsam vereint. Und durch ihre Tode erst recht getrennt. Mutter ist durch ihren Tod nun doch noch die Partnerin ihres früheren Liebhabers Philipp geworden, und Vater hat sich in seinem Tod vermählt mit einem alt gewordenen Starlet aus seiner Glanzzeit, das er wohl aus sentimentalen Gründen wiedergetroffen hatte. Es ist angeblich nicht zum Vollzug gekommen. Sie hatten sich aneinandergedrückt und – »plötzlich war Ihr Vater weg. Ich wollte ihn halten, und er war weg!«

Ja, so kannte ich ihn: Versuche, ihn zu halten, und er ist weg!

57.

Solange mein Vater oder meine Mutter besorgt oder genervt sagen konnten: Werde endlich erwachsen!, so lange war ich ein Kind. Aber seit die Eltern tot sind, erübrigt sich jede weitere Debatte darüber, warum ich nicht erwachsen werden konnte oder warum ich nicht erwachsen werden wollte. Mehr noch: Ich hielt diese Frage jetzt überhaupt für ein Missverständnis.

Ich schwieg und kaute am Daumennagel, bis Hannah nachfragte: Wieso ein Mißverständnis?

Erwachsen zu sein heißt, Herrschaft anzutreten. Den Anspruch und auch gewisse Möglichkeiten zu haben, das gesellschaftliche Leben so zu gestalten, dass es einem entspricht. Ein Beispiel: Warum sind in den achtziger Jahren in Wien so viele Cafés und Restaurants im Design der

fünfziger Jahre entstanden? Mit Resopal- und Nieren-
tischen, Tütchenlampen und Drahtbildern? Weil die Generation, die ihre Kindheit in den fünfziger Jahren gehabt
hatte, nun die Welt oder zumindest ihre Stadt so einrich-
ten wollte, wie es ihr gefiel. Was ihr gefiel, war die Ästhetik, die sie geprägt hatte, die ihrer Kindheit. Sie baute Kulissen auf. War das infantil? Ein Beweis dafür, dass sie Kinder bleiben wollten? Nein. Es war ein Beweis dafür, dass
diese Generation erwachsen geworden war: Sie hatten die
Mittel in die Hand bekommen und die Möglichkeiten er-
obert, das zu tun. Sie machte aus ihren Kinderzimmern
öffentliche Räume. Der Schritt vom Kinderzimmer in
den öffentlichen Raum ist das Entscheidende, und nicht
die Tatsache, dass der öffentliche Raum wie ein Kinder-
spielplatz aussah – das hat er immer getan.

Ich glaubte Hannah zu langweilen. Vielleicht war es
Unsinn, was ich redete, aber für eine Gesprächstherapeu-
tin sollte doch nichts Unsinn sein, sondern alles Material.
Jedenfalls hatte ich noch die frische Erde von den Grä-
bern meiner Eltern unter den Fingernägeln und konnte
nicht über »dings« reden, auch wenn es sie wahrscheinlich
mehr interessiert hätte.

Wenn man als junger Erwachsener die Welt seiner Kin-
derzeit nachbaut, sagte ich, dann kann man das auf zweier-
lei Weise interpretieren: dass man seine Kindheit imitiert,
also nicht erwachsen werden will, oder aber dass man die
damals jungen Eltern imitiert, also mit dem Erwachsen-
sein beginnt.

Hannah machte eine Notiz. Ich hatte den Eindruck,

dass sie nur so tat. Sie spielte eine Therapeutin, die eine Notiz machte.

Anderes Beispiel: darum bekämpften wir als Bettauer die Universitätsbürokratie – so bürokratisch. Wir imitierten oppositionell die Erwachsenen. In der Woche, nachdem die Bettauer durch diesen Polizeieinsatz gesprengt, Franz von seinem Vater verhaftet worden war, gingen Franz und ich noch einmal in das Gasthaus Hebenstreit. Wir wollten wissen, ob nach diesem Eklat doch noch Studenten zum Bettauer-Termin kommen. Außer Franz und mir erschien nur einer, ein Einziger. Ich weiß seinen Namen nicht mehr. Wir saßen da zu dritt, schauten uns an, und dann sagte Franz: Ich stelle gemäß der Geschäftsordnung den Antrag auf Selbstauflösung unserer revolutionären Zelle.

Der Student, der mit uns dasaß, hob die Hand, sah mich an und sagte: Ich stimme dafür. Ich war sprachlos, und Franz sagte: Antrag mit Zweidrittelmehrheit angenommen!

Es ist ein Irrtum zu glauben, Hannah, dass wir nicht erwachsen werden wollten. Wir wollten bloß nicht so werden wie die älteren Erwachsenen. So will ich das heute sehen. Diese Geschichte hat mit dem Witz begonnen: Wenn nur einer kommt, dann ist er die Masse. Und geendet hat sie damit, dass nur einer gekommen ist – der ganz allein für eine Zweidrittelmehrheit gesorgt hat. Jeder ist eine Masse.

Haben Sie das Gefühl, Nathan, dass –

Nein, unterbrach ich sie. Im Moment fühle ich gar nichts.

Ich wollte Sie fragen, sagte Hannah, ob das, was Sie jetzt gesagt haben, Sie nicht an Ihre erste Frau erinnert. Sie haben mir erzählt, dass Sie so irritiert von ihr waren, weil sie ihre Eltern imitiert hat. Haben die Erfahrungen der letzten Zeit und die Schlüsse, die Sie daraus offenbar gezogen haben, dazu geführt, dass Sie auch die Geschichte Ihrer ersten Ehe neu bewerten?

Ich will die Geschichte nicht neu bewerten. Ich will über die Geschichte nichts anderes sagen können, als: Es ist Geschichte.

Ich kaute am Daumennagel. Plötzlich begann auch Frau Doktor Hannah Singer an ihrem Daumennagel zu beißen. War das ein therapeutischer Trick? Wollte sie mir etwas deutlich machen, indem sie mich imitierte? Ich fand das kindisch. Ich verschränkte die Arme vor der Brust und wartete darauf, ob sie nun ebenfalls die Arme vor der Brust verschränken würde. Das tat sie nicht. Sie kaute weiter an ihrem Nagel. Und, sagte sie, machte eine Pause, biss ein Stück Haut vom Nagelbett ab, dann: Alice? Haben Sie von ihr wieder gehört seit Ihrer Rückkehr von Paris? Wie ist der letzte Stand?

Ich erzählte, dass ich ein paar SMS von ihr bekommen, sie aber nicht beantwortet und gleich gelöscht habe. Warum? Geschichte, sagte ich. Weil es Geschichte ist. Ich will, sagte ich, nicht in die falsche Richtung leben.

58

Ich fuhr wieder aufs Land, in mein Haus, begann ein kreiselndes Leben: Schlafzimmer Küche Klo Terrasse Wohnzimmer Klo Küche Terrasse Schlafzimmer Wohnzimmer Terrasse Klo Terrasse Wohnzimmer Schlafzimmer Küche. Der Rasen meines Gartens verdorrte. In den Zeitungen und Fernsehnachrichten sprach man von einem Jahrhundertsommer. Ich hatte schon viele Jahrhunderte in Form von Jahrhundertsommern und Jahrhundertfrösten, Jahrhundertstürmen, Jahrhundertgewittern und Jahrhundertüberschwemmungen erlebt, und genauso fühlte ich mich, eine jahrhundertalte Schildkröte, ebenso behindert wie geschützt von einem schweren Panzer.

Die Zeitung, für die ich gearbeitet hatte, führte den angekündigten Relaunch durch. Das Layout wurde jugendlicher, und das Leben war tot. Es hieß jetzt LifeStyle.

Ich schlief viel in dieser Zeit.

Die Therapie setzte ich für einige Wochen aus. Ich hatte keine Lust, wegen eines einstündigen Gesprächs nach Wien zu fahren. Ich trank. Ich genoss meine Schwermut und bei höherem Alkoholpegel meine Rührseligkeit. Ich hielt dies für Zeichen meiner Sensibilität und existenziellen Tiefe. Manchmal ist es leichter, ein bisschen glücklich zu sein, wenn man unglücklich ist, als vorbehaltlos glücklich zu sein, wenn man einigermaßen glücklich ist.

An den Wochenenden kam meine Frau. An diesen Tagen lebte ich gesund. Regelmäßige Mahlzeiten, Alkohol erst am Abend und nur zum Essen, lange Spaziergänge. Wir gingen schwimmen in die »Lagune«, so hieß ein ehemaliger Schotterteich in der Nähe, den die Gemeinde zu einem Freibad mit Freizeitanlagen adaptiert hatte. Früher, als wir dieses Haus gerade gekauft hatten, bin ich gern und oft schwimmen gegangen. Jetzt merkte ich: Schwermut macht wasserscheu. Aber ich folgte meiner Frau, ging mit ihr in den Teich und ließ mich fallen.

Eines Nachmittags sagte sie, dass sie mehr Sex wolle.

Ich fuhr sofort einkaufen.

Dann kochte ich. Stundenlang. Liebevoll. Mehrere Gänge.

Wir aßen und tranken und redeten ausgiebig.

Als ich in der Früh aufwachte, fand ich mich allein im Bett. Meine Frau war ins Gästezimmer übersiedelt. Es sei unerträglich gewesen, sagte sie, wie laut ich geschnarcht hätte.

59.

Angeblich sieht man im Moment des Sterbens sein Leben wie einen Film vor dem inneren Auge ablaufen. Ich hatte dieses Erlebnis, als ich im Fruchtwasser lag.

Ich hatte das Glück in einem Reformhaus entdeckt. Es heißt »Bellamnion« und sieht aus wie rötlichbraunes Salz. Zwei Löffel davon in die Wanne bewirken, dass das Badewasser dieselbe chemische Zusammensetzung wie Fruchtwasser hat. Es enthält Elektrolyte, Glucose, Lipide,

Proteine und Eiweiß in genau der Menge und dem Verhältnis wie die Flüssigkeit, in der wir neun Monate lang geschwommen sind. Man kann stundenlang in diesem Bad liegen, ohne dass die Finger oder Füße verschrumpeln und runzelig werden. Embryos haben ja bekanntlich auch keine aufgedunsene Haut wie Wasserleichen. Ich lag in der Badewanne und war glücklich. Die Haut straff und weich, der Körper schwerelos und ohne Bedürfnisse, ab und zu ein Schluck, man kann das Fruchtwasser trinken. Ideal sind 36,5 Grad. Kühlt das Wasser ab, lässt man heißes nachrinnen. Wenn man das zwei- oder dreimal gemacht hat, kann man einen kleinen Löffel Bellamnion ergänzen.

Es ist Leben befreit vom Lebenskampf, es ist Glück in einer Hülle, Bellamnion ist die am höchsten Stand der Produktivkräfte entwickelte Möglichkeit, nicht produktiv zu sein, sondern nur zu sein. Das Leben auf diesem Planeten ist anderswo. Draußen. Wo der Kampf ist und der Schmerz. Und das, was fälschlich Enttäuschung heißt, denn die Enttäuschung ist auch nur eine Variante der Täuschung. Wo die Sehnsucht ist und der Verfall. Das Leben ist vor uns oder hinter uns, im Fruchtwasser aber ist nur wachsendes Sein.

Schön. Wäre es. Ewig. Allerdings kann ein fünfzigjähriger Mann nicht im Fruchtwasser liegen, ohne so zu hantieren, als würde er in einem Flugzeugcockpit sitzen. Ich überprüfte die Wassertemperatur mit dem Badethermometer, ließ heißes Wasser nachrinnen, berechnete den Grad der Verdünnung und ergänzte die entsprechende Menge Bellamnion, starrte auf Erinnerungen, die so präzis und doch abstrakt waren wie die Schatten auf einem Radarschirm. Ich dachte an Wie-hieß-sie-doch und an Wie-hieß-sie-noch und an Wie-hieß-sie-gleich, ich strich mit den Händen über meinen Körper, merkte das Herannahen einer Erinnerung, stellte scharf, sah die erste Frau, die ich nach meinem Studienabbruch – rasch tauchte ich ab, zog mich wieder hoch. Sah die Karte. Die Sternenkarte. Mars und Venus. Da läutete es.

Sofort platzte die Blase. Ich sprang aus der Badewanne, hätte mich fast mit der Schnur stranguliert, die zum Wäschetrocknen über der Wanne gespannt war, zog den Bademantel an und öffnete die Tür. Da waren die Männer.

Ich war, als ich dieses Haus gekauft hatte, immer mit dem Badezimmer unzufrieden gewesen. Da gab es eine Badewanne, aber ich war es gewohnt gewesen zu duschen. Vor zwei Wochen hatte ich daher einer Firma den Auftrag gegeben, die Badewanne zu entfernen, stattdessen eine Duschkabine zu installieren und das Bad neu zu verfliesen. Das hatte ich dann allerdings völlig vergessen. Und da standen nun diese Männer, die schon vor der Arbeit verschwitzt rochen, in ihren blauen Latzhosen, mit ihren Werkzeugkisten, und wollten große Kartons in mein Haus tragen, in denen die Teile der Duschkabine verpackt waren.

Nein, sagte ich, das ist ein Irrtum. Halt!

Kann man in Fruchtwasser duschen? Nein.

Das ist ein Irrtum, ein Missverständnis! Ich will keine Duschkabine, sagte ich. Ich will eine größere Badewanne.

Irrtum ausgeschlossen, sagte der Wortführer der Män-

ner, wahrscheinlich der »Meister«, hier im Auftragschein
steht ausdrücklich –

Nein, sagte ich, ich will keine Duschkabine, tragen Sie
das wieder weg, ich will das nicht.

Der Meister studierte den Auftragsschein, als wäre er
die Heilige Schrift und sagte schließlich: Ich weiß nicht,
ob Sie wissen, was Sie wollen. Aber hier steht schwarz auf
weiß, was Sie wollen.

60.

Es war mühsam, aber es gelang mir, die Männer davon zu
überzeugen, mit ihrer Duschkabine wieder abzuziehen.
Wir vereinbarten, nach telefonischer Rücksprache mit
der »Zentrale«, dass ich in den nächsten Tagen Angebote
für eine größere, eine sogenannte Duo-Badewanne erhalten sollte.

Ich lief zurück ins Badezimmer. Das Fruchtwasser war
kalt. Ich bereitete mir ein neues, glitt erleichtert hinein.
Ich versuchte, den Lebensfilm wieder weiterlaufen zu lassen und an die Frauen zu denken, an die ich mich zuvor
erinnert hatte, bis mich die Arbeiter gestört hatten. Hatten
sie ein Sexualleben? Diese stinkenden, in ihren Latzhosen
wie Würste abgepassten Männer? Jeder Mensch hat ein
Sexualleben. Wie unappetitlich diese Vorstellung war, wie
lächerlich. Das war zu heiß. Ich ließ kaltes Wasser nachrinnen. Gab es eine schöne, gesunde und freie Sexuali-
tät? Ich hatte es geglaubt: Sie sollte durch das Abschütteln

gesellschaftlicher Zwänge und Konventionen errungen werden. Diese Abschüttel-Sexualität war der Schlitz, der Durchschlupf in die soziale Freiheit. Ich hatte mir den »richtigen«, den »gesunden« Orgasmus immer als ein Zerstäuben vorgestellt, wie bei diesen Parfumflakons mit Quaste, in der eine Pumpe steckt: Man drückt, und die Essenz erfüllt den Raum, verschwebt in der Atmosphäre. Drücke, meine Liebe, drücke und pumpe! Und ich werde frei schwebende Substanz! Aber so war es nie. Mir fiel eine Betty ein, die, als sie sich auszog und an mich drückte, unerträglich nach Achselschweiß gerochen hatte. Warum hatte sie kein Bad genommen, bevor wir ins Bett gingen? Warum hatte ich nicht gesagt: Komm, nehmen wir ein Bad!? Ich war zu feig. Ich wollte – ich weiß nicht, was. Nicht spießig wirken. Ich bin nicht frei genug gewesen, um mich durch Sex befreien zu können. Ich bekam eine Gänsehaut. Ich überprüfte die Wassertemperatur, ließ etwas heißes Wasser nachrinnen. Sie ist zärtlich gewesen, zumindest demonstrativ sehnsüchtig nach Zärtlichkeit. Mmmm, hatte sie ununterbrochen gesagt, mmmm, es vibrierte nur das mmmm auf ihren Lippen, in ihrer Brust. Es klappte nichts. Ich mühte mich ab, keuchte, schnappte nach Luft, weil ich nicht atmete, ich wollte nichts riechen, ich begann, stark zu schwitzen, so solidarisch war ich. Und dann, als wir erschöpft und gescheitert nebeneinanderlagen, sagte sie: Was haben unsere Eltern mit uns gemacht? Warum sind wir so kaputt?

Seltsame Frage? Nein. Sie machte uns unschuldig – und gab Stoff für lange Gespräche.

All das, was ich als Student im Bett gelernt und diskutiert hatte, wurde allerdings sofort bedeutungslos, als ich das Studium abbrach und ins Berufsleben eintrat. Wieder hatte ich eine Ausbildung erfahren, die danach nichts zählte. Ich hatte ideologisch korrekten Beischlaf studiert, aber nun gab es weit und breit keine, die mit mir im Bett über Entfremdung diskutieren, sich von gesellschaftlichen Zwängen befreien wollte. Bei der Arbeit lernte ich nur noch Frauen kennen, die Lust wollten. Liebe. Unter dieser Voraussetzung erst recht Lust. Glück. An und für sich. Ich hatte noch nie an Sicherheit, Vorsorge, Alter und Tod gedacht. Ich lernte fünfundzwanzigjährige Sekretärinnen kennen, die es taten. Sie wollten jetzt, solange sie jung waren, solange ihr Körper etwas hergab, ihr Glück machen. Glück, das dann halten musste bis zum Tod. So geil wie die neuen Pornos und zugleich so romantisch wie die alten Groschenhefte. Sie setzten sich auf Schwänze, so wie heute Telefone auf Ladestationen sitzen.

Da war Margit, Frau Reiter. Sie wurde mir in der Kantine der Zeitung als »Die Stimme« vorgestellt. Sie arbeitete in der Abo-Abteilung. Man erzählte, dass ihre Telefonstimme so unwiderstehlich sei, dass jeder, der anrief, um das Abo zu kündigen, nach einem kurzen Gespräch mit ihr das Abo verlängerte. Im Bett sagte sie mir mit dieser Stimme nur Peinlichkeiten ins Ohr, Phrasen, von denen sie glaubte, dass sie mich ganz furchtbar erregen würden. Sie erregten mich nicht. Ich fand das lächerlich: Telefonsex mit einer Frau, mit der man wirklich im Bett lag. So hot wie eine Hotline. Wie nennt man das

Schlüpfrige, das nichts anbrennen lässt? Zote? Ich nenne es Teflon.

Oder Steffi. Frau Slama. Die Sekretärin meines Mentors Prohaska. Bei Tag ließ sie sich vom besoffenen Prohaska demütigen, schluckte jede Beleidigung, und in der Nacht – nein, wie unerträglich primitiv das war! Das kann man nicht erzählen, das kann ich nicht einmal mir selbst eingestehen, während ich im Fruchtwasser liege, in der absoluten Unschuld, ich wasche mich in Unschuld, meine Hände, sie schrumpeln im Fruchtwasser nicht, während sie so unschuldig da und da nesteln, und ich schlucke, Fruchtwasser kann man trinken, Steffi, ach Steffi! Wie gern sie geschluckt hat! Sie hat es so gelernt, so gut gelernt: zu schlucken. Ich kann tief schlucken, und ich kann hoch schlucken, hatte sie gesagt, ich schlucke die Erniedrigung, und ich schlucke den Höhepunkt, ich schlucke den Schaum der Verachtung, und ich schlucke den Saft der Liebe. Ich fahre mit den Lippen über die Glatze des Mannes, wie ein Staubsauger fahr ich und fahr ich, und schlucke und schlucke. Und sauge die Brust, die Warzen des Schweins, die Achseln saug ich, den Nabel, und schlucke und schlucke. Mein Schatz, sage grad heraus, dass du mich liebst, weil ich schlucke! Heraus! Ich schlucke!

Ich ließ heißes Wasser ein. Was da dampft, ist einfach Dampf. Keine Männerphantasie. Keine Metaphern, kein doppelter Boden. Es war so, wie es war: ganz anders, als Alice und die Bettys es mir vorher erklärt hatten. Männerphantasien? Meine Phantasie hatte damals ausgesetzt, und wer wen zum Objekt macht – ach, wozu diese Diskussion? Es gab sie nicht mehr. Objekt? Es wurde alles so subjektiv ...

Frau Nosseck. Dominika. Die Niki. Beilagenredaktion, verantwortlich für »Reisen«. Sie sprühte vor Lust. Sie sprudelte, wenn sie erzählte, und wenn sie schrieb, war ihr Stil so flüssig wie ein wilder Strom. Sie konnte eine Wüste oder einen fernen Strand beschreiben, als hätte sie für jedes einzelne Sandkorn ein eigenes Wort. Aber im Bett kannte sie nur eines, ein einziges, noch dazu dieses: »Guti«. Ununterbrochen gutigutiguti. Sie schälte mir mit den Nägeln die Haut vom Rücken, ich blutete, sie: gutigutiguti! Wieso habe ich das zugelassen? Wieso habe ich das ausgehalten? Die Zähne zusammengebissen, volle Konzentration auf die Aufrechterhaltung der Erektion, gutigutiguti. Ich wollte – was? Funktionieren. Doppelt: Ich wollte von den Frauen die Bestätigung, dass ich es gut gemacht hatte, und ich wollte von den Frauen lernen, wie ich selbst vorstoßen konnte zu diesem Gutiguti, diesem letzten Grad der Selbstvergessenheit, in der es kein Gefühl mehr gab für dies und das, für Einzelheiten wie zerkratzte Haut und Blut und Schmerz, sondern nur noch Gefühl als ausschließliches Fühlen des Fühlens von Lust, ein Zustand, den die Wortmächtigsten nur noch in einem Wort ausdrücken, einem Wort, das völlig belieb-lieb-lieb-liebig ist: brabbelnd, stöhnend, hechelnd, schrei----end. Ich war so eifersüchtig auf Niki. Auf ihre Fähigkeit, Lust zu versprühen. Das ist keine Metapher. Sie konnte wirklich und buchstäblich sprühen. Sie wedelte mit der Hand über ihrem Delta und sprühte eine Fontäne. Beim ersten Mal hatte ich entsetzt geglaubt, dass sie ins Bett urinierte. Aber es war tatsächlich versprühte Lust. Sie war stolz darauf. Hast du gesehen? Sie glühte vor Glück. Aber ich dachte nur, dass ich dann wieder die Bettwäsche wechseln musste, und ich verachtete mich dafür, dass ich in dieser Situation so kleinbürgerlich an die Bettwäsche dachte.

Ich hatte damals Franz von Niki erzählt. Stell dir vor, hatte ich gesagt, sie spritzt ab, buchstäblich, sie spritzt!

Franz: Geil!

Darauf ich: Und?

Er: Was und?

Ich: Und was noch? Was fällt dir noch dazu ein, was denkst du in so einer Situation?

Ich hatte einfach wissen wollen, ob Franz auch auf den Gedanken kommt, dass man dann die Bettwäsche wechseln muss. Aber Franz hatte nur gesagt: Denken? Weiß nicht! Geil! Ich stell mir vor, es ist einfach geil!

Und ich: Eine Fontäne! Ein richtiger Schwall. Es ist dann alles ganz nass im Bett! Begreifst du, Franz? Nass!

Ich hatte ihn angeschaut und gedacht: Es kann doch nicht sein, dass er gern in einem nassen Bett liegt. Nun wird ihm wohl klar werden, dass man dann die Bettwäsche wechseln muss, und dann wollte ich ihn fragen, ob dieser Gedanke kleinbürgerlich sei und –

Geil!, hatte Franz wiederholt. Und nach einer kurzen Pause: Bist du ganz sicher, dass sie nicht doch gepinkelt hat?

Sie hat nicht ins Bett gepinkelt, Franz. Wenn Niki

pinkeln musste, hatte sie immer »Ich muss mal für kleine Mädchen« gesagt und ist brav aufs Klo gegangen.

Ja, ja. Ich lag im Fruchtwasser, dachte zwei Jahrzehnte zurück und musste für kleine Mädchen. Ich dachte nicht daran, das Wasser zu wechseln.

61.

Ein neuer Lebensabschnitt. Ich hätte eigentlich schon damals depressiv sein müssen, allein deshalb, weil ich plötzlich Begriffe wie »neuer Lebensabschnitt« ganz normal fand. Neuer Lebensabschnitt, sagte mein Vater. Neuer Lebensabschnitt, sagte ich. Vater hatte mir den Job bei der Zeitung verschafft, und noch bevor ich die erste Zeile schreiben durfte, übernahm ich schon seine Sprache. Der Biedersinn dieser Sprache hätte mir verdächtig, ja bedrohlich erscheinen müssen. Als ich zu studieren begann, wäre es mir nie eingefallen, von einem »neuen Lebensabschnitt« zu sprechen. Rückblickend ist der Eintritt in die Universität allerdings wirklich keiner gewesen. Eher eine Verlängerung der Schulzeit. Ein Wartesaal – in dem man liest, was da an Druckwerken herumliegt. Irgendwann ist man dran.

Ich trat hinaus ins Licht. Mein neuer Lebensabschnitt fiel zusammen mit dem sonnigsten Jahresbeginn, dem strahlendsten Winter und Frühling seit Beginn der Wetteraufzeichnungen. Es war das Jahr 1980, zugleich der

Beginn eines neuen Jahrzehnts, einer neuen Epoche. Die Wände der dunklen verrauchten Hinterzimmer fielen um wie Kulissen, und was war dahinter? Menschen, die in die Sonne blinzelten. Keine geknechteten Massen mit grauen Gesichtern im Dämmerzustand der Geschichte, die sich nach dem Licht der Aufklärung verzehrten.

Ich kann mich nicht erinnern, in meiner Studentenzeit je das Wort »Sonnenschutzfaktor« gehört zu haben.

Mein Vater wollte, dass ich mit einem Anzug bei der Arbeit erscheine. Die Stelle bei der Zeitung sei schließlich kein Ferialjob für Studenten, sondern ein echter Arbeitsplatz. Vater kannte natürlich einen Prominentenschneider, der regelmäßig in seinen Kolumnen vorkam und daher in seiner Schuld stand, weshalb er mir Maßanzüge nur zum Preis des Stoffes nähen würde, was billiger käme als jeder Anzug von der Stange. Man müsse sich ja nicht unbedingt das teuerste englische Tuch aussuchen, das er selbst verwendete. Ununterbrochen warf der Schneider Stoffballen auf den Tisch, rollte ein, zwei Meter ab, übertrieben verzückt von der Qualität des Tuches. Bei Tageslicht, sagte er immer wieder, ich müsse den Stoff bei Tageslicht sehen, und er schleppte einen Ballen nach dem anderen hinaus auf die Straße, drehte und wendete genießerisch die Stoffe im Licht, hielt mir Stoffbahnen an. Ich schwitzte, wegen der Sonne, und weil ich eine Qualifikation zeigen sollte, die ich nicht hatte: Stoffe zu beurteilen. Diesen Stoff noch, sagte der Schneider, den müssen Sie noch sehen, bei Tageslicht, bei Tageslicht. Vater wurde ungeduldig. Die Stoffe wurden immer edler und teurer. Es ist für ihn, sagte Vater zur Klarstellung. Ich hatte Schweißflecken auf meinem Hemd. Der Schweiß wurde kalt, ich fror. Der wärmste und sonnigste Winter ist immer noch Winter. Der Schneider drückte mir den Stoff an, Passanten gingen vorbei, schauten, blinzelten. Mein Vater im Kamelhaarmantel. Sein kritischer Blick – galt er meinen Schweißflecken oder dem Stoff? Seine trockene Haut. Er verlor die Geduld. Griff in einen Stoff, ein günstiger Restposten, endlich der erlösende Satz: Der ist bestens!

Dann stand ich da mit gespreizten Beinen und erhobenen Händen, als wollte ich mich ergeben – ich wollte nicht, ich tat es. Der Schneider nahm Maß.

Mit Anzug und Krawatte ging ich dann jeden Morgen in die Redaktion, in der Sonne der neuen Epoche, die Menschen auf der Straße blinzelten, mir schien, als zwinkerten sie mir komplizenhaft zu, weil ich nun einer von ihnen geworden war, ein Erwachsener, in der Uniform der Berufstätigen.

Vater hatte mich in der Zeitung in der Gesellschaftsredaktion unterbringen können. Aber er hatte zugleich dafür gesorgt, dass ich ihm nicht zu nahe komme. Drei Regeln, sagte er, wolle er mir mit auf den Weg geben. Als Student sei ich gescheitert, das sei bedauerlich, allerdings auch noch keine Katastrophe. Er sei ohnehin immer der Meinung gewesen, dass das Studium verlorene Zeit sei, aus dem Fenster geworfenes Geld. Sein Geld. Er habe ja immer gesagt: auf der Universität Publizistik zu studieren, sei ungefähr so sinnvoll, wie in der Sahara einen Schikurs zu machen. Nun aber, in meinem neuen Lebensabschnitt, könne ich es mir nicht leisten, wieder zu scheitern. Denn wer im Berufsleben scheitere, lande in der Gosse. Zum Glück habe er mir Starthilfe geben, einen Job verschaffen können. Nun müsse ich mich bewähren. Also: drei Regeln. Befolge sie, oder auch nicht. Aber ich müsse wissen: ab jetzt sei ich auf mich gestellt. Wenn ich die drei Regeln befolge, werde ich meinen Weg machen.

Meinen Weg machen – mir war klar, was das hieß: Ich solle ihm nie mehr auf seinem Weg Probleme bereiten.

Also erste Regel: Tu, was man dir sagt. Ein Arbeitsverhältnis ist immer ein Abhängigkeitsverhältnis. Stell dir vor, du hängst an Fäden. Wenn du die Fäden durchtrennst, sinkst du zu Boden. Wenn du andere Vorstellungen und eigene Ideen hast, dann bringe sie so vor, dass deine Vorgesetzten glauben, es seien ihre Ideen gewesen. Dann kannst du erst recht problemlos tun, was man dir sagt. Alles klar?

Ich glaube schon.

Gut. Regel zwei: Es gibt in der Gesellschaft keine Wahrheit. In den anderen Redaktionen, in der Außenpolitik, Innenpolitik, Kultur vielleicht. Aber nicht bei uns in der Gesellschaft. Hier stimmt auf jeden Fall der Satz: Wahr ist, was in der Zeitung steht. Genauer gesagt: wer in der Zeitung steht. Die anderen berichten Fakten, wir in der Gesellschaft produzieren sie. Hast du nicht Philosophie im Nebenfach studiert?

Ja.

Wer war der Philosoph, der dauernd über die Wahrheit nachgedacht hat?

Das war jeder Philosoph.

Egal. Jedenfalls: Wahrheit ist uninteressant. Worum es geht, ist die Realität. Alles klar?

Ich glaube, ich verstehe, was du meinst.

Gut. Regel drei. Du weißt, was ein Liebesdienst ist?

Ja.

Du weißt, was ein Geschäft ist?

Ja.

Du weißt, was ein Synonym ist?

Ja.

Alles klar?

Nein.

Wenn Liebesdienst und Geschäft kein Synonym sind, dann hast du einen Konflikt. In der Gesellschaft sind Konflikte schlecht für die Liebe und schlecht für das Geschäft. Das ist die einzige unwiderlegbare Wahrheit in deinem Job.

Wir saßen in der Kantine der Redaktion, ich starrte auf das grellorange Tablett, auf dem die Kaffeetasse stand, das schaffe ich nie, dachte ich, so einverstanden zu sein mit meinem Glücken, so zu glücken durch mein Einverstandensein. Ich spürte den Blick meines Vaters, sah auf. Er trank seinen Kaffee aus, stellte die Tasse ab und sagte mit leicht angewidertem Gesicht: Es gibt schlechteren.

Eine Frau trug ein Tablett mit Kaffee vorbei, sie lächelte, grüßte, Vater grüßte fahrig zurück, beugte sich vor und sagte: Fang dir hier herinnen nichts an.

Was meinst du?

Es gibt Millionen Frauen draußen, da herinnen fang dir mit keiner was an.

Damals kannte ich diese Frau noch nicht. Zwei Tage später wurde sie mir vorgestellt. Es war Frau Nosseck.

62.

Durch meine Willfährigkeit, alles richtig zu machen, wurden auch die Sonntage zu Arbeitstagen. Weil die Frauen spazieren gehen wollten. In den Park von Schloss Schönbrunn (Margit Reiter), in den Wienerwald und dann zu einem Heurigen (Steffi Slama) oder gar rauf auf die Rax (Niki Nosseck). Auf den Kieswegen des Parks von Laxenburg mit Ruderbootfahrt im Schlossteich (wie hieß sie?).

Wie nahe beieinander das war: Trieb und Biedersinn. Wie Akku und Menü. Im Akku war genug Saft. Funktioniert der Akku, funktioniert im Menü jede Funktion. Drücken Sie auf Ja. Löschen? Sind Sie sicher? Drücken Sie auf Ja.

63.

Wochenende. Meine Frau kam und fand mich in der Badewanne. Sie stand vor mir in ihrem roten Mantel von Zara und schaute auf mich herab. Nacktes Rot.

Ich mache mir Sorgen!

Ihre roten Lippen. Wie blutig gebissen. Mir geht es gut, sagte ich.

Du kommst mir vor wie ein Suppenhuhn in der Brühe, sagte sie.

Du solltest das auch einmal probieren, sagte ich. Es ist unglaublich, aber es funktioniert. Nie im Leben ist ein Mensch glücklicher als im Fruchtwasser. Das ist wissenschaftlich erwiesen.

Du bist krank. Du brauchst einen Arzt. Du hast eine schwere Depression.

Ich kann keine Depression haben, ich bin glücklich.

Komm raus, zieh dich an, sagte sie, und dann kümmern wir uns um eine therapeutische Hilfe. Vielleicht ist es keine große Sache, und du musst nur eine Zeit lang Tabletten nehmen.

Ich will keine Tabletten nehmen. Außerdem habe ich eine Therapeutin.

Sie ist eine Scharlatanin. Und selbst wenn sie keine wäre: Sie kann dir nicht helfen, wenn du nicht zu ihr gehst.

Bitte lass mich.

Sie öffnete den Abfluss und ging aus dem Badezimmer. Es war, als würde sich das Wasser rot färben. Als wäre etwas gerissen oder geplatzt. Ich saß in der Wanne und sah zu, wie das Wasser abrann. Mir wurde kalt. Ich stieg heraus, zog den Bademantel an und ging in die Küche. Da saß sie und weinte.

Ich fragte mich, ob das ein Scheidungsgrund sei.

Ich erwartete, dass sie nun sagen würde: Lass uns reden. Ich bereitete mich darauf vor, Nein zu sagen. Ich hatte Angst, dass ein Wort das andere geben würde, bis schließlich das Wort Trennung fiele. Sie sagte nichts. Ich wartete, sie sagte kein Wort.

Ich rufe Hannah an, sagte ich, ich mache einen Termin aus. Gleich am Montag rufe ich an.

Mach, was du willst, sagte sie und stand auf.

Sie fuhr zurück nach Wien.

Ich ließ Wasser ein.

64.

Damals, als ich bei der Zeitung zu arbeiten begann, waren alle Journalisten high. Man müsste endlich eine Geschichte der Printmedien schreiben, die die Sprache und überhaupt die Entwicklung der Zeitungen in jener Zeit auch auf diesen Sachverhalt zurückführt. Schon mein erster Eindruck beim Betreten der Redaktion war: Hier riecht es intensiv nach Klebstoff. Es gab noch keine Computer. Die Texte wurden mit Schreibmaschinen in Formulare mit genauem Anschlagraster getippt, ausgeschnitten, und, wie auch die Fotos, ins Layout geklebt. Auf allen Schreibtischen lag Klebstoff herum, Sticks, Tuben oder, bei den Älteren wie Prohaska, kleine Fläschchen der Firma »Kola«, in die man einen kleinen Pinsel tauchen musste. Der Klebstoff an den Pinselchen, Schwämmchen, aus den offenen Tuben und Sticks verdampfte in den warmen Räumen und wurde mit jedem Atemzug inhaliert. Wer hier arbeitete, befand sich sehr bald in einem Zustand leichter

Erregung, die sich nach wenigen Stunden zu Gereiztheit, bei manchen schließlich zu lethargischen Traumzuständen oder gar zur Bewusstseinstrübung steigerte. Die oberen Atemwege waren chronisch gereizt. Keiner dachte sich etwas dabei: Schuld an der Erregung schien der Stress zu sein, an der wachsenden Gereiztheit der nahende Redaktionsschluss, an den schlussendlichen Delirien der Alkohol, am Kratzen in Hals und Nase das exzessive Rauchen. Verdacht schöpfte ich das erste Mal, als ich in der Wohnung von Niki Nosseck eine Tube Klebstoff auf einem Tischchen liegen sah. Warum sie das da liegen habe? Warum ich da herumschnüffle, fragte sie. Sie fotografiere gerne, dann klebe sie die Fotos in Alben.

Einmal gab mir Prohaska den Auftrag, mich umzuhören und in Erfahrung zu bringen, ob Peter Alexander ein Toupet verwende. Warum, fragte ich, wen interessiert das und wen geht das etwas an? Wir sind Schnüffler, sagte er. Da war das Wort wieder. Sprache ist eine Verräterin.

Aufträge. Es geschah selten, dass mir einer sagte, was ich tun sollte. Der am häufigsten ausgesprochene Auftrag war, das Zimmer zu verlassen und nicht zu stören. Das hatten wir allerdings auch auf der Uni gelernt, im Seminar bei Poppe. Prohaska schickte mich um Wurstsemmeln. Sein Magen war vom Alkohol schon so angegriffen, dass er sie nicht essen konnte. Angewidert hielt er mir die angebissenen Semmeln hin: Vielleicht wollen Sie das essen?

Was sollte ich tun? Die Sterne meinten es gut mit mir. Madame Piroska kreuzte meinen Weg. Eines Tages drückte mir Prohaska hochgradig gereizt ein Blatt in die

Hand, sagte: Übersetze das ins Deutsche. Und das machst du jetzt jeden Tag.

Es war die Horoskop-Spalte. Das Horoskop gehörte zur Gesellschaft. Geschrieben wurde es unter dem Künstlernamen Madame Piroska von Frau Tóth, einer Ungarin, die 1956 nach dem Aufstand nach Österreich geflüchtet war. Sie ist damals dreißig gewesen, bereits zu alt, wie sie sagte, um noch perfekt Deutsch zu lernen. Als ich sie kennenlernte, hatte sie etwa das Alter meines Vaters, also das Alter, das ich heute habe. Ich empfand sie als eine sehr alte, schrullige Frau. Wie jung sie war, verstehe ich also erst heute. Sie war verwandt mit Mate Fenyvesi, dem Osteuropa-Experten der Zeitung, ebenfalls ein Sechsundfünfziger-Flüchtling, der rasch eine Karriere als publizistischer kalter Krieger gemacht hatte, und ihr die Stelle als Astrologin bei der Zeitung verschaffen konnte. Nepotismus war damals so selbstverständlich wie der Kalte Krieg, aber die warmherzige, naive Piroska verstand unter Kaltem Krieg höchstens den allfälligen Konflikt kalter Sterne und Planeten, Mars in Opposition zur Venus. Sie verstand mich.

Ihre Texte mussten immer redigiert werden. Das wurde meine erste regelmäßige Aufgabe. Wenn sie schrieb »In Liebe Gluck«, musste ich ausbessern: »Glück in der Liebe.« Es war einfach. Nach einiger Zeit wurde ich kesser und schrieb »Die große Liebe ist nahe«. Bei »Glück in der Liebe«, dachte ich, denkt jeder Leser doch nur an Sex, aber bei »großer Liebe« vielleicht wirklich an Liebe. Und wenn diese nahe sei, dann würden diejenigen, die an das

Horoskop glauben, vielleicht eine andere, eine größere Erwartung und stärkere Nervosität an diesem Tag verspüren.

Madame Piroska hatte kein eigenes Zimmer, sie residierte an einem kleinen Tisch im fensterlosen Korridor hinter der Tür mit der Aufschrift »Fluchtweg«, der zu den Stiegen führte. Fluchtweg fand ich ein gutes Synonym für Horoskop. Der Korridor wurde allgemein »die Milchstraße« genannt, auch und nicht zuletzt wegen des enormen Busens von Madame Piroska. Verschwinde in die Milchstraße, sagte Prohaska zu mir, wenn er genervt war und meine geduldig devote Anwesenheit nicht mehr ertrug.

Die Milchstraße war der einzige Raum, in dem kein Kleber verdampfte. Madame Piroska klebte nicht. Sie tippte ihr schrulliges Deutsch, gab ihren Bogen ab und überließ das Kleben dem Redakteur, der sie »übersetzte«. Sie rauchte wie ein Schlot. Damals wurde auch ich zum Kettenraucher, ich fand die Schwaden der Milchstraße wesentlich gesünder als die Kleberatmosphäre vor der Fluchttür.

Ich mochte Piroska. Sie war die erste mollige Frau, bei der ich mir zumindest theoretisch vorstellen konnte, dass ein Mann begehrlich wurde. Ich traute ihr zu, einen Mann wegzuschnupfen wie Schnupftabak. Sie mochte mich auch. Sie bot mir an, mein persönliches Horoskop zu erstellen. Dazu musste sie nicht nur meinen Geburtstag und -ort wissen, sondern auch meine genaue Geburtsstunde.

Ich rief meine Mutter an.

222

Weißt du, wann ich zur Welt kam?

Geht's dir gut, Nathan?

Ja, mir geht es gut. Sag, weißt du noch, wann ich da war?

Nathan, hast du getrunken? Ich habe befürchtet, dass es nicht gutgeht, wenn dein Vater dich in die Redaktion nimmt. Er trinkt ja schon zu Mittag Champagner. Du darfst dir ihn nicht zum Vorbild nehmen.

Mutter!

Ich mache in der Nacht kein Auge zu. Ich schaukle und schaukle. Ich habe alles gemacht, damit aus dir was wird. Warum studierst du nicht fertig? Du bist so talentiert. Du hattest einen so guten Kopf und –

Mutter!

Und jetzt sitzt du da bei deinem Vater und saufst dir das Hirn weg und weißt nicht einmal mehr dein Geburtsdatum.

Mutter! Ich weiß mein Geburtsdatum! Was ich wissen will, ist die Geburtsstunde!

Die Stunde?

Ja, ganz nüchtern: die Stunde! Weißt du noch die Stunde?

Natürlich weiß ich die Stunde. Die Wehen hatten in der Nacht eingesetzt, und dein Vater ist völlig kopflos aus dem Haus gelaufen, um ein Taxi auf der Straße zu finden. Mitten in der Nacht. So ein Idiot, wir hatten doch ein Telefon. Also habe ich telefonisch ein Taxi gerufen und bin in die Klinik gefahren. Er ist dann eine Dreiviertelstunde später nachgekommen, wurde aber nach Hause geschickt.

Das war ja damals nicht so wie heute, dass Väter bei der Geburt dabei sind. Er hat gesagt, dass er zu seinen Eltern fahre, man solle ihn dort anrufen, wenn das Kind da ist. Natürlich ist er nicht gleich zu seinen Eltern, nach Mitternacht, nein, er hat noch schnell ein Flittchen getroffen und ist mit ihr in ein Hotel, das Schwein, in der Nacht deiner Geburt!

Um wie viel Uhr in der Nacht bin ich gekommen?

In der Nacht? Du bist nicht in der Nacht gekommen. Ich rede von den Wehen. Dein Vater ist also erst in der Früh zu den Eltern, er kam gerade zurecht zum Frühstück. Und als du da warst, habe ich eine Schwester gebeten, ihn anzurufen, und habe ihr die Nummer seiner Eltern gegeben. Sie ruft also an, aber weil es das Telefon der Eltern war, hebt natürlich dein Großvater ab. Die Schwester sagt: Sie haben einen Sohn! Und dein Großvater sagt mit Blick auf deinen Vater, ungeduldig, weil er beim Essen gestört worden ist: Ich weiß! Er ist hier! Dein Vater hat natürlich verstanden, was der Anruf bedeutet, und da ist ihm, das hat er gern erzählt, das Ei runtergefallen.

Das Ei runtergefallen?

Das Frühstücksei. Der Löffel. Also, das ist doch klar: Die Großeltern haben jeden Tag um punkt sieben gefrühstückt. Wenn dein Vater gerade das Ei gelöffelt hat, muss es fünf nach sieben gewesen sein. Du bist um sechs Uhr dreißig geboren.

Willst du Liebäh?, sagte Madame Piroska, junge Mähnschen wollän immer wissen Liebäh. Wenn ählter, wollän sie wissen Bähruf und Ährfolg, und dann die Alten wollän nur wissen Gähsundheit. Ich währd dir also machen Liebäh, sagte sie, und begann in einem dicken Buch zu blättern, Dreiecke und Kreise und Symbole auf ein Blatt zu zeichnen.

Ich holte eine Wurstsemmel für Prohaska, streunte durch die Redaktion, ließ mich da und dort fortschicken, war so selbstvergessen, dass ich die angebissene Wurstsemmel aufaß, die Prohaska mir gereizt und angewidert zuschob, ging zurück zu Piroska.

Bist du sichähr mit Stundäh von Gähburt?, fragte Piroska, als ich zurück in die Milchstraße kam. Sie saß kopfschüttelnd über der Zeichnung, die sie angefertigt hatte, sagte: Is Gähmähtzl. Is gar nix mit Radix!

Ich fragte sie, was sie meinte. Ihr Busen wogte.

Bist du Grähnzfall. Nicht da nicht dort. Wänn ich anschauäh deine Sonnäh, ist nicht mähr Zwilling, ist noch nicht Kräbs. Ist deine Mond nicht mähr Wassährmann, noch nicht Fisch. Zeichnäh ich Liniäh hier auf Radix, dann nächste Liniäh ist sählbä Liniäh, ist alles Grähnzä, ist alles eins. Ist wie Blaubährä, die rot ist, wenn sie is grün. Ist deine Gähburt nicht mähglich. Fünf Minutähn frühär, is ein Mänsch. Fünf Minuten spähtär, is andärär Mensch. Aber so is alläs nur so und is zugleich nicht so. Ist Gefiehlä da, ist Filähn dort. Ist fest wie Zuckärwürfäl, ist flüssig wie Zuckärwassär. Ist in einä Haus, ist in andärä Haus. Is wie Flichtling, die aufwacht zu Haus. Is wie Haushärr, die aufwacht nicht zu Haus. Vähnus im Löwähn, könnt mich intärresierän, ist aber Grähnzä, ist Steinbock-Mars.

Habe ich richtig verstanden, fragte ich, ich bin also ein Grenzfall.

Nix Fall. Is nix was is der Fall. Is so und so. Is Grähnzä heißt: nix da nix dort. Is Gähmätzl. Mit Mars hintärrücks.

Wie bitte?

Hast du Mars, der kämpft hintärrücks. Will erobärn, will kämpfän. Ist abär deinär hintärrücks.

Hinterrücks? Ich verstehe nicht. Ich verstehe rein grammatikalisch nicht.

Brauchst du Hórroskop odär brauchst du Grámmatik?

65.

Ich entschied mich für eine Crystal-Plus-Wanne. Sie war, dem Prospekt zufolge, wie geschaffen für meine Bedürfnisse. *Die Wanne ist ergonometrisch geformt, so perfekt, dass die Badenden den Eindruck einer elastischen Anpassung an ihre Lage haben. Die Badenden werden mit Schalltherapie verwöhnt: Die Badewanne hat allerdings keine Lautsprecher, die Wanne selbst ist der Lautsprecher! Beim Baden überträgt das Wasser die Schwingungen, und der Badende spürt die Musik in ungeahnter Intensität in jeder Faser seines Körpers. Dazu kommt die harmonisierende Energie des eingebauten Magnetfelds.*

Das Einzige, was ich nicht verstand, war, warum die Wanne *Crystal-Plus* hieß, und nicht *Uterus-Forte*.

66.

Ich ließ heißes Wasser nachrinnen. Wie hatte ich das vergessen können? Dass ich die Grenze nicht suchen musste. Ich war die Grenze. Der Grenzfall. Ich werde, so Piroska, was immer ich mache, zugleich der andere sein. Der mit dem »Du«-Häferl sozusagen, der, während er Ich sagt, auf einen anderen blickt, der das »Ich«-Häferl hat. Piroska hatte mich eines Tages gefragt, ob ich schon einmal zu einer Freundin Mausi oder Mäuschen gesagt habe. Ich musste gestehen, ja. Warum? Piroska grinste. Ich erinnere sie an ihre Mutter. Diese hätte immer große Angst davor gehabt, dass Mäuse ins Haus kommen, damals noch in Ungarn. Zur Sicherheit habe sie immer eine Mausefalle in der Küche aufgestellt. Es sei aber nie eine Maus in der Falle gewesen. Also habe es keine Maus in der Küche gegeben, es sei auch nie eine gesehen oder auch nur gerochen worden. Gut? Nein. Die Mutter, so Piroskas Eindruck als Kind, sei enttäuscht gewesen. Da habe sie eine Falle gehabt, aber nichts damit gefangen. Sie habe Mäuse gehasst, aber ebenso, keine Maus zu haben, wenn sie schon eine Falle aufstellte. Verstehst du?

Ja.

Was machte Piroska heute? Lebte sie noch? Das war eine Aufgabe, wie sie mir Prohaska damals manchmal gestellt hatte: eine Telefonnummer herauszufinden. Und wenn sie nicht im Telefonbuch stand, jemanden zu finden, der die Person kannte und mit ihr in Kontakt war. Hannah. Jetzt erst fiel mir die Ähnlichkeit zwischen den beiden Frauen auf. Mamme. Ich habe damals Piroska von Niki Nosseck erzählt, und von Steffi Slama. So wie ich Hannah wohl von ihnen erzählen werde. Plötzlich ging mir das Wasser auf die Nerven. Es war wie ein nasses Bett. Ich stieg aus der Wanne. Ich hatte Hunger. Ich fand ein Huhn im Kühlschrank, Wurzelgemüse, Kräuter, Käse und Schinken. Mein Lieblingsbier. Auf dem Tisch lag frisches Brot. Meine Frau hatte für das Wochenende eingekauft und alles dagelassen. Ich beschloss, eine Hühnersuppe zu kochen. Ich füllte einen Topf mit Wasser, gab das Huhn und eine Zwiebel dazu, schnitt die Wurzeln, aß einen Teil davon roh, trank ein Bier, aß zwei Käsebrote, während die Suppe kochte. Ich trank noch ein Bier, während ich in der Küche saß, auf den Topf starrte und von Zeit zu Zeit kostete. Als die Suppe fertig war, hatte ich keinen Hunger mehr. Sie widerte mich an. Ich warf das Huhn in den Mülleimer und schüttete die Brühe ins Klo.

Ich setzte mich in den Schaukelstuhl. Ich wußte nicht, was ich tun sollte, um so müde zu werden, dass ich schlafen konnte. Ich trank noch ein Bier. Mir fielen Wörter ein, über die ich minutenlang nachdachte, zum Beispiel: INNENEINRICHTUNG. Einfach nur einzelne Wörter ohne Sinn und ohne Zusammenhang. Die immer rätselhafter wurden, je länger ich sie schwimmen ließ in meinem Kopf: INNEN…EIN…RICHTUNG…

67

Wer begehrt, kann nie befriedigt werden. Hatte Piroska
gesagt. Oder hat das Hannah gesagt? Die Befriedigung
wäre der Tod der Begierde. Nichts und niemand will sterben. Auch die Begierde nicht. Sie wehrt sich. Was sich im
Bett abspielt, ist der Todeskampf der Begierde, ihr Aufbäu-
men, die Euphorie, dann aber nicht ihr Ende, sondern der
Sieg der psychischen Intensivmedizin. Sie hat die Gefahr
besiegt: die Befriedigung liegt gemetzelt darnieder. Was
wir für Befriedigung halten, ist nur körperliche Erschöp-
fung.

War ich tot? Ich hatte keine Lust mehr. Ich versuchte,
mich mit Pornos zu behelfen. Exkurs über Sex im Film.
»Alle Lust will Ewigkeit«, das war der Titel einer Porno-
DVD, die ich in einem Laden namens »Sex-Tempel« gekauft hatte. (Wieso käme niemand auf die Idee, ein solches Etablissement »Sex-Kirche«, gar »Sex-Kathedrale«
oder »Sex-Moschee« zu nennen? Neben dem Tempel
befand sich ein Plakatständer, der eine Veranstaltung des
»Gedenkzentrums Knochenfabrik« ankündigte. »KANN
MAN DEN HOLOCAUST UNTERRICHTEN? Podiums-
diskussion anlässlich des 60. Jahrestags der Befreiung von
Auschwitz. Teilnehmer: Mag. Siegfried Maierhofer, Päda-
goge; Prof. Dr. Markus Weber, Historiker; Aharon Schnit-
zer, Rabbiner; Dr. Klaus Schreiner, Landesschulinspektor;
Susanne Lemberg, Überlebende.« Die einzige Frau auf
dem Podium war »Überlebende«. In der Liste der Namen

und Berufsbezeichnungen war die Berufsbezeichnung »Überlebende« so grotesk, so obszön, dass mir dies die Schwellenangst vor dem Tempel nahm.)

Ich kaufte also den deutschen Porno »Alle Lust will Ewigkeit« und einen amerikanischen mit dem Titel »Service Animals«. Die Titel schienen auf kulturelle Unterschiede zu verweisen: Definiert sich eine Gesellschaft über ihre Dichter oder über ihre Dienstleistungen? Beide Definitionen sind Dienstleistungen.

Nach schneller und kurzer Erregung langweilten mich diese Filme unendlich. Warum? Weil Langeweile die einzige Form der Ewigkeit ist, die wir Sterbliche erleben können? Ich wollte die DVD schon stoppen, als ich plötzlich eine Entdeckung machte, die mich zu faszinieren begann. Die Langeweile rührte nicht daher, dass jeder Geschlechtsakt im Grunde monoton war und daher mit der Zeit langweilig werden musste. Nein, die Schauspieler waren unfähig, über das rein Technische hinaus, Lust darzustellen. Das fand ich bemerkenswert, letztlich verblüffend: Diese Schauspieler waren Profis, darauf spezialisiert, nichts anderes vorzuführen als das, was angeblich alle Menschen auf diesem Planeten bei jeder sich bietenden Gelegenheit tun. Mit aller Wahrscheinlichkeit auch sie selbst, wenn keine Kamera dabei ist. Aber kein Taxifahrer würde in einem Film einen Taxifahrer so unglaubwürdig spielen, wie diese vögelnden Männer und Frauen vögelnde Männer und Frauen darstellten. Ich kann verstehen, wenn ein gesunder junger Schauspieler, der regelmäßig joggen geht, nicht imstande ist, den King Lear zu spielen. Aber wie ist es zu erklären, wenn dieser Schauspieler auch nicht fähig ist, glaubwürdig einen Jogger darzustellen? Scheitert er am Unterschied zwischen Joggen und Joggen-Darstellen? Nun sind nicht alle Jogger Schauspieler. Aber manche Schauspieler sind Jogger. Profi-Schauspieler, die auch leidenschaftliche Jogger sind, dürften also kein Problem damit haben, einen Jogger darzustellen. Schauspielen und Realität haben immer eine große Schnittmenge: Ein alter Mann zum Beispiel *ist* ein alter Mann ebenso, wie er einen alten Mann *darstellt*. Das ist die Gemeinsamkeit zwischen dem King Lear auf der Bühne und meinem Großvater beim Mittagessen. Oder zwischen *dem* Minetti und Herrn Minetti. Der eine verbürgt die Glaubwürdigkeit und Authentizität des anderen. Wenn allerdings ein Schauspieler einen alten Mann nicht glaubwürdig darstellen kann, dann heißt das, dass er nicht die geringste Ahnung davon hat, wie es ist, alt zu sein – entweder weil er selbst nicht alt ist, oder weil er, alt werdend, nie wirklich alt wurde. Deshalb begannen mich die Pornofilme so sehr zu faszinieren: Erwachsene Menschen, die doch wissen mussten, was Lust ist, und die unabhängig von einer Kamera entsprechende Erfahrungen haben mussten, zugleich Profi-Schauspieler in just diesem Fach, schafften es nicht, Lust glaubwürdig darzustellen. Warum also? Weil sie selbst nicht wussten, was Lust ist? Weil sie nicht wussten, wie Lust sich zeigt und ausdrückt? Weil sie sozusagen Gelähmte waren, die Jogger darstellen sollten, Pubertierende, die einen Alten zu geben versuchten? Es ist schon klar, dass es nicht lustvoll *ist*, vor Kamera und Scheinwerfern zu vögeln, es geht nur darum, ob man den *Anschein* erwecken kann. Dieses outrierte Augenrollen! Dieses lächerliche mit der Zunge über die Oberlippe Streichen! Ein Schauspieler muss sich doch fragen: Wie ist es, wenn ich es nicht spiele. Und das ist dann das Material, mit dem er spielt.

Ich wurde heiter. Ich sah zu, dachte: Diese Menschen haben Sex, als hätten sie noch nie zuvor Sex gehabt. Und ausgerechnet beim ersten Mal ist eine Kamera dabei. Vielleicht aber zeigten diese Filme nur, dass niemand wusste, was Lust ist und wie sie sich ausdrückt.

Man sah nicht, wie man es macht, man sah das Gemachte, nicht wie die Lust spielt, sondern nur das Gespielte.

Bert Brecht musste die Idee des epischen Theaters im Bett gehabt haben.

Niemand weiß, was Lust ist? Christa! Ich musste zurück in die Stadt!

68.

Die »Knochenfabrik« befand sich am Rand der Gemeinde Groß-Schweinskreutz, in der ich mein Wochenendhaus hatte. Mir ist erzählt worden (ich weiß nicht, ob es stimmt, habe es nie überprüft), dass diese Fabrik Ende 1944 gebaut worden ist, um die Knochen der getöteten und nicht verbrannten Juden, Zwangsarbeiter, Widerstandskämpfer zu verarbeiten. Zu Dünger, zu Tierfutter oder zu Suppenwürfeln oder zu anderem, ich weiß es nicht, da wurden verschiedene Geschichten erzählt. Aber es kam das Chaos, schließlich das Kriegsende, bevor diese Fabrik ihren Betrieb aufnehmen konnte, weshalb sie nach 1945 von ihrer Fertigstellung an nichts anderes tat, als zu verrotten. Sie wurde jahrzehntelang nicht abgerissen, zum Verschwinden gebracht, sie war da, neu, unbenützt, schließlich alt, eine Ruine, die im Volksmund »Knochenfabrik« genannt wurde. Ästhetisch ein beunruhigendes Mittelding aus Industriearchitektur der Gründerzeit, Speer-Pathos und schottischem Spukschloss. In den neunziger Jahren, als ich das Haus hier kaufte, wurde auf dem Gelände der »Knochenfabrik« eine Disco-Halle hingestellt. Ich ging an einem Freitagabend hin. Damals hatte ich noch den Anspruch, die Umgebung meiner Lebensorte zu erforschen. Ich fühlte mich nicht nur nicht zu alt, ich fühlte mich noch nicht alt. Es war langweilig. Im Grunde ewiges Voom Voom. Ich ging an die frische Luft. Ich sah, wie immer wieder Pärchen aus der Disco rauskamen und zur »Knochenfabrik« schlenderten, durch das verrottete Tor hineinschlüpften. Ich wurde neugierig, ging auch zur Fabrik, hinein, sah, wie die Pärchen da schmusten und sich mit rührend bemühter Forschheit an die Wäsche gingen. Akkord-Petting in der Fabrikhalle.

Ich war allein, ich war nicht siebzehn, ich fiel unangenehm auf.

Wer ist der Opa da?

Was will er? Hau ab, Opa!

Ich war eifersüchtig auf ihre Unschuld. Keine Frau hatte mich je so eifersüchtig gemacht.

Als die »Knochenfabrik« vor zwei Jahren abgerissen werden sollte, gab es Protestaktionen der lokalen Sektion der Sozialistischen Jugend. Es wurden Unterschriften gesammelt. Ich unterschrieb. Ein kleines, separat stehendes Bürogebäude der Fabriksanlage wurde daraufhin halb zum »Jugendzentrum«, halb zum »Gedenkzentrum Knochenfabrik« adaptiert. Dort, wo die Fabrik gewesen war, wurde ein Shopping-Center errichtet: das »Erlebnis-Shopping«.

In diesem Shopping-Center kaufte ich mir nun einen neuen Anzug. Der, mit dem ich hierhergefahren war, war zerknittert, als hätte ich darin geschlafen. Vielleicht habe ich darin geschlafen. Außerdem war er so fleckig, dass er wohl kaum von einer Putzerei gerettet werden konnte. So wollte ich nicht nach Wien zurückfahren. Danach kaufte ich eine neue Uhr. Ich weiß nicht warum. Ich wollte einfach noch etwas kaufen.

69.

Der Entschluss, nach Wien zurückzufahren (und wohl auch das Shopping), hatten mich so erschöpft, dass ich noch Tage brauchte, um ihn auszuführen. Ich badete nicht mehr. Ich saß in der Küche und rauchte. Immer wieder versuchte ich zu lesen. Als wäre Lektüre ein Fenster zur Außenwelt. Ist sie ja. Weltliteratur. Ich war ungeduldig beim Lesen. Martin Walser, Der Augenblick der Liebe. John Updike, Landleben. Philip Roth, Jedermann. Wieso lag in diesem Haus so viel Altmännerliteratur herum? Mußte ich irgendwann gekauft haben. Was sagt das aus? Dann hatte ich diese Bücher doch nicht lesen wollen. Was sagt das aus? Jetzt las ich sie und empfand dabei diese Art Ungeduld, die man hat, wenn man mit jemand redet und weiß, dass er lügt. Um sein Lügen zu verstecken, erzählt er immer mehr Details, die die Glaubwürdigkeit verbürgen sollen. Sie konnten wunderbar schreiben, beschreiben, erzählen. Wenn aber eine Romanfigur sich verliebte, wurde die Sprache zur Massenware und nur die Lüge stand nackt da. »Es treiben«, »es jemandem besorgen«, »stoßen« – dieses Vokabular beschreibt nicht, wie wir Lust ausleben, sondern wiederholt bloß die sprachlichen Signale, die sie in uns wecken soll. Seltsam, dass sich so große Autoren bei der Beschreibung einer Landschaft an den schönsten Beispielen der Literaturgeschichte orientieren, bei der Beschreibung von Sex aber an billigen Ilustrierten. Das Furchtbarste war, dass ich den Autoren glaubte, dass sie die amourösen Abenteuer, die sie erzählen, wirklich selbst so erlebt haben. Deshalb wissen sie nicht einmal, wie sehr sie lügen. Dann las ich einen amerikanischen Krimi, »Aufschneider« von Susanna Moore. Auf der Rückseite des Taschenbuchs klebte noch das Etikett einer Bahnhofsbuchhandlung. Plötzlich der Satz: »Eines der Dinge, die mich am Sex interessieren, ist die Tatsache, dass er ein Komplott improvisierter Mythen darstellt.« Ein solcher Satz in einem Krimi! Ich weiß nicht, ob ich ihn verstanden habe, aber plötzlich bedauerte ich Philip Roth, dass er zu solchen Sätzen nicht mehr, und Walser, dass er zu solchen Sätzen nie imstande war.

Aber Roth ist doch ein großer Realist: Ich las bei ihm den Satz »Da läutete das Telefon« – und es läutete das Telefon.

Es war Martha, die Frau meines Vaters. Ob ich heute Abend bei ihr vorbeikommen könnte. Sie sei gerade dabei, den Nachlass meines Vaters – sie zögerte kurz und sagte: zu verwalten. Es stellte sich heraus, dass sie unter »verwalten« entsorgen verstand. Sie wolle nichts wegwerfen, ohne mich gefragt zu haben, ob es mir vielleicht wichtig wäre. Sie meine nicht seine Anzüge und Hemden, die mir vermutlich nicht passen würden. Diese möchte sie der Flüchtlingshilfe spenden, und sie nehme an, dass ich einverstanden sei. Aber da gäbe es zwei Kartons mit Drucksachen, die sie zum Altpapier geben würde, aber nun sei es ihr doch lieber, wenn ich einen Blick darauf werfen könnte. Vielleicht habe der Inhalt der Schachteln einen Wert für mich, oder aber für einen Sammler, und man könne ihn verkaufen. Sie aber kenne sich diesbezüglich nicht aus.

Ich sagte, dass ich in Schweinskreutz sei, aber ohnehin vorgehabt hätte, an diesem Tag nach Wien zurückzufahren. Ich versprach, um achtzehn Uhr bei ihr zu sein.

Ich rief Christa an. Morgen Mittag? Ausgemacht. Ich rief Hannah an. Die einzige kurzfristige Möglichkeit, sagte sie, sei am nächsten Tag zu Mittag, in ihrer Mittagspause. Abgemacht. Ich rief wieder Christa an. Ob sie auch am Nachmittag könne. Nur um fünf, sagte sie, nur eine

Stunde. In der Nähe der Uni. Café Landtmann? Abgemacht. Ich rief meine Frau an. Sie sei auf dem Flughafen. Sie müsse nach Madrid.

Das hast du mir gar nicht gesagt.

Du hast mir nicht die Chance gegeben, dir irgendetwas zu sagen.

Wann kommst du zurück?

Morgen Mittag. Hol mich ab, und wir gehen essen.

Zu Mittag bin ich bei Hannah. Gehen wir abendessen?

Am Abend habe ich einen Termin. Kannst du am Nachmittag?

Da habe ich einen Termin.

Okay. Ich muss jetzt Schluss machen. Ich muss zum Gate.

Flieg vorsichtig!

Ich nahm eine Dusche. Wie unbequem es war, sich in einer Wanne zu duschen. Ich hatte nicht einmal einen Duschvorhang. Ich spritzte das ganze Badezimmer nass. Auch das Handtuch, das neben der Wanne hing. In einer Duschkabine wird man vom Wasserdampf umhüllt, beim Duschen in einer Badewanne friert man. Dann das Raussteigen. So kompliziert. Fast wäre ich ausgerutscht. Das nasse Handtuch. Ich holte ein frisches aus dem Wäscheschrank im Schlafzimmer. Jetzt war auch noch im halben Haus der Fußboden nass. Ich hasste Badewannen.

Es läutete nicht. Draußen standen jetzt nicht die verschwitzten Männer, trugen nicht die neue Badewanne herein. Das hätte jetzt nur zu gut gepasst. Das hätte noch gefehlt. Ich trocknete mich ab und rief bei der Firma an, um die Crystal-Plus-Wanne abzubestellen. Es bleibe, sagte ich, bei der ursprünglichen Bestellung einer Duschkabine. Ob ich ganz sicher sei? Natürlich, ich schrie, natürlich sei ich sicher. Dann zog ich den neuen Anzug an und fuhr nach Wien.

Martha war schön. Exkurs: Ich hatte mich bei der Lektüre von Philip Roths »Jedermann« darüber geärgert, dass er über eine Frau schrieb: »Sie sah aus wie Eleonor Roosevelt.« Punkt. Hier zeigt sich der Imperialismus noch im kleinsten Detail. Ein nordamerikanischer Schriftsteller kann sich die Beschreibung einer Frau sparen, wenn sie aussieht wie Eleonor Roosevelt. Jeder hat zu wissen, wie die Gattin eines Expräsidenten der USA aussah. Das Furchtbare ist ja, dass man es tatsächlich weiß, zumindest eine ungefähre Vorstellung davon hat. Aber schon Südamerikaner können das nicht. »Sie sah aus wie Darcy Lima Sarmanho, die Frau von Getulio Vargas.« Erst recht ließe keiner den Satz eines österreichischen Autors durchgehen: »Sie sah aus wie Herma Kirchschläger.« Punkt.

Martha sah aus wie Maresa Hörbiger. Sie war fünfundzwanzig Jahre jünger als mein Vater, nur fünf Jahre älter als ich. Wir saßen auf dem Ehebett. Hier hatte sie die zwei Kartons hingestellt, die sie mir zeigen wollte, graue Archiv-Schachteln von BENE. Martha trug eine schwarze Bluse, um den Hals die Perlenkette von Oma. Ein schwarzer Rock, schwarze Strümpfe. Sie hatte schlanke, sehnige Beine, diese Beine waren einst ihre Karrierehoffnung gewesen. Sie hat es damals bis ins Finale der Miss-Austria-

Wahl geschafft. Dann aber nur in die Ehe mit meinem Vater. Sie saß im Schneidersitz auf dem Bett. Der Rock war hinaufgerutscht. Ich sah, dass sie keine Strumpfhose anhatte, sondern Strümpfe. Ja, sagte ich. Schau dir das an, sagte sie. Ja.

In der einen Schachtel befanden sich Ausschnitte und Belege der Artikel meines Vaters aus den Anfangszeiten seiner Arbeit bei der Zeitung. Fein säuberlich ausgeschnitten und in Klarsichtfolien gesteckt. Obenauf einige Zeitungsseiten, mit Artikeln von Vater, aber nicht mehr ausgeschnitten und in Klarsichtfolie geschoben. Er hatte die Geduld verloren. Und schließlich aufgehört, sich selbst zu dokumentieren.

Willst du das aufheben?, fragte Martha.

Nein, sagte ich, das ist alles ohnehin im Archiv der Zeitung.

In der anderen Schachtel befanden sich Zeitschriften aus den dreißiger Jahren, fast vollständig die Jahrgänge 1934 und 1935 des »Wiener Magazin«. Das musste er als Kind gelesen und angeschaut haben (wie alt ist er damals gewesen? Acht und neun), oder seine Eltern, meine Großeltern, und er hatte sie gesammelt und aufgehoben. Warum? So wie andere ihre Kinderbücher aufheben? Hatte mein Vater Kinder- und Jugendbücher gehabt? So wie ich Karl May und Erich Kästner hatte, Karl Bruckner und Werner Bergengruen? Bergengruens »Zwieselchen« ist in den dreißiger Jahren geschrieben worden, aber als vorbildliches Jugendbuch noch in den sechziger Jahren in jedem Kinderzimmer gelegen, in meiner Volksschulzeit.

Ich wusste es nicht. Vater hatte nie darüber gesprochen. Er hatte geschrieben, aber was hatte er gelesen? Warum hatte er das »Wiener Magazin« aufgehoben? Sentimentalität? Weil ihn das geprägt hatte? Die Pin-ups, die Aktfotos – Titelseiten vom »Studio Manasse«, Manasse war der erste Aktfotograf von Wien, so berüchtigt wie Bettauer. Aber es gab auch Literatur im »Wiener Magazin«, Erzählungen von Egon Erwin Kisch, Mathilde Osso (? Neben ihrem Namen stand: »Trägerin des Balzac-Preises«), Gedichte von Theodor Kramer und Albert Paris Gütersloh. Witze. Aphorismen, Artikel über Schauspielerinnen. Im Grunde war das »Wiener Magazin« ein Vorläufer von »Playboy«. Ich blätterte in den Zeitschriften, im Augenwinkel die Beine von Martha, die schwarzen Streifen, wo ihre Strümpfe endeten. »Inge Hartl, ein neuentdeckter Filmstar. Photo Manasse.« Ich stellte mir vor, wie glücklich Inge Hartl gewesen war, als dieses Heft erschien (Februar 1934), wie sie sich huldigen ließ im Kaffeehaus, von Männern, die genauso vergessen sind wie sie. Auf den Straßen wurde gekämpft, der faschistische Ständestaat ließ auf die Gemeindebauten Wiens schießen, und Frau Hartl dachte, jetzt werde sie berühmt. Wie muffig diese Zeitschriften rochen! Und doch: wie eigentümlich frisch sie waren! Sie erschienen mir so vertraut, als wäre dieses »Gestern« buchstäblich gestern gewesen.

Ich glaube, das können wir wegwerfen, sagte Martha. Wer sammelt schon Altpapier, außer die Altpapiersammelstelle?

Nein, warte!, sagte ich.

Diese Zeitschriften mussten noch lange zu Hause herumgelegen haben, in meiner Kindheit, wie nahe, wie vertraut, wie selbstverständlich sie mir waren, näher als ein BRAVO-Heft aus den siebziger Jahren. Das war eine Ästhetik, die hatte in meiner Kindheit noch geherrscht, das Herrschen war noch nicht so schnelllebig damals. Die Sofas, auf denen sich die Mädchen im »Wiener Magazin« räkelten. Es gab solche Sofas noch, solche Möbel in meiner Kindheit, so ein Sofa stand im Wohnzimmer meiner Mutter. Da ist ja nur ein Krieg gewesen zwischen diesen Fotos und meiner Kindheit, und dieser Krieg hat vieles zerstört, nicht alles, mehr Menschen als Möbel, und danach war man froh gewesen, wenn man irgendetwas hatte, und man hatte nur die Dinge, die nicht zerstört worden sind, solche Möbel zum Beispiel, dieses Sofa. Und solche Frauen. Die Frauen, die nach dem Krieg trotzig und unschuldig für ein junges Leben posierten, schüttelten die Nazi-Mutterkreuzästhetik ab, und zum Vorschein kamen zeitverschoben nochmals diese Dreißiger-Jahre-Schönheiten. Es war eine Ästhetik, die ich noch in meiner Jugendliteratur wiederfand, in den Illustrationen der Bruckner- und Kästner-Romane – das alles war schon damals nicht mehr wahr. Es war nur noch wirklich.

Glaubst du, man kann das verkaufen?

Nein, ich will es haben. Ich will das behalten.

Ich ließ mich zurücksinken, streifte die Schuhe ab, sah zu Martha auf.

Willst du, sagte sie, sie hatte plötzlich eine raue Stimme, willst du etwas essen? Ich habe Käse und Wein.

Hast du noch die Wimpern?

Die Wimpern?

Ja. Würdest du sie für mich aufkleben? Die langen Wimpern.

70.

Meine Frau ist mit dem Flugzeug abgestürzt.

Was erzählen Sie da, sagte Hannah, bitte Nathan, was erzählen Sie da?

Ja, erzählen, sagte ich. Ich wusste nicht mehr, wohin mit ihr.

Das nächste Mal will ich mehr von Ihrer Frau wissen. Schreiben Sie, Nathan. Sie sind knapp vor der Grenze.

71.

Man muss sich Nathan als einen glücklichen Mann vorstellen. Er war gut aussehend, wobei gut aussehend bei einem Mann in der Regel nicht viel mehr bedeuten muss, als dass er gerade Glieder, wenig Übergewicht und noch keinen allzu starken Haarausfall hat. Er hatte in seinem Leben noch keinen nennenswerten Erfolg, aber auch nie größere Probleme oder drückende Sorgen gehabt. Schon diese Mittelmäßigkeit gab ihm offenbar den Anschein des Privilegierten. Es hieß, dass ihm offenbar alles wesentlich leichter zufiele als anderen. Er wunderte sich gelegentlich, wie wenig Mittelmäßigkeit manche seiner Freunde und Bekannten als gesichert für sich verbuchen konnten, wenn sie schon ihm die seine neideten. Noch verwunderlicher war für einige wenige, die ihn näher kannten, wie wenig Glück er mit Frauen hatte. Allein dieser Sachverhalt wäre für andere ein ausreichender Grund gewesen, mit ihrem Schicksal zu hadern. Allerdings gab es da ein Missverständnis: »Glück mit Frauen zu haben« hieß für seine Freunde, Frauen zu haben, er aber meinte, wenn er darüber redete, Glück zu haben. Eine Frau war für ihn leicht »zu haben«, aber eben nicht das Glück. Wenn er eine Frau kennenlernte, war er gespannt wie vor einer Theaterpremiere. Er liebte das Theater. Dann ging der Vorhang auf. Zu viel Outrieren. Zu viel Bühnenbild. Zu viel Eitelkeit. Zu viel Nachtarbeit. So war das Theater. Seiner Affären. Er haderte nicht. Er lehnte es ab, seinen Frust mit »dem anderen schönen Geschlecht« – für solche Kalauer war er im Freundeskreis bekannt – »aufzuarbeiten«, wie es damals hieß. Er hatte Arbeit genug. Außerdem war er der Meinung, dass man für Arbeit bezahlt werden und nicht bezahlen sollte. Und eine solche »Aufarbeitung« würde, das war ihm klar, zu nichts anderem führen als zu einer psychoanalytischen Therapie, diese wieder zu einer Sezierung seiner Mutter-Beziehung, mit anderen Worten bloß dazu, über seinem Leben einen Dom zu errichten, in dem Riten exerziert werden, die ihn langweilten. Er hatte seine Erinnerungen. Was er vergessen hatte, ging ihm nicht ab. Und wiederholen wollte er nichts. Er war nicht nur das einzige Kind seiner Mutter gewesen, sondern auch sehr früh, nach der Trennung seiner Eltern, und dann sehr lang auch ihr einziger Mann, der Ersatzmann. Natürlich nicht im Vollzug, nur praktisch. Bis zu seinem siebzehnten Lebensjahr hatte er im Bett seiner Mutter geschlafen, eigentlich das Ehebett, es hatte kein anderes gegeben. Erst dann wurde ein sogenanntes Jugendbett angeschafft, aber was konnte das schon für einen Unterschied machen in der kleinen Wohnung, in der es kein eigenes Zimmer für ihn gab. Es wurde dann lediglich enger im Schlafzimmer. Und dann zog er ohnehin schon aus. Er kam eben aus »kleinen Verhältnissen«, und dieser Begriff passte dann auch für alle Verhältnisse, die er in der Folge einging. Es gab keine Frau, nicht einmal die, die er einmal geheiratet hatte, mit der er ein anderes als ein »kleines Verhältnis« haben konnte. Jedenfalls hatte der Sachverhalt, dass er bis siebzehn im Bett seiner Mutter geschlafen hatte, für ihn nichts Unangenehmes oder Problematisches – wenn es nicht die Konsequenzen gehabt hätte, unter denen er litt, allerdings schmerzlos litt. Höchstens irritierte ihn, dass diese problematische Situation, in der er sich als Kind und Jugendlicher befunden hatte, so simpel fortgewirkt haben soll. Der offensichtliche Zusammenhang zwischen Ursache und Wirkung erschien ihm als allzu primitiv, nicht als falsch, lediglich als allzu primitiv, sodass er sich von einer genaueren Analyse lediglich eine detailliertere Vertrautheit mit dieser Primitivität, eine unerträgliche Familiarität mit dem Simplen erwartete.

Nicht dass er nur das Komplizierte liebte. Nicht im Geringsten. Aber auch das Simple liebte er nicht. Und wenn ihm diese Haltung auch tatsächlich einiges im Leben erleichterte, so erschwerte sie ihm zugleich alles im Lieben, wo es nichts anderes gab, als ganz kompliziert simpel zu funktionieren.

Er war zu diesem Zeitpunkt sechsunddreißig Jahre alt, hatte soeben einen sogenannten »Fitnessurlaub« absolviert (die Fitness war leicht herzustellen, da er ja noch fit war, im Gegensatz zu den Fünfzig- bis Siebzigjährigen, von denen er in diesem Kurhotel umzingelt gewesen war), saß in der Redaktion (Ressort »Leben«) und hatte einen Artikel zu kürzen, weil ein eben hereingekommenes Inserat auf dieser Seite noch untergebracht werden musste. Es war ein Artikel über die dramatische Zunahme allergischer Hautreaktionen, und das Inserat bewarb ein Putzmittel mit dem Slogan »Scheuert ohne zu kratzen, pflegt dabei die Haut«.

Es ist schwer zu verstehen, aber leicht zu erklären, oder umgekehrt, dass Nathan minutenlang nur vor sich hinstarrte. Nein, nicht vor sich hin, er starrte in die Layout-Maske wie in einen Spiegel.

Irgendetwas ist da passiert. Es hatte sich ein Entschluss gefasst. Eine Bereitschaft eröffnet. Er ersetzte kurzerhand eine ganze Spalte des »Allergie«-Artikels durch einen Satz: »Ritter hatten keine Haut. Darum trugen sie Rüstungen.«

Er hatte die seine abgelegt. Vor ihm stand ein Becher Kaffee vom Automaten draußen auf dem Korridor, »mit Aufheller«. Er wollte einen Rausch. Er ließ die Seite ins

Layout rinnen, noch zwei, drei kleine Adjustierungen, die Seite passte. Es war journalistisch alles über Allergien gesagt. Er ging, kaufte auf der Straße eine Programmzeitschrift, setzte sich in ein Café, bestellte Wein, las den Veranstaltungskalender und stellte sich vor, dass jetzt irgendwo in dieser Stadt eine Frau vor ebendieser Programmzeitschrift saß und überlegte, wohin sie an diesem Abend gehen sollte. Diese Frau wollte er. Kennenlernen. Sie war, davon war er überzeugt, seine Frau. Aufheller. Ohne zu kratzen. Er bestellte noch ein Glas Wein. Studierte das Angebot der Stadt.

Ein halbes Jahr später war Hochzeit.

72.

Was ist das plötzlich für eine Geschichte, Nathan? In der dritten Person? Warum sagen Sie nicht »ich«?

Ich wollte Distanz gewinnen! Das Ziel ist doch –

Man kann nie ein Ziel erreichen, wenn man Distanz gewinnen will!

73.

Eine Dichterlesung? Mich interessierte keiner der Dichter, die an diesem Abend in Wien lasen. Entweder konnten sie nicht dichten, oder sie konnten nicht lesen. Oder ich hatte noch nie von ihnen gehört. Woher sollte ich wissen, ob mich einer von ihnen interessierte – und zugleich auch die Frau, die jetzt im selben Moment die Programmzeitschrift las? Theater? Die Stücke auf dem Spielplan, die ich sehen wollte, hatte ich bereits gesehen. Die Frau, so sie auch gerne ins Theater ging, und davon ging ich aus, musste sie ebenfalls schon gesehen haben. Konzert? Im Konzerthaus wurde Friedrich Cerha gegeben, »Langegger Nachtmusik III«. Ich liebte Cerha. Meine Frau liebte auch Cerha, davon war ich überzeugt. Aber genauso wie ich, das war klar, hörte sie lieber eine CD zu Hause als in den engen Reihen eines steifen Konzertsaals. Eine Frau, der beim Musikhören Bequemlichkeit egal war, konnte nicht die richtige sein. Sollte ich einmal einen Sohn haben, dann würde das eine der drei Regeln sein, die ich ihm mitgebe. Pink Floyd in der Stadthalle. Pink Floyd gehörte zweifellos zum Soundtrack meiner Biographie. Aber ich war nie ein kreischender Jugendlicher. Und Feuerzeugschwenken war nicht eines meiner Grundbedürfnisse. Ein Vortrag? Der Dalai Lama im Palais Eschenbach, auf Einladung der Wirtschaftskammer. Wenn die Frau, die gerade gleichzeitig die Programmzeitung las, zu einem Gott gehen sollte, den die Wirtschaftskammer eingeladen hatte, wären wir geschiedene Leute, noch bevor wir uns kennengelernt hatten. Festsaal der Universität Wien: Alfred Sohn-Rethel, Gastvortrag: »Das Ideal des Kaputten«. Ich bestellte noch ein Glas Wein. Alfred Sohn-Rethel lebte noch? Dieser berühmte Philosoph, der Autor von »Warenform und Denkform«, »Ökonomie und Klassenstruktur des

deutschen Faschismus«, der Gott seinerzeitiger Bettauer-
Arbeitskreise lebte noch? Er musste steinalt sein, er war
so vergessen, als wäre er tot. Das sind die wahren Götter:
die lebenden Toten. Ich hob mein Glas auf ihn. In diesem
Moment wurden in Wien zwei Ausgaben der Programmzeitung gleichzeitig zugeschlagen, wurde gleichzeitig von
zwei Menschen die Taxi-Rufnummer gewählt. Als ich
bei der Uni ankam, schaute ich, ob gerade ein zweites Taxi vorfuhr. Die Philosophen-Stiege. Der Festsaal. Es war
noch eine halbe Stunde bis zum Beginn des Vortrags. Ich
war der Erste. Außer mir war nur die Garderobefrau da.
Ich legte den Mantel vor ihr auf den Tisch. Nicht gerade ein Massenansturm, sagte sie. Sie lächelte eigentümlich
ironisch, als sie meinen Mantel nahm und aufhängte. Es ist
noch früh, sagte ich, und: Wenn nur einer kommt, dann
ist er die Masse. Und auf jeden Fall kommt noch meine
Frau.

Es kamen der Rektor und der Dekan, der Philoso-
phieprofessor Benedikt, bei dem ich als Student eine
Kant-Vorlesung gehört hatte, dann kam Franz, nach und
nach kamen noch vier ehemalige Bettauer. Wir standen
beisammen, redeten, waren fassungslos. Dieser berühmte
Philosoph! Und da kam kein Philosophiestudent, keine
Medien. Nur die Vertreter der Uni-Bürokratie und ein
Fähnlein der letzten aufrechten Veteranen. Dann kam Alfred Sohn-Rethel mit seiner Frau, der Buchhändlerin und
Verlegerin Bettina Wassmann. Frau Wassmann schleppte
einen Karton mit Büchern, die sie auf dem Gardeobetisch
auspackte und auflegte. Ungerührt legte sie Buchstapel auf

den Tisch, als erwartete sie in letzter Sekunde die Massen. Ich kaufte ein Exemplar der »Erstbesteigung des Vesuv«.

Wir warten noch fünf Minuten, sagte der Dekan.

Fünf Minuten starrten wir auf die Tür, ob sie noch einmal aufginge.

Darf ich bitten, sagte der Dekan.

Es war nicht exakt die Situation, die man sich erträumt, wenn man sein Glück machen will.

Nichts ist leerer als ein leerer Vortragssaal. Die zehn Hörer verteilten sich in den Reihen. Bis auf Rektor, Dekan und Frau Wassmann wollte keiner in der ersten Reihe sitzen. Sohn-Rethel begann seinen Vortrag mit der Bitte, dass alle nach vorn kommen und sich in die erste Reihe setzen mögen. Es würde unser Leben und sein Überleben erleichtern. Ich ging nach vorn, setzte mich auf den ersten Stuhl ganz außen. Plötzlich saß die Garderobefrau neben mir. Hallo Masse, sagte sie.

Nach dem Vortrag ging ich zu Sohn-Rethel, um ihn um eine Signatur zu bitten.

Ich weiß, es ist kindisch, sagte ich. Ich mache das normalerweise nicht. Aber in Ihrem Fall –

Geben Sie schon her!

Neben mir die Garderobefrau, auch mit einem Buch in der Hand. Dahinter Franz mit einem Buch. Sohn-Rethel nahm mein Buch und schrieb. Er konnte nicht mehr schreiben. Er konnte kaum den Kugelschreiber halten. Er setzte an. Er zitterte. A schrieb er, dann zitternd das l, er setzte ab, atmete durch, das f, es war furchtbar, ich schämte mich, ich hasste mich dafür, diesen großen alten Mann in diese Situation gebracht zu haben. Er konnte keinen geraden Strich mehr ziehen, er peckte Pünktchen und Strichlein hin, die nun das r ergaben, der Kugelschreiber zitterte, und das Buch vibrierte, weil auch die linke Hand zitterte, mit der er das Buch niederdrückte. Das e. Sein Name ist zu lang, dachte ich, das steht er nicht durch. Ich sah hilflos zur Seite. Sah der Garderobefrau ins Gesicht. Sie hatte nasse Augen. Sie schluckte. Sie klappte das Buch zu und ging. Franz. Er nickte mir zu, trat einen Schritt zurück, ging weg. Jetzt wusste ich, was Ewigkeit ist.

Ich holte meinen Mantel.

Ihre Frau ist doch nicht gekommen!

Doch, sagte ich. Sie. Sie sind meine Frau.

Es war der letzte Vortrag, den Alfred Sohn-Rethel gehalten hatte. Er starb ein halbes Jahr später, im April 1990. Sohn-Rethel sah nicht aus wie Eleonor Roosevelt, wenn Sie verstehen, was ich meine, Hannah. Wer kann sich heute etwas vorstellen, wenn er diesen Namen hört? Warum also das erzählen? Wegen dieser seltsamen Magie: Im April 1990 heiratete ich Beate, die »Garderobefrau«.

74.

Ad mortem festinamus. Beate war keine Garderobefrau. Sie war die Erste am Veranstaltungsort gewesen (»Ich wollte mir einen guten Platz sichern!«) und hatte sich zum Warten auf den einzigen Stuhl im Vorraum des Fest-

saals gesetzt, und das war der Stuhl hinter dem Gardero-
betisch. Es war nicht Liebe auf den ersten Blick. Na und?
Das Schwierige ist ohnehin der vierte, fünfte, hundertste
Blick. Es war bezeichnend, dass ich nicht einmal sofort
erkannt hatte, dass sie viel zu edel gekleidet war, um eine
Garderobefrau zu sein. Ich hatte ihre Jacke mit den unge-
säumten Ärmeln und den aufgesteppten Taschen für etwas billig Selbstgemachtes gehalten. Sie arbeitete in der
Österreich-Niederlassung von Inditex im Marketing.

Was ist Inditex?

Ein Modekonzern, sagte sie, die bekannteste Marke ist
ZARA.

Also bist du doch irgendwie eine Garderobefrau.

Das war nicht so gut. Ich fragte sie, warum sie zu dem
Vortrag eines Philosophen gekommen sei. Ich sagte nur
»Philosoph«, und nicht »Sohn-Rethel«, als könnte der Name sie überfordern und sie müsste nachfragen, wie man
ihn schreibt. Ich war nicht bei Sinnen.

Ich habe Philosophie studiert, sagte sie, dissertiert über
»Warenform und Denkform«.

Und als promovierte Philosophin wird man Mode-,
Mode-, wie sagt man? Mir fiel immer nur Tussi ein.

Als Philosophin kann man alles werden, sagte sie. Ein
promovierter Jurist, der keine Stelle findet, ist ein arbeits-
loser Jurist. Ein Chemiker ohne Anstellung ewig ein ar-
beitsloser Chemiker. Aber promovierte Philosophen er-
warten nicht unbedingt eine Anstellung als Philosoph, der
Arbeitsmarkt für Philosophen ist viel zu klein. Also gehen
sie in alle möglichen anderen Märkte. Wer gelernt hat,

Gedanken nachzuvollziehen, kann alles machen, außer Handarbeit. Aber auch über die kann er noch Entscheidungen treffen.

Ja, schon, vielleicht, aber warum ausgerechnet Mode?

Erstens mache ich nicht Mode, sondern Marketing. Zweitens, warum nicht Mode? Mode ist der fadenscheinige Rock, in den sich der Zeitgeist hüllt. Das ist spannend. Man kann die Zeit verstehen, in der man lebt.

Sie trank einen Mojito. Von Zeit zu Zeit fischte sie ein Pfefferminzblatt aus dem Glas und kaute es.

Hegel hat Napoleon als Personifikation des Weltgeistes seiner Zeit beschrieben, sagte sie. Wenn ich dich jetzt bitten würde: Zeichne mir Napoleon auf diese Serviette –

Ich kann nicht zeichnen.

Davon gehe ich aus. Zeichne irgendetwas, das dazu führt, dass ich an Napoleon denke. Wie beim Activity-Spiel. Was würdest du zeichnen?

Ein Gesicht mit diesem halbmondförmigen Tschako auf seinem Kopf, sagte ich, und die Weste mit der hineingeschobenen Hand.

Siehst du! Das ist es. Da hast du deinen Weltgeist: Modell und Marke.

Sie rührte mit dem Strohhalm ihren Mojito. Ich hatte Bier getrunken, mein Glas war leer, und ich ärgerte mich, weil der Barmann seit zehn Minuten meine Zeichen übersah. Beate hob eine Augenbraue.

Noch ein Wunsch, gnädige Frau?

Noch ein Bier, sagte ich.

Die Menschen kostümieren sich gern, sagte Beate –

um erkannt, anerkannt und wiedererkannt zu werden. Bist du Journalist?

Ja, sagte ich, wieso?

Dein Anzug, sagte sie. Sieht aus wie der von Walter Matthau im Film »Extrablatt«.

Du lügst.

Nein. Alles ist verkleidet, aber durch seine Verkleidung verrät es sich. Niemand würde einem alten Mann glauben, der nackt durch die Straßen läuft und ruft: Ich bin der König! Schopenhauer. Außerdem lese ich auch die Gesellschaftsseiten in den Zeitungen. Gehört zu meinem Job.

75.

Beate war das Gleiche und auch der Gegensatz. Wir zogen uns an und gesellten uns gern, jeden Abend, außer sie hatte beruflich (sie sagte »geschäftlich«) einen Termin. Wir gingen essen, dann in eine Bar, redeten und redeten. Kino? Wir waren mit den eigenen Gesprächen noch nicht fertig, warum anderen Menschen bei ihren Dialogen zuschauen? Tanzen? Wir redeten über das Tanzen. Sie erzählte, dass sie in ihrer Studentenzeit in der Zeitung der Hochschülerschaft einen witzigen Artikel über eine Diskothek gelesen hatte, über das Voom Voom, und daraufhin einmal hingegangen sei. In mir tobte ein Titanenkampf: Würde es sie beeindrucken oder wäre es unangenehm großspurig, wenn ich mich als Autor dieses Artikels zu erkennen gäbe, oder wäre es vorbildliche Bescheidenheit, die mir später einmal positiv angerechnet würde, wenn ich nur wissend lächelte?

Und?, sagte ich.

Dort habe ich den ersten Mann kennengelernt, mit dem ich dann zusammengelebt habe, sagte sie. Er fiel mir auf, weil er eindeutig der schlechteste Tänzer war. Er tanzte so schlecht wie ich, das machte mir Mut.

Ich gestand, dass ich damals diesen Artikel geschrieben hatte.

Sie lächelte wissend.

Bist du noch, fragte ich, mit ihm zusammen?

Bist du noch mit ihr zusammen?

Mit wem?

Mit der, die du in dieser Zeit kennengelernt hast?

Nein.

Na eben.

Ich fühlte mich mit Beate so glücklich, so geglückt und in meinem Glücken bestätigt, dass ich nachträglich nicht verstehe, warum ich so lange brauchte, bis ich auf den Gedanken kam: Ich will hinein in ihren Geburtskanal.

Das Haus in der Lassallestraße, in dem ich noch immer wohnte, wurde damals systematisch zum Abbruchhaus gemacht. Große Konzerne drangen in die Straße ein, zogen Bürotürme hoch und schoben sich immer weiter vor. Ein verkommenes Viertel in Zentrumnähe mit U-Bahn-Anbindung ist für Großinvestoren ein Geschenk, zumal die Stadt diese Entwicklung, die sie für Sanierung hielt, förderte. Das Grundstück, auf dem das Haus stand, in dem ich wohnte, war nun unendlich mehr wert als das Gebäude selbst, das nur wenig Mieteinnahmen brachte. Der Hauseigentümer witterte das Geschäft seines Lebens. Er wollte den Grund um einen Millionenbetrag an eine Bank verkaufen. Voraussetzung war eine Abbruchbewilligung für das Haus. Dafür benötigte er die amtliche Anerkennung, dass es unbewohnbar geworden sei und eine Sanierung sich nicht lohne. Er ekelte Mieter systematisch durch Schikanen hinaus: unter dem Vorwand einer Dachreparatur deckte er einen Teil des Daches ab, ließ es wochenlang hineinregnen. Der Strom wurde tagelang abgeschaltet, »Probleme mit den alten Leitungen«. Die Mieter wurden immer rechtzeitig verständigt, so war alles rechtens. Eine Partei nach der anderen zog aus. Ich wollte auch eine andere Wohnung suchen, nur meine Lethargie stand mir im Weg. Ich hatte keine Tiefkühltruhe. Die Stromabschaltungen richteten bei mir keinen Schaden an. Ich tat in der Wohnung nichts anderes als schlafen. Nun vermietete der Hauseigentümer die freien Wohnungen illegal an Ausländer. Ein Dreifach-Jackpot: Sie konnten sich nicht beschweren. Sie zahlten unverhältnismäßig viel, ein schöner Extraprofit vor dem ganz großen. Und sie würden dem Haus den Rest geben, es endgültig niederwohnen – das war die Hoffnung des Eigentümers.

In meiner Nachbarwohnung waren Araber eingezogen, zu acht, um sich die Miete von Zimmer und Küche mit Klo am Gang leisten zu können. Das Zimmer war ein Matratzenlager. In der Küche wurde ständig gekocht. Wenn ich tagsüber zu Hause war, an Wochenenden, luden sie mich zum Essen ein. Sie läuteten an meiner Tür, wenn sie Spezialitäten gekocht hatten, überreichten mir Kostproben. Oder eine kleine Dose Kaffeebohnen, die sie selbst über Feuer im Spülbecken rösteten. Wenn ich in der Nacht anklopfte, weil mir die Zigaretten ausgegangen waren, gaben sie mir ein ganzes Päckchen. Das ist zu viel, sagte ich, nur zwei oder drei, zum Einschlafen. Nimm, Habib, sagte Omar oder Mohammed oder Mustafa, man bekommt nur zurück, was man gibt. Gesegnet sei dein Schlaf.

Ihr Elend war furchtbar. Ich begriff wenig, aber doch so viel: Essen hatte eine enorme Bedeutung. Ich hatte damals zehn Kilo weniger als heute, aber ich begann, mein Gewicht zu bekämpfen. Nichts machte mich so misstrauisch wie Materie, die Kalorien enthielt. Meine Nachbarn gaben der Materie einen neuen, verführerischen Geschmack, machten das Gewicht des Lebens leichtlebig.

In der Nacht arbeiteten sie als Rosenverkäufer. Ich begegnete ihnen immer wieder im Nachtleben, kaufte regelmäßig aus Solidarität eine Rose. Ich brauchte keine Rose keine Rose keine Rose keine Rose. Meine Nachbarn hatten in ihrer Wohnung so wenig Platz, dass sie die Wassereimer, in denen sie ihre Rosen lagerten, vor der Wohnung auf dem Hausflur aufgestellt hatten, zwischen ihrer und meiner Wohnungstür. Wenn ich in der Nacht mit einer Rose nach Hause kam, steckte ich sie also stillschweigend in einen ihrer Eimer zurück. Die konnten sie am nächsten Tag wieder verkaufen.

Endlich begriff ich, dass ich Beate begehrte – was ich

begriff, war, dass ich sie begehrte, obwohl ich nicht beim ersten Blick ans Bett gedacht hatte. Klingt das bieder, romantisch oder gar kitschig? Womöglich müde desillusioniert? Ich bin der Wahrheit verpflichtet.

Da standen wir nach vier oder fünf Mojitos im Morgengrauen vor dem Haustor in der Lassallestraße. Alles war »schon«: Die Vögel schrien schon. Die Baumaschinen stampften schon. Nicht mehr die der Brücke, die Baumaschinen der Hochhäuser.

Wir stiegen die Treppe hoch. Es gab kein Ganglicht. Dämmerlicht.

Ich hatte Beate in der »Himmelfahrt-Bar« eine Rose gekauft. Vor der Wohnungstür deutete ich auf die Eimer, die da standen, alle voller Rosen, und sagte: Steck sie da rein! Die Rose. Siehst du die Eimer? Steck sie einfach dazu!

Sie wurde fahler als der Mond. Ich weiß nicht mehr, ob sie wirklich einen Schrei ausstieß. Aber ich erzähle es gern so: Sie schrie kurz auf und sah mich an, als wollte sie flüchten.

76.

Sich riechen können – was heißt das? Beates Scheide roch nach Mottenkugeln. Dann meine Finger, mein Schwanz. Das Bett. Die Wohnung. Die Lassallestraße. Der Geruch ist unangenehm. Hochkonzentriert geradezu widerlich. Aber ich fand ihn komisch, zumindest verordnete ich mir, ihn komisch zu finden – bei einer Frau, die in der Mode-Branche arbeitet. Garderobefrau.

Nichts von all dem, was unter dem Titel Geschlechtsverkehr in diesem Morgengrauen geschah, war dazu angetan, bei mir gebieterische Sehnsucht nach einer Wiederholung auszulösen. Es spießte sich. Es war schwerfällig. Da war so viel Wegschieben statt Verschmelzen. Dann wieder so starres Umklammern statt leichtem Vibrieren. Nichts Leichtlebiges, nur Beschwerlichkeit, Hinfälligkeit, Morbidität, Verwesen. Der Geruch. Ich wollte das nicht akzeptieren. Es wurde hell. Je mehr ich versuchte, eine gute Nachrede zu haben, desto mehr ließ sie mich spüren, dass sie nur wartete, bis es endlich vorbei war. Sie ging in den Clinch wie ein angeschlagener Boxer. Dann sprang sie aus dem Bett. Ich hörte, dass sie duschte.

Wir haben uns viel zu oft getroffen, sind viel zu lange schon regelmäßig ausgegangen, haben zu viele Nächte geredet, um das als einmalige Affäre, als Geschichte nur einer Nacht durchgehen lassen zu können.

Als sie zu mir ins Bett zurückkam, roch sie nach meinem Rasierwasser, schmiegte sich an mich, sagte pst, als ich etwas sagen wollte, streichelte mich. Sie war so zärtlich. Ist jemals ein Mensch so zärtlich zu mir gewesen?

Als ich aufwachte, machte ich ihr das Frühstück.

Keine Vögel mehr. Nur noch Baulärm.

77

Es stellte sich heraus, dass Beate einen Scheidenpilz hatte. Es gibt eine mykotische Schleimhautkrankheit in der Vagina, die zähen Schleim produziert, der nach Mottenkugeln riecht. Ich sah damals im Fernsehen einen Bericht über die indische Textilindustrie, die Gnadenlosigkeit, mit der dort Chemie eingesetzt wird, durch die die Arbeiterinnen erkranken und die unmittelbare Umwelt abstirbt. Recht und billig. Nach drei Tagen war das Problem gelöst. Nicht das indische, aber das Geruchproblem Beates.

Ich zog zu ihr. Sie hatte eine große Wohnung in der Otto-Bauer-Gasse. Mit Terrasse hofseitig. Was mir gefiel, war, dass ihre Wohnung nicht eingerichtet war. In einem Zimmer lag ein Futon auf dem Boden. In einem Zimmer gab es einen Esstisch und Stühle. In einem Zimmer einen Schreibtisch. Nur Küche und Bad waren perfekt, sehr luxuriös. Das war schon, sagte sie. Glühbirnen, die von der Decke hingen. Ich hatte nicht das Gefühl, in das gemachte Nest eines anderen Menschen zu ziehen. Es geht schnell. Man braucht nur eine Glühbirne durch einen Luster zu ersetzen, und man fragt sich schon, was dazu passt. Man kauft ein Bett für den Futon, und schon sucht man ein passendes Nachtkästchen, dann einen Kleiderschrank. Einen Teppich. Eine Tagesdecke. Wir bauten ein Nest, und sie wurde schwanger. Nicht jetzt, sagte sie.

Was immer landläufig unter »gutem Sex« verstanden wird, so war es mit Beate nicht. Was immer geredet, was

immer in den Medien als vorbildlich verbreitet wurde –
ich hatte die Zärtlichkeit entdeckt.

78.

Als der Standesbeamte seine Formel zu Ende gesprochen
hatte, antwortete Beate laut und deutlich mit Nein!

Ich sah sie fassungslos an. Ich wollte sie. Ich wollte diese Ehe. Ich war ganz sicher, dass sie die Letzte sei. Endlich.
Ich war überzeugt, dass ich jetzt mit einem einfachen Ja
in geordnete und vernünftige Verhältnisse eintreten würde.

Nein!

Ein Aufschrei meiner Mutter. Ich drehte mich um, sah
das Grinsen meines Vaters. Franz räusperte sich. Beates
Mutter legte ihre Hand auf den Mund. Meine arabischen
Freunde, die Nachbarn in der Lassallestraße, in Anzügen
und mit großen Rosensträußen in der Hand, begannen
untereinander zu diskutieren. Es sah aus wie ein Rosen-
garten im Sturm.

Nein, sagte Beate zu dem Standesbeamten, hier gebe
es ein Missverständnis. Sie hätten vorher vereinbart, dass
sie ihren Namen behalte. So sei es auch in dem Formular,
das wir ausgefüllt hatten, vermerkt worden. Er, der Standesbeamte, aber habe jetzt in seiner Formel die Frage mit
eingeschlossen, ob sie bereit sei, den Namen des Mannes
anzunehmen. Natürlich wolle sie mich heiraten. Aber sie

wolle ihren Namen behalten. Sie bitte also darum, die Frage zu wiederholen und dabei den Nebensatz wegzulassen, der sie verpflichten würde, ihren Namen aufzugeben.

Der Standesbeamte blätterte in seinen Papieren, sagte ja, natürlich, er entschuldigte sich und wiederholte die Formel.

Ja.

Ja.

Wir flogen zwei Tage nach Mailand. Beate verband die Hochzeitsreise mit einem »geschäftlichen« Termin, oder umgekehrt. Ich bekam von ihr beziehungsweise von ihrer Firma eine Karte für das San-Siro-Stadion in der VIP-Loge: Inter Mailand gegen Lazio Rom.

Ich war so sicher: Alles wird gut. Ganz wunderbar.

79.

Man liebt nicht, weil man sich verliebt. Man liebt, weil man in einem Zustand ist, in dem man die Liebe für sich beschließt.

So verging ein Jahr: sehr zärtlich. Ich machte das Frühstück. Wir hatten Pläne. Schmiedeten sie. Wir pflegten einander, wenn einer krank wurde. Wir wurden nie schwer krank. Verkühlung, erhöhte Temperatur.

So verging das zweite Jahr: Ich machte das Frühstück. Wir bekamen Karrierechancen. Wir arbeiteten sehr hart.

Wir erzählten einander davon, wenn wir uns spät am Abend zu Hause trafen und Gin Tonics tranken. Im Bett: Zärtlichkeit.

So verging das dritte Jahr: Ich machte das Frühstück. Beate wurde Leiterin der Marketingabteilung, ich wurde Leiter der Leben-Redaktion. Wir pflegten einander im Krankheitsfall, also bei Verkühlung und erhöhter Temperatur. Tee trinken. Keine Gin Tonics. Ich vertrage das nicht mehr, sagte Beate. Ich trank rituell ein Bier vor dem Einschlafen. Früh ins Bett. Gelegentlich Zärtlichkeit. Ein Kind? Nicht jetzt!

So verging das vierte Jahr: Ich machte das Frühstück. Wenn wir frühstückten. Zunahme des Berufs-Stress. Die Pläne wurden konkreter. Sie waren zwar nicht identisch mit denen, die wir geschmiedet hatten, aber sie waren konkreter. Die Erfüllung unserer Wünsche war zum Greifen nah. Es waren zwar nicht die Wünsche, die wir gehabt hatten – aber sie waren jetzt zum Greifen nah. Früher ins Bett. Schlafen bis zum letzten Moment. Ab und zu rasches, routiniertes »Abmelken«.

Das fünfte Jahr: Beate kam in die Geschäftsführung von Inditex Österreich. Ich einige Monate später in die Chefredaktion.

Das sechste Jahr: Ich machte das Frühstück. Wenn wir frühstückten. Ich hatte größeres Bedürfnis danach. Ich schlief schlecht. Stand früh auf. Neuer Bäcker in der Straße. Türke. Frisches Brot schon um sechs Uhr. Immer mehr Abendtermine. Meine waren meistens erfunden. Sehnsucht nach Zärtlichkeit.

Das siebente Jahr: Ein Kind? Nein. Zu spät. Beate kam in den Aufsichtsrat.

Exkurs: Autos! Abfolge: Peugeot 205. Golf GTI. Toyota Avensis.

Achtes Jahr: zwei Autos. Beate: der neue Mini Cooper. Ich: Landrover, weil: Kauf des Hauses in Groß-Schweinskreutz. Zwei Kredite. Bett: Ausweichen. Chronische Müdigkeit.

Neuntes Jahr: Frühstück, Arbeit, Krankenpflege. Vorsorge-Untersuchungen. Krebsangst. Ich sagte, man kann eine Brust amputieren, aber nicht unsere Liebe. War aber nicht notwendig. Neue Lebensgier. Wie die Stadt sich verändert hatte! So viele neue Lokale. Restaurierte Fassaden, revitalisierte Viertel. Mitgliedschaft in Fitnessklub. Reisen. Aggressionen: Reisen langweilten und irritierten mich. Ich vertrug das Klima nicht, ich vertrug das Essen nicht, ich vertrug das Nichtverstehen der Sprachen nicht. Was mache ich in Bali? Wozu haben wir das Haus in Groß-Schweinskreutz? Beate vertrug mich nicht.

Zehntes Jahr: Entdecken des Hotels »Zur Spinne«. Ich wurde Spezialist für frustrierte verheiratete Frauen. Diese Gier! Sie erregte mich, sie überforderte mich. »Warum haben wir uns nicht vor fünfzehn ... vor zwanzig Jahren kennengelernt? Alles wäre anders geworden!«. Der Liebhaber wäre der Mann, der Mann wäre der Liebhaber.

Zwölftes Jahr: Umbau der Wohnung. Begegnung mit Christa.

Dreizehntes Jahr: Umbau des Hauses in Groß-Schweinskreutz. Beginn der Therapie bei Dr. Hannah Singer. Beate:

Chairwoman of the International Board of Textil Indus-
tries. Ich: Entlassung.

Aber irgendwie ist es doch gutgegangen. Unerlöst. Aber
gut. Irgendwie.

80.

Ich saß im Café Landtmann und wartete auf Christa, als
Franz anrief. Er bot mir einen Pauschalistenvertrag an. Er
fühle sich verantwortlich für mich, er könne nicht mit ansehen, wie ich »abstinke«, sagte er. Mit der Chefredaktion
sei das abgesprochen. Der unerwartete Erfolg der neuen
Serie habe dies sehr erleichtert. Wer hätte das ahnen können, nach dem »Schnittlauchbrot«. Aber es war ein Erfolg.
Wer habe das ahnen können? Nun sei auch der Ducasse
nachgeholt worden. Ist vergangene Woche erschienen. Ob
ich das gesehen habe?

Nein.

Weißt du, was er für ein Rezept geliefert hat? Grieß-
brei. Der Trick ist: Er kocht es mit Safran. Powersnack
eines Sterne-Kochs, fertig in fünf Minuten. Und jeder
Idiot bringt das zusammen. Ist das nicht genial?

Warst du in Paris?

Ja, sagte Franz. Und jetzt: Ü-ber-raschung! Weißt du,
wen ich dort getroffen habe?

Ich habe nicht die geringste Vorstellung, sagte ich.

Kannst du dich noch an Alice erinnern? Sag nicht, du
kannst dich nicht an sie erinnern! Alice!

Alice?

Ja. Mir ist eingefallen, dass sie doch damals nach Paris gegangen ist. Und Traude hat die Meisterleistung vollbracht, in fünf Minuten ihre Nummer rauszufinden. Sie lässt dich herzlichst grüßen.

Traude?

Nein, Alice. Du, Nathan, ich sage dir, es hat gebrannt.

Die Autos?

Was für Autos? Nein, zwischen uns. Alice und mir. Es war un-glaublich. Sie ist so – wie soll ich sagen? Du kennst sie ja. Du erinnerst dich? Und zugleich ist sie jetzt ganz anders, so französisch. Wie soll ich sagen? Sie ist wie ein Diamant, der vom besten Diamantschleifer bearbeitet worden ist. So viele neue Facetten. Sie ist ein Star geworden in Frankreich –

Ein Star?

In diesem Moment kam Christa ins Café, sah sich suchend um.

Du, ich muss Schluss machen. Ich habe gerade eine Besprechung.

Ja gut, alles klar. Wir treffen uns demnächst, und ich erzähle dir alles. Nur ganz schnell eines noch: Pauschalistenvertrag. Das machst du doch! Du kannst zu Hause arbeiten, die Artikel mailen. Ich wünschte, ich könnte mit dir tauschen. Nie wieder in die Bude gehen müssen, aber schönes Geld.

Ich bin zu stolz, sagte ich.

Christa hatte mich gesehen, kam zu meinem Tisch.

Das heißt, sagte Franz, du machst es nicht?

Nein, das heißt, ich mache es. Ich bin zu stolz, um nichts zu tun.

Ich war plötzlich sehr müde. Ich stand auf und küsste Christa. Ich schaltete das Handy ab. Ich war auf alles gefasst. Man verwechselt Lethargie gerne damit: auf alles gefasst zu sein. Christa machte es sich in der Loge bequem. Ihr Mund war etwas zu groß, im Verhältnis dazu ihre Nase zu klein. Es hatte etwas Rührendes. Ich liebte sie. Ich wusste, dass das nichts bedeutete. Aber es war so: Ich liebte sie. Auf ihrer Stirn sah ich Schweiß. Ein ganz zarter Film, ein leichtes Glänzen. Sie musste gelaufen sein. Herr Robert, der Oberkellner, kam zum Tisch. Christa bestellte Prosecco.

Gibt es etwas zu feiern?

Es gibt Neuigkeiten.

Und die sind so anstoß-erregend?

Nathan! Diesen Kalauer kenne ich schon!

Also zwei Glas, bitte!

Christa lächelte mich an. Schweigend. Etwas war anders. Sie war so – verschmitzt. Ein Diamant mit neuen Facetten, dachte ich. Ich wurde unruhig. Erzähle, sagte ich. Dann kamen die Proseccos. Wir stießen an. Ich habe einen Ruf bekommen, sagte sie. Ich übersiedle in drei Wochen nach Berlin und übernehme eine Professur an der Humboldt-Universität. Prost!

Ich sah sie an.

Ich war die Erste auf dem Dreier-Vorschlag. Die Berufungszusage ist in Ordnung.

Das heißt?

Ich bin weg.

Wie wird die Industriellenvereinigung das verkraften?

Die Industriellenvereinigung wird keinen Verlust erleiden. Georg kommt nicht mit.

Du trennst dich von deinem Mann?

Ja. Was soll er in Berlin? Andererseits: Warum soll ich auf die Professur verzichten? Er verzichtet nicht, ich verzichte nicht. Und die große Liebe ist es nicht mehr. Würde ich sonst mit dir – hier sitzen? Ich will noch einen Prosecco.

Ich auch. Soll ich mitkommen? Ich komme mit.

Vergiss es, Nathan. Du bist die schönste Ausnahme. Aber du wärst ein Desaster im Alltag. Du bist gut verheiratet. Du liebst deine Frau. Du hast unfassbares Glück mit ihr: Sie kann, was ich nie könnte.

Was?

Über Jahre einen Mann ertragen, der ohne nachzudenken zu einer Frau im Café sagt: Ich komme mit dir nach Berlin.

Du hast einen anderen!

Jeder ist ein anderer.

Ich will noch einen Prosecco.

Ich auch.

Und jetzt?

Wir werden uns voneinander verabschieden. Und wir machen uns ein Fest daraus. Etwas ganz Besonderes.

Ein Fest?

Ja, ein unvergessliches Fest.

Ich liebe dich.

Ich liebe dich auch, Nathan. Ich finde dich witzig und

geil, und du hast einen guten Schwanz und es hat mir immer Spaß gemacht mit dir und –

Und jetzt willst du Schluss machen?

Ich will nicht Schluss machen. Ich gehe weg. Ich will mit dir ein Abschiedsfest machen. Ich kenne dich jetzt recht gut, Nathan, wie lange sind wir – zusammen? Zwei Jahre?

Ja, zwei Jahre.

Ich glaube, ich habe dich durchschaut. Ich habe immer mehr davon gehabt als du. Manchmal bist du gar nicht gekommen. Ich finde das witzig: ein Mann, der einen Orgasmus vorspielt. Ich gebe dir etwas zurück. Wir machen eine unvergessliche Abschiedsnacht. Ich sage dir gleich meine Idee. Und du musst mir sagen, wann in den nächsten zwei Wochen du einen Tag unverdächtig Zeit hast.

Jederzeit.

Gut. Und das ist meine Idee. Erinnerst du dich noch an unser Gespräch über Finger und Faust? Wer mehr Lust empfindet, Mann oder Frau?

Ja, sagte ich. Noch ein Prosecco.

81.

Die erste Empfindung eines jeden Menschen, die erste Erfahrung auf der Welt ist die Unlust: im Moment seiner Geburt. Alles Weitere dient zunächst nur der Vermeidung von Unlust. Zärtlichkeit – keine Rede von Lust, sondern: damit das Kind nicht schreit. Körperkontakt, damit es nicht weint. Schaukeln, damit es schläft.

Ich schrie.

Was hast du, sagte meine Frau. Mit dieser vor Schreck keuchenden Stimme, die sie immer hatte, wenn sie geweckt wurde, just in der Nacht vor einem Tag, an dem sie funktionieren musste. Sie musste immer funktionieren.

Ich habe geträumt, sagte ich. Ich habe geträumt, ich bin ein Baby. Neugeboren.

Beate küsste mich. Schlaf, Baby, schlaf. Ist alles gut, Baby, schlaf!

82.

Meine Frau flog nach Mailand. Am selben Tag begann Christa mit den Vorbereitungen zu unserem Fest.

Bist du bereit, dich das etwas kosten zu lassen?

Ja, sagte ich.

Ein Anzug für mich ist kein Problem, sagte Christa, aber sie nehme an, dass ich wohl nicht in die Damenabteilung eines Bekleidungskaufhauses gehe, oder in eine Boutique, um dort Röcke zu probieren.

Ja.

Sie werde Maß nehmen, sagte Christa, und ihre Schneiderin beauftragen, eine Polin, die sehr günstig und schnell arbeite.

Ja.

Ich stand da mit erhobenen Händen. Ergeben. Christa maß mich ab.

Sie macht das in zwei Tagen, sagte Christa. Übermorgen um drei in der Spinne? Ich bestelle Kosmetikerin, Visagistin und Friseur dorthin.

Ja.

Ich bringe mit, was wir sonst noch brauchen. Du bestellst den Champagner.

Ja, sagte ich. Ja.

Zuerst wurden meine Beine geharzt. Die Brust, der Rücken, die Arme. Christa schaute zu und lächelte. Die Kosmetikerin war verwirrt. Sie verstand nicht, was da ablief.

Jetzt noch die Schamhaare, sagte Christa. Ich will, dass da alles wegkommt, bis auf einen Strich, einen kleinen Irokesen.

Die Kosmetikerin trug Handschuhe, wie sie die Wurstverkäuferinnen im Supermarkt verwenden. Pikiert drückte sie meinen Schwanz zur Seite, depellierte, schnipselte mit der Schere, fassonierte.

So ist es wunderbar, sagte Christa.

Der Friseur flocht mir Haarteile ein, bastelte an der Frisur, er wusste genau, was er machen sollte. Christa hatte ihn offenbar gut instruiert. Er war auf eine geradezu karikaturhafte Weise schwul. Unendlich begeistert von mir, nach jedem Handgriff, den er tat. Ununterbrochen küsste er seine Fingerkuppen. Da kam schon die Visagistin. Belezza, sagte der Friseur, immer wieder: Belezza. Er sah zu, als die Visagistin mit der Arbeit begann. Sie zupfte die Augenbrauen. Trug eine Gesichtsmaske auf. Schminkte meine Augen. Klebte Wimpern. Bemalte meinen Mund. Puderte das Gesicht, pinselte, tupfte, rieb, zwirbelte. Belezza, sagte der Friseur.

Dann wurden mir künstliche lange Nägel aufgeklebt und lackiert.

Christa öffnete ihre Reisetasche. Unterwäsche, Kleid. Sie half mir, die Netzstrümpfe anzuziehen, die Strapse zu fixieren. Kein Höschen. BH mit Einlagen. Das Kleid. Die Schuhe. Pumps, Größe 45.

Wo hast du die her?

Gekauft, sagte Christa. Da gibt es ein Spezialgeschäft. Ich habe in der Zeitung gelesen, dass unsere Außenministerin dort kauft.

Jetzt setz dich da her, sagte sie.

Christa nahm einen Sport-BH aus der Reisetasche, der ihren Busen flach drückte, ein himmelblaues Hemd, eine Krawatte, einen dunkelgrauen Anzug, Budapester Schuhe. Sie zog alles an, setzte sich mir gegenüber, gab dem Friseur ein Zeichen, der sofort damit begann, ihr Haar zu kürzen, es zu pomadisieren, um es schließlich streng zurückzufrisieren.

Christa nahm einen Umschlag aus der Brusttasche ihres Sakkos, bezahlte. Dann waren wir allein.

Wir saßen uns gegenüber und schauten uns an.

Ich und Du.

Plötzlich hatte Christa eine Meerrettichwurzel in der Hand. Sie öffnete den Zipp ihrer Hose, stellte die Wurzel in den geöffneten Hosenschlitz. Hielt ihn unten mit der Linken, begann ihn mit der Rechten abzureiben. Sie lächelte. Sie lächelte so entrückt, wie eine Schauspielerin in einem Pornofilm, die wirklich empfand, was sie mimte.

Wer empfindet mehr Lust?

Das, sagte ich, haben wir geklärt. Die Frau.

Das wirst du jetzt erleben, sagte sie. Sie rieb sanft den Kren.

Ich schaute. Sie an.

Weißt du das Wort noch?

Welches Wort?

Mit Meerrettich den Arsch ficken. Auf Altgriechisch.

Du hast es unlängst – ich wollte sagen: geschrien.

Sie lächelte. Rieb die Wurzel. Ich streichelte zwischen den Beinen die Innenseiten meiner Schenkel.

Das Wort ist: raphanidoein. Sag es!

Raphanidoein.

Gut. Weißt du, was das Witzige daran ist? Männer und Frauen haben gegiert danach. Sie haben sich selbst angezeigt deswegen.

Selbst angezeigt?

Ja, sagte Christa. Es war in Athen die Strafe für Ehebruch.

Sie stand auf. Ging auf mich zu. Im Anzug. Im Hosenschlitz hielt sie den Meerrettich. Ich mit der Hand zwischen den Schenkeln in Netzstrümpfen. Ein starkes Ziehen in meinen rot geschminkten Lippen.

Nathalie! sagte sie.

Chris-, sagte ich.

Wenn das ein Film wäre, dachte ich, müsste er nun einfrieren in diesem Bild. Standbild und aus!

Ich in Minirock und Strümpfen. Vor mir Chris im Anzug. Offene Hose, Meerrettich.

Ich in Rock und Strümpfen. Flatternden Wimpern. Vor mir Chris mit erigiertem Meerrettich.

Ich.

Du.

83.

Ich schreibe wieder für die Zeitung. Ich bin glücklich mit meiner Frau. Man ist ja immer auch ein bisschen unglücklich, wenn man glücklich ist.

Gregor Silber wurde Wirtschaftslandesrat. Anne wurde Primarärztin, kurze Zeit später »Wissenschaftlerin des Jahres«. Helga wurde »Gleichbehandlungsbeauftragte der Bundesregierung«. Frau Hader heiratete einen Studenten, bekam einen Sohn, den sie acht Jahre stillte, wofür sie durch zahllose Talkshows gereicht wurde. Hannah Singer schrieb den Bestseller »Das Don-Juan-Syndrom«. Alice wurde Schauspielerin, mit dem Künstlernamen Alice Lecerf. Für die Hauptrolle in dem Film »Der letzte Mann«, in dem sie mit einem elektrischen Küchenmesser einem Mann den Penis abschnitt, bekam sie den César für die beliebteste Schauspielerin. Georg, Christas Mann, nahm sich mit Schlaftabletten das Leben, nachdem er mit Lippenstift einen Liebesbrief auf seinen Bauch geschrieben hatte.

Genau dasselbe Leben noch einmal,
nur anders.

Fernando Pessoa